LES CORPS INUTILES

Née à Lyon en 1976, Delphine Bertholon est écrivain et scénariste. Elle est l'auteur de *Cabine commune*, de *L'Effet Larsen*, de *Twist* (Prix Ciné Roman Carte Noire 2009 et traduit dans plusieurs pays européens) et du très remarqué *Grâce*.

Paru dans Le Livre de Poche :

DELPHINE BERTHOLON

Les Corps inutiles

ROMAN

JC LATTÈS

ISBN : 978-2-253-09856-0 – 1re publication LGF

« Le monde des odeurs, des formes, des couleurs, des sons est purement subjectif ; il est de simple apparence. Seul le toucher fournit la certitude d'une réalité. »

Yves LAZORTHES

« La grande marionnette était contre une chaise, la tête penchant sur le côté, les bras ballants, les jambes emmêlées et à demi repliées. À se demander comment elle pouvait tenir debout. Pinocchio la regarda un moment avec attention, puis poussa un grand soupir de satisfaction.

— Quel drôle d'air j'avais quand j'étais une marionnette ! »

Carlo COLLODI

« La mort est une expérience intéressante, qu'il faut avoir vécue au moins une fois dans sa vie. »

Les SHADOKS

PREMIÈRE PARTIE

I

Quinze ans

Elle souriait, sifflotait même, peut-être – une chanson entendue à la radio juste avant de partir, de quitter la maison, heureuse de s'en aller, comme une grande : elle avait rarement le droit de sortir le soir, c'était exceptionnel. Mais il faisait jour encore, l'air était tiède et l'école finie. Dans deux mois, évidemment, on en reparlerait (le lycée, le changement), mais pour l'heure, c'était bel et bien terminé. Précisément, elle allait fêter cela, chez Amélie, qui avait une grande maison et des parents absents, artistes voyageurs – mais chut, c'était secret, un secret bien gardé.

Elle marchait, portait un jean, un 501 brut comme toutes les filles de son âge, de cette époque, de cette ville. Une blouse en coton lâche, verte probablement elle adorait le vert. Des ballerines, ou des nu-pieds ; pas de talons, sûr et certain. Elle était petite – de petite taille – mais sa mère la trouvait trop jeune pour porter des talons, les talons étaient des accessoires de femme, d'adulte, aguicheurs et bruyants. Tout de même, elle s'était maquillée, en douce dans l'ascenseur (pas beaucoup, juste un nuage de blush et une pointe de noir sur les cils trop pâles), et elle marchait heureuse dans la ruelle déserte, libre et insouciante – elle trottait. La rue portait un nom d'oiseau. Elle la connaissait bien, mille fois empruntée, à deux pas de chez elle, à deux pas du collège, petite rue bien tranquille.

Sur l'instant, elle n'a pas compris.

Il fallut à son cerveau un temps d'adaptation – une fraction de seconde, sans doute, mais l'adaptation sembla durer mille ans.

— Ne bouge pas, ne crie pas. Ou je te crève.

La voix avait précédé la sensation, le contact glacé de la lame contre son cou, sur sa peau nue. Elle s'immobilisa, réflexe, au milieu du trottoir. La présence derrière elle, immense, lui faisait de l'ombre. Comme un pin parasol, pensa-t-elle. Un pin avec une *arme*.

— Avance, et ne crie pas.

Elle ne bougeait pas, n'avançait pas ; l'ordre n'était pas arrivé jusqu'à sa conscience. Dans sa tête, il ne se passait rien – rien encore – mais autour d'elle, la rue au nom d'oiseau se changeait peu à peu en un croquis mouvant, noir et blanc, tracé au fusain. La rue semblait droit sortie de ce clip d'A-ha, *Take on me* ; et comme les héros du clip, elle se retrouvait prisonnière des images.

— Avance.

Dans son dos, un coup de coude. La voix était calme, proche du chuchotement, mais forte d'une violence sourde, comme endiguée. Endiguée par quoi ? Et pour combien de temps ?

— Avance, putain.

Elle avança, pin parasol derrière elle, le froid de l'acier contre sa gorge. Ses pas, ralentis, le monde, ralenti. Elle commençait à comprendre, mais tout lui semblait irréel. Les panneaux de signalisation fondaient les uns sur les autres – les uns dans les autres, plutôt –, ronds, triangles, rectangles amalgamés en une sorte de boue dépourvue de sens, de fumier noir piqué de blanc. Les nuages effilochés dans le ciel avaient l'air d'images fabriquées, elle s'enfonçait dans la boue, se retenait aux nuages, s'agrippait, se cramponnait, mais ils partaient en lambeaux. Loin, très loin, le hululement strident d'une sirène de police balaya ses oreilles, mais le son mourut si vite qu'elle n'eut même pas le temps de former un espoir.

Elle fit quelques pas – ils firent quelques pas – puis l'homme la poussa vers la palissade. Dans la rue au nom d'oiseau, un bâtiment vétuste venait d'être démoli. À peine un an plus tard, ce chantier serait devenu une école maternelle, marelles et toboggans brûlés de couleurs vives. Mais en lieu et place de la vaste aire de jeux, il n'y avait pour l'heure qu'un immense terrain vague, hérissé de fer, encombré de moellons. Il la plaqua violemment contre la palissade : sa tête partit en avant, son front cogna la tôle dans un bruit sourd (le bruit d'un petit enfant qui tombe, d'un nourrisson qu'on lâche). Il était toujours derrière elle – contre elle désormais, tout entier collé à elle. Elle sentait la pression de la lame contre sa peau et celle du corps de l'homme contre ses fesses, l'ombre toujours plus noire, plus dense maintenant, éclipsant le soleil. Le contact du métal disparut un instant, une main lui prit le bras pour la faire pivoter. Elle pivota sans lever les yeux. Ne pas le voir. Ne *surtout* pas le voir. Une haleine épicée monta dans l'atmosphère, Tu ne cries pas, d'accord ? Si tu ne cries pas, tout ira bien. Elle se mit à crier, un hurlement inaudible, comme si sa voix n'existait plus, étouffée par la terreur – mais le coup tomba franc, net et direct, un coup puissant comme une vague qui vous renverse, vous assomme et vous noie. La baffe était tombée et le corps de l'homme s'était serré encore, l'isolant désormais contre la palissade, la détachant du monde. Il était face à elle, la cachait entièrement, lui si grand, elle si petite, Ferme ta gueule, salope, ferme ta gueule ou je te saigne, est-ce que t'as bien compris ?

Pour la première fois, elle a levé les yeux et elle l'a regardé. L'homme était jeune, moins de trente ans, moins de vingt-cinq, même, peut-être. Il était blond, blond-blanc. Mince, sec, musculeux, un pantalon de toile, une chemise en lin clair, couleur d'hiver, à peine froissée. Il ne faisait pas peur, n'était pas celui auquel elle s'attendait ; jusqu'à ce qu'elle croise son regard. Ses yeux avaient la couleur de sa chemise, des yeux pâles, délavés, opaques et froids, pareils à deux fenêtres ouvertes sur du brouillard. L'homme paraissait vaguement affolé (affolé n'était pas le mot, il était le prédateur, il avait le couteau, mais quelque chose, clairement, ne se passait pas comme il l'avait prévu). Dans un éclair de lucidité, elle envisagea l'espace autour d'elle – vite, très vite, scanner le périmètre, trouver la faille. Elle comprit soudain ce qui clochait, faisait battre le brouillard, trembler la main armée, plus dangereuse encore, maintenant mal assurée.

D'habitude, le chantier était accessible : il y avait une porte découpée au laser dans la palissade, une ouverture dans la tôle ondulée donnant sur le terrain vague – cette ouverture que l'homme espérait, sur laquelle il avait misé, vraisemblablement ; mais ce jour-là, elle était cadenassée, close par une énorme chaîne, acier infranchissable. L'homme haleta contre elle, plus fort, se pencha pour lui mettre les lèvres dans le cou, s'abaissa, un pin dans la tempête, courbé par le vent – *Arrache-le, je t'en supplie, arrache-le de moi.* Souffle brûlant au creux de la gorge (épices, boue, cendre) et, contre la jugulaire, le froid dense du couteau. Elle imaginait le réseau de veines qui affleurait là, bleutées sous la peau blanche, si proches de la surface tranchante de la lame, mais elle ne criait pas : ses cris l'avaient excité. Pas paniqué, non – excité. Dès que sa voix s'était élevée, faible et enrouée, elle avait senti le sexe se dresser sous la toile fine du pantalon, subitement, comme le tentacule d'un monstre des abysses.

Elle ferma les yeux, l'esprit visité par cette gravure ancienne qui, petite fille, la terrorisait – le Kraken attaquant un navire, les tentacules enroulés, gigantesques, à chacun des mâts, son corps mou tout entier recouvrant la coque, ses yeux gros et ronds comme des planètes, sans pupille.

Les doigts de l'homme maintenant malaxaient sa poitrine à travers la blouse, armure de pacotille. L'autre main toujours enserrait le couteau, la pointe vive sur le cœur – sur son cœur à elle – et les doigts étaient longs, étaient durs, pressaient fort, faisaient mal.

— T'aimes ça, petite salope, hein ? Dis-le, que ça t'excite. Que ça t'excite à mort…

Il haletait plus vite. Elle ne se débattait pas, n'obéissait pas non plus. La main libre avait changé de place, s'insinuait sous la blouse, les doigts maintenant broyaient le soutien-gorge, agrippaient le téton, ce téton que personne n'avait jamais touché. La rue ressemblait toujours au clip d'A-ha, décor chimérique, *Je ne peux pas mourir, pas ici, pas déjà*, un ronflement soudain, un moteur de voiture (peut-être vont-ils voir qu'il se passe quelque chose, la rue est étroite, forcément, ils vont voir), rien, la voiture, déjà, les avait dépassés – et la main de l'homme avait quitté ses seins pour lui clore la bouche. Le bruit du moteur, bientôt, ne fut plus qu'un souvenir. Les doigts lâchèrent son visage pour s'enfuir plus bas, ouvrir le bouton du jean, dézipper, tandis que ses lèvres à lui se collaient à sa bouche à elle – sa bouche violemment close, *tu n'entreras pas, pas par là*.

— Dis-le, que t'aimes ça, petite pute… Allez, dis-le…

Comme elle ne le disait pas, la pointe du couteau se fit plus explicite, perça la blouse ; elle ne sentit rien, mais entendit le tissu se fendre, la trame se déchirer. Dans sa tête les choses s'accéléraient, tels des bateaux offshore lancés à pleine vitesse. Sans l'avoir prévu, sans savoir comment les mots s'étaient formés, ni où, ni même pourquoi, elle dit :

— Je ne comprends pas.

L'homme sembla déstabilisé d'entendre le son de sa voix – sa voix véritable, étrangement assurée. Il ne voulait pas le montrer, bien sûr, mais elle sentit la main au couteau tressaillir, l'autre main dans son jean cesser de fourrager.

— Je ne comprends pas. Tu es jeune… Tu es beau. Pourquoi tu fais ça ? Tu n'as pas besoin de faire ça.

— Ta gueule. Ferme ta gueule, ou je te saigne.

— Sérieusement. Je veux juste comprendre. Pourquoi tu fais ça.

— Bordel, ferme ta gueule, je te dis !

La pointe du couteau s'enfonça un peu plus, mais c'était parce qu'il tremblait. Parce qu'il ne s'attendait pas à cela de la part d'une gamine. La pointe du couteau qui entaillait sa chair, c'était, en quelque sorte, un *accident*. Mais elle n'avait pas mal, elle n'avait même plus peur : les rôles venaient de s'inverser, il le savait. Le monde était toujours noir et blanc, elle n'était pas vraiment là mais quelque part ailleurs, dans une dimension autre où elle pouvait être calme, n'avoir pas peur, n'avoir pas mal, continuer à parler de cette voix sereine, revenue de nulle part, elle n'avait plus quinze ans, elle n'était plus vierge, elle avait tout vu, tout vécu, elle avait mille ans et elle savait quoi faire, la palissade était cadenassée, il ne pouvait pas l'emmener là-bas dans le terrain vague, il ne pouvait pas l'allonger au milieu des gravats, loin des regards – il ne pouvait pas et il n'y pouvait rien. La rue était déserte mais une autre voiture était toujours possible, il était pris au piège, devait se contenter de la cacher au monde à l'aide de son corps et, piteusement, lui caresser les seins, le sexe, rien d'autre, il n'aurait rien d'autre (jamais !). Elle continuait de parler, parler, parler – crier l'excitait mais parler l'affolait.

— En plus, j'ai mes règles. Franchement, c'est dégueulasse.

— Ferme ta gueule ! Tu vas la fermer, ta putain de grande gueule ?

Mais ce *ferme ta gueule* était un peu plus mou et le sexe sous la toile suivait le mouvement, mollusque ridicule. Au loin, nouveau bruit de moteur ; où exactement, difficile de le dire, mais quelque part (tout près ?).

Le râle dans son cou s'éteignit lentement. La bouche fétide de l'homme s'éloigna de sa peau tandis que du regard, elle le tenait en joue – ce regard atypique que pour la première fois elle se prit à aimer, sans en avoir conscience.

— Tu restes là. Tu restes là, tu fermes les yeux, et tu comptes jusqu'à cent.

Elle ne voyait plus que ses mâchoires – ses mâchoires crispées, suspendues dans l'espace.

— Tu comptes jusqu'à cent. Répète.

Elle leva les yeux, droit dans le brouillard. Puis elle répéta, le fixant toujours, sans fléchir :

— Je compte jusqu'à cent.

— Ferme les yeux, putain.

Un. Deux. Trois. Quatre. Cinq. Six.

La pression du corps étranger s'envola. Le froid du couteau – aussi.

Sept. Huit. Neuf. Dix.

Onze. Elle entrouvrit les yeux : la rue était déserte.

Il avait dû courir – s'enfuir en courant.

Douze. Treize. Quatorze. Quinze. Seize. *C'est un miracle.* Dix-sept, dix-huit, dix-neuf.

Vingt.

Clémence rouvrit les yeux, complètement cette fois-ci : il n'était pas revenu. Il lui fallut un moment pour y croire (une seconde, une minute ?), puis elle en fut certaine. Elle détala, vingt et un, vingt-deux, vingt-trois, le cri peu à peu remplaçant les nombres, ce cri animal qu'elle n'avait pu pousser parce que ça l'excitait – l'autre, le porc, le connard. Elle hurlait à la mort, des pigeons s'envolaient dans la petite rue au nom d'oiseau, affolés, elle traversa l'avenue au feu rouge, sans regarder, les tombes de métal klaxonnèrent, grises, vertes, bleues, voulurent la renverser, crissements de pneus, des insultes par les vitres grandes ouvertes, *T'es tarée ou quoi ?* Mais elle était vivante, vierge et vivante, l'espace reprenait des couleurs et ça faisait mal aux yeux, toutes ces couleurs. Elle sentait encore la présence des doigts sur sa peau, son visage, son cou, ses seins, l'intérieur de ses cuisses ; c'était comme une brûlure, cicatrices monstrueuses, irréversibles.

En sueur, elle s'écroula enfin au bord d'un trottoir, incapable de poursuivre, de tenir sur ses jambes, s'effondra en sanglots, des larmes en hoquet pareilles à des coups, des vagues démontées qui vous renversent, vous assomment et vous noient.

Trente ans

La fille me regardait fixement, sans cligner bien sûr, comment aurait-elle fait ? Elle avait les yeux vert-de-gris, une couleur très rare dans la nature, une carnation laiteuse et des cheveux noirs bouclés, quasi afros – mélange presque impossible. Mais nous vendions du rêve et le rêve, toujours, est ce qui s'éloigne le plus de la réalité. Ou, disons, il s'agit *a minima* d'une réalité augmentée ; ses seins étaient de cela une preuve évidente, deux parfaits melons lisses, 90D, projectiles dangereux sous le pull en viscose, luisant et rouge pivoine choisi sur catalogue. Et cette réalité tant augmentée déjà, il me fallait la sublimer encore, jusqu'à l'insoutenable.

Je sortis ma palette, mes pinceaux, mes spatules, les alignai par ordre, de taille, d'office – cils, sourcils, joues, lèvres, paupières. Comme ces médecins légistes dans les séries télé, qui s'adressent aux cadavres endormis sur leurs tables en métal rutilant, j'aimais bien parler aux filles. Elles écoutaient sans rien dire, grandes oreilles bienveillantes, et ma voix ricochait entre les murs blancs de la Clinique. Alors, une fois mon matériel installé, disposé, en place, j'étais retournée voir le bon de commande.

Nadine.

Je souris. Très chouette, Nadine. Ni exotique ni anglo-saxon, moins slave encore, un prénom bien de chez nous. La buraliste de mon village s'appelait d'ailleurs ainsi, Nadine Verger. Le patronyme lui allait comme un gant, elle tenait de la pomme, une reinette mal en point qui aurait trop traîné au fond d'une cave graisseuse, blette, ratatinée, avec des coups noirs aux revers des pommettes, les coups de son mari qu'elle ne quittera jamais, parce qu'elle l'aime, hein, il est si brave dans le fond, et il changera un jour, même après quarante ans, il n'y a pas de raison, parfois ils changent les gens, hein, Clémence, c'est vrai ou c'est pas vrai ? Rêve, réalité augmentée.

Je rejoignis le fauteuil inclinable, sans pouvoir m'empêcher de penser à cette autre Nadine. Je regardai la fille, éternellement jeune et mince éternellement (sublime de manière *définitive*), puis je dis en souriant :

— Salut, Nadine.

Ma voix ricocha comme prévu, petite balle de ping-pong cabossée par la clope, mais d'un blanc bleuté, tout de même lumineuse.

— Je suis ravie de te connaître, Nadine. Tu vas voir : toi et moi, on va bien s'amuser.

Je trempai mon pinceau dans le noir, le brun, mélangeai avec une pointe de grège. Nadine était très brune mais avec des yeux si clairs, trop foncer le sourcil risquait de lui éteindre le regard. Or, le but de la manœuvre était précisément de le lui allumer. Ce n'était pas facile, tout un art (mon art), d'autant moins aisé que mon toucher déficient me demandait une grande concentration : c'était comme de faire un travail d'une extrême minutie – de la couture, par exemple, ou de l'origami – avec des gants de jardin. Et, voyant ma main trembler, je regrettai ce quatrième café bu avec Roland. Roland me faisait de la peine et je n'osais jamais dire non quand il venait quémander un peu de compagnie avec sa mine de plâtre, l'air d'un gamin perdu malgré ses cinquante ans. Alors j'avais dit oui, va pour le café, « Ce n'est pas comme si elle était pressée, la pauvre », avais-je ajouté en désignant Nadine, même si je ne connaissais pas encore son prénom.

Nous étions descendus à l'accueil, où siégeait la machine. C'était un vaste hall circulaire ultramoderne, verre et béton ciré, rendu censément chaleureux par des fauteuils aux courbes féminines, couverts de nubuck rouge, moiré comme du velours. Ces fauteuils, je ne les aimais pas, mais alors pas du tout. Ils me faisaient penser à des sexes ouverts aux lèvres trop charnues, reflets bleutés de viande, mais j'imagine que c'était précisément cela qu'il fallait évoquer à ceux qui venaient ici – un avant-goût, une promesse. Ces louables efforts me semblaient abusifs : la Clinique en soi était peu fréquentée, la plupart des clients commandaient discrètement sur le site Internet.

Roland insista pour m'inviter, « Si, si, ça me fait plaisir », glissa une à une dans la fente les pièces de vingt cents, qui brillaient dorées dans le soleil du matin. Je saisis le gobelet qu'il me tendait, fumant et mou. Je soufflai dessus, le passai d'une main à l'autre pour ne pas me brûler – et Roland souriait d'un air désolé en me regardant faire. Comme d'habitude, je jouais la comédie : je voyais à la fumée que le café était trop chaud mais, sous mes paumes gantées d'invisible, il ne se passait rien – ni douleur ni chaleur. J'attendis que son café à lui, dans un bruit de crachin, perle de la machine, puis je sortis mon paquet de cigarettes. Avec cet air de reproche qu'il avait toujours, il hocha la tête et me suivit dehors.

Malgré la lumière vive, liquide comme du miel, le parc affichait un air maussade. La départementale égrenait de temps à autre une couleur vibrante, un éclat mécanique, gris souvent, rouge parfois, mais la Clinique était trop éloignée de la route pour que les moteurs parviennent jusqu'à nous. Seuls les oiseaux s'agitaient quelque part, conversaient entre eux dans leur langue curieuse, à la fois vivante et morte, un peu comme un cantique, une prière en latin. Chose étrange, on ne les voyait jamais, les oiseaux ; je me demandais pourquoi. Leurs chants résonnaient haut et fort, aussi réels que ma voix ping-pong entre les murs laqués, mais on aurait dit qu'ils se planquaient. Je pensais qu'ils se cachaient des vivants, mais j'étais sûre qu'en secret, ils allaient voir les filles, qu'ils épiaient en pépiant leurs corps impeccables et leurs bouches galbées, hypnotisés par leur silence. Néanmoins, l'absence physique des oiseaux me turlupinait, aussi ce matin-là, en buvant mon café face au parc désert, en parlai-je à Roland. Il se contenta de rire en haussant les épaules ; des éclats de plomb irradièrent sa gorge comme des scories glacées.

— C'est une chouette théorie, Clémence. Ils économisent leur regard pour les filles, les oiseaux, et leurs ailes pour les filles. Tout le monde économise pour les filles – alors, pourquoi pas eux ?

Je bus une gorgée, sans doute encore trop chaude, avant de demander :

— Tu en prendras une, toi, un jour ?

Cela faisait des mois que j'avais envie de lui poser la question mais, jusqu'à présent, je n'avais pas osé.

— Je ne peux pas prétendre à autre chose, c'est ça ?

Je rougis, je crois, et mon cœur-canari rebondit dans ma cage thoracique. Il rigola de nouveau, mais d'un rire sinistre, comme une pluie de grêlons sur un capot rouillé.

— Ce n'est pas ce que je voulais dire, balbutiai-je. Mais alors pas du tout.

Il me tapa sur l'épaule, comme si j'étais soudain un pote de régiment.

— Je te fais marcher. J'ai pas les moyens, mais de toute façon, c'est vraiment pas mon truc. J'ai mon chien, ça me suffit. Il n'est pas beau comme elles, mais fidèle pareil.

Je souris.

— Et puis, ajouta-t-il, ça serait comme rapporter du boulot à la maison. Je sais pas pour toi mais moi, le soir, j'ai envie de penser à autre chose.

— Tu as raison, Roland. D'ailleurs, j'ai remarqué que tu as souvent raison.

Il se dit sans doute que je voulais me rattraper – elle est mignonne, Clémence, ferait pas de mal à une mouche – mais j'étais parfaitement sincère. Roland avait à mes yeux quelque chose du sage. Je l'imaginais souvent en haut d'une falaise avec un bâton de pèlerin, son bâtard près de lui, oreilles au vent. Un peu comme ce jeune homme de dos dans le tableau de Friedrich, *Der Wanderer über dem Nebelmeer*. Dans mon imaginaire, Roland regardait l'horizon et comprenait l'horizon, lisait dans les nuages, décelait dans les effilochées blanches les réponses aux questions que tout le monde se pose, « Qui suis-je ? », « À quoi bon ? », « Pourquoi moi ? » – ces questions-là. Mais il ne pouvait pas rendre les réponses publiques, parce que plus personne n'aurait cru en Dieu, ni au Destin, ni à la Volonté, ni au Rêve, ni au Profit ni même à la Guerre – enfin, à ces diverses choses qui font tourner la Terre – et c'eût été la fin de toute l'humanité. Alors il se contentait de m'offrir des cafés en me reluquant les seins quand il croyait, naïf, que je regardais ailleurs. Je ne lui en voulais pas, je le trouvais touchant. Tout sage qu'il était, Roland avait des rêves… de ceux qui, cela va sans dire, ne verraient jamais le jour.

Avec tout ça, j'avais bu trop de café. J'avalai un quart d'Avlocardyl, comme chaque fois que j'étais fébrile, que mes mains et mon cœur n'en faisaient qu'à leur tête, au risque d'abîmer ces poupées géantes à dix mille dollars. C'est un bêtabloquant : le cœur ralentit et les mains s'assagissent, mais ça n'altère en rien vos capacités comme le feraient (par exemple) un anxiolytique, ou un joint. Un miracle en forme de pilule, disons, un truc de comédien pour conjurer le trac. Je fermai les yeux pour sentir l'accalmie lentement monter à l'intérieur de moi, pensant aux rouages de cette étrange machine – ce corps qui sans arrêt se retourne contre vous, mais qu'un simple cachet suffit quelquefois à ramener dans le rang.

La caféine, enfin, se résorba en moi.

Je repris mon pinceau, recommençai le mélange – qui avait séché, sinistre et marronnasse, sur la palette. Concentrée de nouveau, d'un geste sûr, presque arrogant, j'appliquai la couleur sur l'arcade de Nadine. Avant mon passage, la peau des filles était vierge, rose et pâle, comme celle de bébés rats tout juste expulsés. Pour être honnête, ce n'était pas très sexy.

— T'es canon, Nadine. Mais quand j'en aurai fini avec toi, tu seras une vraie bombe.

Je hochai la tête avec bienveillance, lui caressai la joue, même si je ne sentais pas la texture de sa peau.

— Je sais, ma belle. Ne me remercie pas.

Quand je disais ce genre de choses à voix haute, je réalisais bien à quel point c'était absurde. Mais j'essayais de me mettre à la place des hommes – parce que, en dépit de tout, j'aime les hommes et que, d'une manière générale, j'aime bien me mettre à la place des autres. Or, pour cet homme-là (bon de commande n° 24, Monsieur Lionel C*, boulevard de la République, Salon-de-Provence), Nadine était bien plus humaine que moi. Pire : elle était *réelle*.

Quinze ans

Elle avait décidé d'aller à la fête. Ne savait pas où aller, en fait. Elle avait pleuré tout son saoul sur le bord du trottoir, pleuré et pleuré encore, puis les larmes s'étaient taries, séchées par le vent. Le ciel passait de bleu à noir, il était vingt heures trente (pile, comme un signe) sur la Casio vintage.

29.06 / 20.30

Elle avait quinze ans depuis quelques jours.

Elle avait mille ans depuis quelques minutes.

Elle ne pouvait pas rentrer chez elle comme ça, dans cet état. Ils verraient tout de suite, les parents – le père, la mère, leurs yeux attentifs, bienveillants, éternellement inquiets. Ils poseraient des questions auxquelles elle était incapable de répondre (Qui ? Pourquoi ? Comment ? Et – nom d'un chien ! – qu'as-*tu* donc *fait* ?). Mais elle ne pouvait pas non plus rester dans la rue au risque de le recroiser – le porc, le connard. Il fallait dégager d'ici, vite, même si selon toute vraisemblance, il était déjà loin.

Alors elle s'était relevée de son bout de trottoir, et avait décidé d'aller à la fête.

La porte s'était ouverte sur la tronche hirsute de Virgile, son petit copain. Celui qui, disons, était censément son petit copain (quelques pelles l'autre jour derrière les fourrés aux dernières heures de classe – et voilà, ils *sortaient ensemble*). Virgile portait en travers du front un Post-it fluo sur lequel était inscrit au marqueur noir : HITLER.

— Ah, quand même ! On se demandait ce que tu foutais !

Ils étaient une quinzaine, déjà saouls, plusieurs têtes penchées, goguenardes, entre les portes du placard aux alcools des parents d'Amélie, placard toujours ouvert – comme d'ordinaire les palissades, les terrains vagues, les chantiers. Pas de cadenas, ici.

— Clémence, ça va ? T'as une drôle de tête... T'as couru ?

Elle était essoufflée. Des perles de sueur brillaient sur son front, elle les sentait vibrer entre les pores de sa peau, petites bulles glacées coincées dans un shaker. Virgile posait des questions mais, au fond, se fichait des réponses. Il détournait déjà les yeux, vers la fête, vers la vie, ses cuites en puissance, ses gerbes en devenir. Clémence entra sans répondre – que répondre ? Pourquoi répondre ? Virgile l'avait abandonnée sur le pas de la porte : ils jouaient à un jeu à boire et c'était son tour (raison du Post-it). Elle referma derrière elle, jeta un coup d'œil vers ses amis puis, discrètement, enclencha le verrou. Une fois la porte close, elle se sentit imperceptiblement mieux.

Wonderwall d'Oasis gueulait dans les baffles. C'était, à l'époque, sa chanson préférée.

I said maybe, you're gonna be the one that saves me…

— Je suis mort ? demanda Virgile à la cantonade, en rejoignant les autres autour de la table.

— Oui, répondirent-ils en chœur.

— Encore heureux ! renchérit Amélie en terminant sa bière.

— Mél, ferme ta gueule, tu lui donnes des indices !

Ce « ferme ta gueule » sonna à ses oreilles comme une déflagration. Ses jambes se dérobèrent, vacillèrent sur le carrelage rouille de l'immense salon. Amélie l'avisa, lui sourit – ce sourire extraordinaire qu'elle avait, qui lui fendait, littéralement, le visage en deux. L'adolescente ne sembla rien remarquer d'anormal dans l'allure de Clémence, car sa bouche se fendit dans l'autre sens pour lancer joyeusement :

— Clem', on finit celle-là et la prochaine, t'y coupes pas. Va dans la baignoire, y a des bières au frais.

Elle acquiesça, s'éloigna sans un mot, monta l'escalier jusqu'à la salle de bains du premier étage – cet escalier qu'elle connaissait bien, tant de fois emprunté, comme la rue au nom d'oiseau.

Dans la baignoire partiellement inondée, les bouteilles s'entassaient, certaines pleines, d'autres vides, cadavres à la mer. Clémence se pencha vers la surface, plongea le bras dans l'eau, y pêcha une Heineken. Un décapsuleur pendait, fixé par une ficelle au pommeau de la douche. Elle ouvrit la bouteille, jeta la capsule dans l'eau avec toutes les autres.

Elle pensa à ces fontaines soi-disant magiques, dans lesquelles jeter une pièce vous assurait la joie et les vœux exaucés.

(Venise, vacances de février, quatorze ans trois quarts.

Vœu : *Qu'on me fiche la paix.*

Résultat : *Néant.*

Conclusion : *L'euro a tué le pouvoir ancestral des fontaines magiques.*)

Elle but une gorgée – c'était frais, ça piquait – puis s'en alla refermer la porte. Elle n'aimait pas voir ainsi béer l'extérieur, le parquet couleur kraft du couloir, l'affiche publicitaire rétro accrochée au mur rouge (« Blédine forme des générations de champions ! »), voulait rester close dans la salle de bains, ce cocon lisse et froid comme une pierre tombale. Un jour, dans cette même baignoire, Amélie avait manqué se noyer. Elle était saoule, avait vomi, elle s'étouffait. Clémence l'avait sauvée, mise sur le côté, séchée, soignée, bordée. À son réveil, Amélie ne se souvenait de rien. Elle avait failli mourir (à quatorze ans !), mais ne s'en souvenait pas. En repensant à l'incident, Clémence fut prise d'un accès de jalousie, d'un violent désir d'excès – oublier, moi aussi oublier, il ne s'est rien passé, l'homme au couteau, c'était un rêve, un mauvais rêve de fille saoule, de gamine saoule qui ne tient pas l'alcool – mais elle croisa brusquement son reflet dans la glace. Son regard, intrinsèquement étrange, avait comme foncé. Noirci. Muté. Et le visage autour de ce regard avait quelque chose d'abrupt – elle ne reconnaissait pas son propre visage. Elle recula de quelques pas pour mieux s'observer, mais c'était encore pire. Cette fille rousse dans la glace, ce n'était pas Clémence Blisson, quinze ans ; c'était quelqu'un d'autre. *Quelque chose d'autre*, pensa-t-elle subitement. L'idée la fit frémir. Elle remarqua alors une tache brun sépia au centre de sa blouse. Elle songea à la boue, au fumier, à l'encre expulsée du corps mou des calmars ; elle souleva le tissu et, par le biais de la glace, constata la blessure.

Elle n'osait pas l'examiner en vrai, directement, aussi se contenta-t-elle d'en étudier le reflet. C'était une estafilade, entre le haut des côtes et le sein gauche, à la lisière du soutien-gorge. Une coupure (tiret rouge sur peau blanche, ponctuation, code, signalétique. *Profonde* ?). Un simple tiret, qui attestait pourtant de ce qui s'était passé. Et la question, inévitable : pourquoi *moi* ? Il y eut soudain du bruit, des pas dans l'escalier. Clémence rabattit la blouse sur son torse.

La poignée s'abaissa et la tête de Sophie s'encadra dans la porte.

— Platon ! T'y crois, que j'étais Platon ? Quelle bande de nuls… En plus, j'ai trouvé !

Sophie rigola, avant de relever la manche de sa chemise, un corsage imprimé de petites glaces en cornet, mignonnes et colorées. Elle plongea la main dans l'eau, extirpa une Heineken.

— Pourquoi tu arrives si tard ?

Clémence haussa les épaules, se cala contre le mur, dos au miroir.

— Rien. Pour rien. J'ai traîné en route.

Sophie décapsula sa bière, avant de tendre la bouteille à bout de bras, sourire aux lèvres :

— Trinquons, choupette. À la fin du collège.

Clémence répéta, comme une poupée parlante :

— À la fin du collège.

Elles burent chacune une gorgée en silence – deux petites bouteilles vertes perchées dans l'atmosphère, deux soleils aberrants – comme s'il n'y avait rien à dire de plus. Sophie était jolie, châtain clair, face de lune, pleine de rondeurs d'enfance. Sous son chemisier, elle portait une robe rouge (écarlate), très courte, très moulante, des bottines à talons, et l'ensemble contrastait avec l'aspect terriblement juvénile de son visage. Sophie avait l'air d'avoir douze ans et sans doute était-ce précisément la raison de cet accoutrement ; grandir, vite, devenir une femme, un être sexué capable de fabriquer, *enfin*, du désir. Sophie – c'était son drame – n'avait jamais embrassé personne : « À presque quinze ans, tu te rends compte, la honte ! »

— On redescend voir les autres ?

— J'arrive. Je passe juste aux toilettes.

— Dac'.

Avant de quitter la pièce, Sophie lui caressa la joue, dans l'un de ces gestes tendres qu'elle avait quelquefois. Clémence frissonna au contact de la peau douce, intacte (*neuve*, songea-t-elle subitement, sans comprendre d'où l'adjectif était venu, épithète qui d'ordinaire précisait jupe, veste, chaussures). Sophie n'avait pas semblé s'en apercevoir : elle dévalait les marches, les talons ferrés de ses boots dézinguant le silence – *clic-clic* sur bois ciré, un revolver qu'on arme.

À nouveau seule, Clémence contempla longuement la baignoire, les glaçons en nombre comme des diamants solubles, les bouteilles-nénuphars.

Pensa au sel qui ronge, au sable qui griffe, à l'eau qui nettoie.

Elle regretta que la plage fût si loin.

Elle monta jusqu'à la chambre d'Amélie.

Elle avait toujours envié la chambre de sa copine, joliment mansardée, avec cette salle de bains « privative » qui la faisait rêver. Clémence, elle, avait un cube pour sanctuaire, coincé au troisième étage d'un immeuble moderne, partageait la salle d'eau avec ses parents et une gosse de huit ans qui saturait l'espace de jouets ridicules, plongeurs articulés, canards couronnés et autres éponges rêches en forme de baleines bleues. Chaque fois qu'elle venait ici, dans cette pièce romantique comme la suite d'un hôtel de charme, elle trouvait son propre sort terriblement injuste. Mais ce soir-là, cette notion de l'injustice lui semblait dérisoire. *Si seulement*, pensa t elle. Si seulcmcnt jc pouvais retourner au temps où l'injustice, c'était cela – n'avoir pas de salle de bains privative.

Elle ferma la porte derrière elle, à clé cette fois-ci. Lentement, elle se déshabilla. Les sandales, le jean, la blouse, le soutien-gorge, la culotte. Son corps lui faisait l'effet d'une fumée de cigarette, à la fois lourd et volatile, présent et absent, délicieux et immonde. Elle n'avait jamais ressenti cela, auparavant. Ne s'était jamais posé la question de son corps, en réalité. Le corps servait à rire, à courir, à danser. À manger, à nager, à vivre. Mais le corps maintenant avait un poids, bien différent de celui qu'affichait la balance. Le corps, une fois souillé, encombrait. Malgré elle, des idées en pagaille, pointues comme des armes, s'agitaient sous son crâne. Me suis-je assez battue, débattue ? Aurais-je dû frapper ? L'ai-je *laissé faire* ? Ai-je accepté cela – ses doigts sur mon sexe, et sa bouche sur ma bouche ?

(Je n'ai pas frappé. J'aurais dû frapper.)

L'autre voix, dans sa tête, tentait d'argumenter : il avait le couteau, Clémence, il aurait pu te tuer… Réfléchis, un peu ! Tu pourrais être *morte* !

(Peut-être, mourir. Mais frapper ! Se battre !)

TAISEZ-VOUS.

Bordel : taisez-vous.

Le contact frais du carrelage contre ses pieds lui fit du bien. Le froid préserve, n'est-ce pas ? Le froid conserve ? Soigne ? Purifie ?

En entrant dans la douche, elle évita de croiser son reflet, terrifiée à l'idée que son allure eût pu s'altérer davantage. Elle poussa le mitigeur.

L'eau était si chaude que la blessure sous son sein se rouvrit. Elle observa le sang se frayer un chemin vers la bonde d'évacuation. Elle pensa à *Psychose,* comme chaque fois qu'elle avait ses règles. Mais à l'homme, elle avait menti : elle n'avait pas ses règles.

Elle s'assit dans le bac, se recroquevilla. Resta longtemps sous le jet brûlant ; si longtemps que bientôt, l'eau tiédit puis devint froide.

Elle s'enroula dans le peignoir d'Amélie, épais et doux, pareil à une fourrure, se frictionna très fort, comme si l'éponge velours allait absorber ce qui s'était passé.

Puis elle remit son jean, sa blouse, ses sandales. Garda à la main culotte et soutien-gorge, les broya dans sa paume. Ainsi immobile, elle tergiversa avec elle-même, avant de se tourner vers le miroir.

(Affronte. Bats-toi.)

Comme elle le craignait, quelque chose d'autre s'était modifié. Sur l'instant, elle ne sut pas très bien de quoi il s'agissait. Elle approcha son visage de la glace, discerna peu à peu, à travers la buée, une aura bleuâtre entre son œil et sa joue, comme une ombre portée, minuscule et de forme étrange (un animal, un continent, ou un pays peut-être – la botte italienne ?). Elle humecta le bout de ses doigts, commença à frotter. Elle s'échina sur la tache, jusqu'à s'arracher la peau ; rien à faire, l'ombre ne partait pas – ne voulait pas partir.

Mais pourquoi diable ne veut-elle pas partir ?

Parce que ce n'est *pas* une ombre.

Là où la baffe était tombée, peu à peu, une ecchymose naissait.

— Je suis morte ?

— Oui.

— Je suis une actrice ?
— Oui.
— Je suis Marilyn Monroe ?

Ils jouaient toujours.

En catimini, elle se faufila hors de la maison. Le jardin était vaste, anormalement pour une maison de ville. Les parents d'Amélie étaient riches. La mère peignait, le père sculptait ; néanmoins, ils étaient riches. Pour ceux de Clémence, ces *gens-là*, c'était le grand mystère. Chez les Blisson, l'art (et il fallait voir la moue de dégoût lorsque le mot était prononcé – «*larrrd*») était au mieux un hobby, sinon une perversion. Pas un métier, en tout cas – pas cette chose noble et difficile qui nourrit une famille ! Ces *gens-là* devaient avoir une «activité lucrative» et peu recommandable ou (pire ?) une «fortune personnelle». Selon Clémence, l'explication était beaucoup plus simple : ils avaient du talent. Pour sa part, elle aurait aimé devenir peintre, comme la mère d'Amélie. Bien entendu, elle n'en parlait jamais. N'en parlerait jamais. Tuerait l'idée dans l'œuf.

Larrrrrd.

Elle dévala la vaste étendue d'herbe, que la nuit rendait noire, spongieuse et odorante comme l'intérieur d'un gastéropode. Entre ses doigts, les étoffes souillées par la main de l'homme lui arrachaient la peau, semblaient faites de métal, de fil barbelé. En contrebas, tout au fond de la propriété, un assemblage compliqué de briques servait de barbecue : on aurait dit un temple maya – un temple minuscule après un incendie, noirci, léché de cendres.

D'un geste brusque, définitif, elle jeta les sous-vêtements sur la grille.

Cubes feux, petit bois, papier journal.

Elle était fébrile, excitée. Ses mains tremblaient.

Posées près du foyer dans leur boîte en carton, les allumettes étaient humides. Il y avait eu une averse cet après-midi-là, brève mais torrentielle. Elle avait écouté le déluge inattendu, protégée par les murs-remparts de sa chambre-coquelicots. Elle avait pensé aux gens qui étaient dans la rue à ce moment-là, s'était prise à sourire en se les figurant – *les pauvres*.

Le cœur battant, elle craqua l'allumette : le soufre s'embrasa du premier coup, elle en fut même surprise. Sans vraiment comprendre ce qu'il se passait, elle regarda la virgule de lumière s'agiter comme folle au bout du bâtonnet (« Feudor, longues et robustes ! »). Lorsqu'elle jeta l'allumette sous la grille rouillée, le feu prit fort, presque instantanément.

Périr dans les flammes.

Elle sentait bien ce que cet acte avait d'artificiel, d'immature – d'adolescent. Elle savait aussi qu'il était risqué, qu'un de ses copains eût pu descendre prendre l'air, la surprendre, ameuter toute la bande. Mais elle s'en fichait, elle en avait besoin.

Jeter, déchirer, piétiner, ce n'était pas assez : il fallait que ça *disparaisse*.

Clémence tira l'un des fauteuils du salon de jardin, s'assit près du foyer et regarda lentement brûler son enfance. L'enfance, mélange de coton lycra et de fibres synthétiques, dégageait une odeur pestilentielle.

Ou bien, se dit-elle, c'est l'odeur de la peur. Ma peur qui se consume en puant, étincelles jaillissantes vers le ciel noir, piqué d'étoiles mortes depuis des millénaires. Mais au moins (veinardes) avaient-elles eu le temps de s'y habituer.

Quinze ans

La plupart dormaient déjà, qui allongé par terre, qui dans les canapés, d'autres dans des fauteuils, avachis, comme cassés dans d'étranges postures. Il n'était pas minuit mais l'alcool à outrance les avait assommés. Clémence soupçonnait aussi l'effet de quelque joint, herbe odorante discrètement piquée dans la réserve, secrète-polichinelle, des parents d'Amélie. En fond sonore passait un album des Beatles. Ils écoutaient beaucoup les Beatles à l'époque, *Come on baby drive my car / Yes you gonna be a star*, peut-être à cause de leurs parents, peut-être à cause du « revival » *sixties*, peut-être parce que c'était bien, tout simplement. Elle fit quelques pas dans le salon, trouva un coin sombre, un divan inoccupé, dans une alcôve. Quelques minutes plus tard, Virgile fit irruption, plus hirsute que jamais. C'était ce qui lui plaisait, à Clémence, cette pagaille capillaire. Ça, et son adorable accent du Nord, exotique parmi tous les accents du Sud. Les blagues fusaient mais, en réalité, tous les garçons de 3^e^B auraient aimé ressembler à Virgile. Et il l'avait choisie, *elle* –

Clémence Blisson. Amélie Singh était métisse, Sophie Joux avait de gros seins, Vanessa Khalil de belles fesses, Géraldine Patel une bouche pulpeuse, Cléo Kaïm des jambes interminables ; mais il l'avait choisie, *elle*, avec ses yeux mutants et son mètre cinquante-huit. Pourquoi diable l'avait-il choisie ? Cela n'avait aucun sens.

— Ah ! Quand même, s'exclama-t-il, je t'ai cherchée partout ! On t'a à peine vue, qu'est-ce que tu fabriquais ?

Clémence ne répondit pas – elle avait disparu. Elle fixait l'immense aigle empaillé qui trônait face à elle, posé sur un rondin de bouleau dans un angle de la pièce.

Here comes the sun, it's all right…

Elle était avec lui, *l'oiseau*, ailleurs, loin, elle rêvait de canyons, de déserts d'ocre rouge prêts à salir le ciel d'un bleu trop intense, tel le décor, sinistre et idyllique, d'une vignette de BD, sentait le soleil comme si elle y était, cuisait sous ses rayons, volée à sa lumière quand Virgile finalement s'assit à ses côtés – un léger rebond sous ses fesses, le grincement fatigué des ressorts vieillissants.

Il avança sa lèvre inférieure pour souffler vers la mèche brune qui lui barrait le regard, puis la dévisagea en fronçant les sourcils.

— T'es vraiment bizarre, aujourd'hui. D'ailleurs, tu sens bizarre.

— Ah ouais ? Je sens quoi ?

Virgile sourit, se pencha vers elle, fit mine de la flairer ; mais bien entendu, c'était pour l'embrasser. Elle sursauta. Tout son corps se raidit, elle recula vivement au fond du canapé.

— Holà ! D'accord…

Virgile l'observait, vexé. En colère, presque. Elle ne l'avait pas fait exprès, c'était du pur instinct. Elle chuchota « pardon ».

— Je croyais que c'était cool, toi et moi. On s'est tourné autour toute l'année, et là… Enfin là, je croyais que c'était cool.

Elle sentit la venue des larmes, marée haute, tempête, voulut les contenir, mais elles montaient fatales au rebord de ses yeux, montaient et montaient encore – comment les arrêter ? Elle avala sa salive avec difficulté, lui posa doucement la main sur la cuisse.

— Je sens quoi ? répéta-t-elle.

— Le feu. Tu sens le brûlé, en fait.

Fallait-il dire ? Lui dire ? Les choses qu'on ne dit pas restent-elles à tout jamais vivantes ?

— Il s'est passé quelque chose, murmura-t-elle finalement d'une voix étranglée, à peine audible.

— Quelque chose ?

— En venant ici… Il s'est passé quelque chose.

Alors elle raconta – la rue au nom d'oiseau. Maladroitement, avec les mauvais mots. Et plus elle racontait, plus elle réalisait que son récit n'avait rien de commun avec la réalité, qu'il ne donnait pas à voir, encore moins à sentir, ce qui s'était passé. Virgile l'écoutait avec attention – disons, avec toute l'attention dont était capable un adolescent bourré qui n'avait d'autre but que de lui peloter les seins – mais elle voyait bien qu'il ne comprenait pas. Elle acheva son récit dans un souffle, « Alors je suis partie, j'ai quand même pu partir, j'ai compté et je suis partie ».

Virgile la regardait. Essayait, disons, de la regarder. Mais son regard était vague, son très beau regard sombre, habituellement dense – mais là, tout vide. Elle le savait, *il n'a rien compris,* mais elle continua un instant d'espérer le contraire. Elle ne voulait pas de pitié, surtout pas, juste de la chaleur, de la tendresse peut-être, quelque chose pour que la souillure s'éloigne, Petite pute, petite salope, tu aimes ça, dis-le, que tu aimes ça. Mais il la fixait, vaguement hébété. Il n'était pas choqué, ni triste, ni même inquiet. Simplement, il ne comprenait pas ce qu'il y avait de si grave – et il le dit enfin, sans doute pensant bien faire, réconforter.

— Écoute, tu ne t'es pas fait violer, Clémence. C'est pas si grave, ça va aller... Tu veux une autre bière ?

Pour ces mots, elle aurait pu le tuer. Une putain de bière, c'était la solution ? Sa solution ? J'ai cru que j'allais mourir, tu ne comprends pas ? Tu ne peux pas comprendre *ça* ? Mais elle sourit péniblement, murmura « Tu as raison, tu as sûrement raison », se laissa embrasser, caresser – quelle importance ? Son corps ne lui appartenait plus, elle était à tout le monde et à n'importe qui. Ses seins étaient libres, nus, minuscules sous la blouse, à portée de main, déjà livrés, offerts. D'ailleurs, c'était étrange : Clémence voyait les mains de Virgile s'agiter sous l'étoffe, mais les sentait à peine. Les caresses étaient une brise, un léger frôlement. Sa peau semblait anesthésiée, retournée de l'intérieur, comme un gant de cuir doublé de velours, de satin, un tissu fluide et lourd sur lequel tout glisse. Son esprit battit en retraite, repartit en voyage, hurla entre les cactus dressés comme des sexes dans le grand désert rouge, survola les falaises au-dessus desquelles l'aigle majestueux, tel un cerf-volant de plumes, maintenant tournoyait.

Que vois-tu, de là-haut ?

Le monde est-il plus beau, ou plus terrible encore ?

De retour ici-bas, rappelée à la terre par le souffle véloce de son petit copain – il était excité, lui râlait dans le cou et embrassait ses tempes avec obstination –, elle songea brièvement à se confier ailleurs, autrement, avec de meilleurs mots, peut-être à Sophie, ou bien à Amélie (une fille eût-elle mieux pris la mesure des événements ?). Sophie dirait « Oh ! Ma chérie, ma pauvre petite chérie… », Amélie « L'enculé, l'enculé de sa race, viens, on va le retrouver, on va le défoncer » – mais la voix de Virgile, inlassablement, lui tournait dans la tête comme une comptine infâme, *Ce n'est pas si grave / Non ce n'est pas si grave / Ça va aller / Tu veux une autre bière ?* Et cette comptine-là, elle ne supporterait pas de l'entendre à nouveau. Alors, les mains de Virgile fouillant sous sa blouse, les tétons triturés pour la seconde fois de la première fois, elle prit sa décision : elle ne raconterait rien, plus rien, jamais. Parce qu'en vérité, personne ne pouvait comprendre ce qui s'était passé, ce soir-là, dans cette rue-là. Personne n'avait senti ce qu'elle avait senti, vécu ce qu'elle avait vécu. Personne n'éprouverait jamais la terreur, la fange, le cœur en cataclysme, le ventre qui se rétracte au point de vous étouffer, le monde qui se dérobe et devient étranger, la surprise, aussi, l'effet de surprise si chouette dans les films et là si monstrueux, si loin de l'horreur ludique des fins de week-ends pop-corn, la paralysie, l'impuissance, le goût de la mort qui vous sature les bronches jusqu'à vous asphyxier. Elle ne raconterait rien, parce que tous au fond – et quoi qu'ils pussent en dire – auraient pensé cela.

Allons, Clémence, ce n'est pas si grave !

Ce n'était même pas un viol.

Trente ans

En quittant la Clinique, j'avais soif. Le ciel avait ces allures fantastiques propres aux fins d'été, des nuages en forme de tumulus, suspendus dans l'air rose telles des soucoupes volantes. Et puis, nous étions vendredi.

(En vérité, je n'avais pas vraiment soif. En vérité, nous étions vendredi, mais le jour importait peu. En vérité, j'obéissais aux chiffres, parce qu'en vérité, nous étions le 29 – et le 29 était la clé de tout).

Je m'arrêtai dans une station-service pour me changer, mettre la robe lamée que je gardais dans le coffre, mon blouson en jean brut et mes talons trop hauts (*ceux-là*, ceux qui déséquilibrent mais vous donnent l'allure d'une étoile lointaine vers laquelle tendre la main, espérer la saisir, la convoiter au moins). À l'époque, c'était mon look de quand j'avais soif : de la lumière en forme de fringues – de l'espoir, du sexe et de la bière.

Les toilettes de la station, grandes et blanches, exhalaient un parfum de chlore et d'urine mêlés;

quelque chose d'autre aussi, de moins prévisible, des épices peut-être, comme si quelqu'un venait de manger indien. Les gens font parfois des choses surprenantes (moi la première) alors après tout, un poulet tikka au milieu des toilettes, pourquoi pas ? J'ouvris toutes les cabines vacantes, choisis la plus propre, m'y enfermai. Le petit loquet brillant tomba dans un bruit sec. À l'arrière de la porte en agglo laqué mauve, un numéro de téléphone était inscrit au feutre indélébile – *Thomas C. Massages, Mesdames, pour vous servir*. Tu parles. J'enlevai mon Levi's, mon T-shirt bleu pétrole maculé de peinture, mes baskets abîmées. Avec une lingette pour bébé, je nettoyai mon corps de l'odeur des filles – plastique, vernis, silicone, métal – et quand je sentis les fesses de nouveau-né, j'enfilai la robe, le blouson, les souliers, fourrai le reste dans mon sac avant de ressortir, pétasse magnifique.

Je m'étais enfin garée sur l'immense parking au front du Marécage, mais j'avais tourné longtemps avant d'y parvenir. Ce soir-là, il y avait un monde fou. Je n'arrivais pas à déterminer si cette situation me décevait ou m'excitait : les lieux ont des charmes différents selon qu'ils sont pleins ou vides, mais je ne sus jamais très bien quel charme je préférais.

Faire avec.

J'ôtai ma ceinture de sécurité, attrapai mes cigarettes sur le tableau de bord et quittai l'habitacle.

La nuit tombait lentement comme une pluie de cendres dans les halos des lampes au mercure. Je marchai, l'asphalte loin de mon visage avec les talons hauts, goudron exotique telle une terre inconnue, étrangère et malsaine. Au bout d'un moment, je me retournai. De loin, ma voiture semblait une petite boîte blanche, décharnée et luisante, au milieu des berlines, des vans colorés et des 4 × 4 noirs ; je la trouvai gracieuse, imprécise comme moi, et je fis volte-face pour rejoindre le bar.

Le Marécage était de ces lieux-patchwork où toutes les influences viennent se mélanger tels des corps en partouze, ici un peu de bois brut façon bar de western, des accents britanniques dans le velours côtelé des banquettes cosy qui tapissaient les box, des luminaires de pub au-dessus du comptoir (plutôt chic, voire guindés) mais des néons criards fixés de-ci, de-là sous l'estrade surélevée – un podium sur lequel deux filles se déhanchaient, le short en jean trop court et les yeux vitreux, portées par une musique qui n'avait pas de nom, ou bien portant un nom que je ne connaissais pas. Une boule à facettes, dans un coin du plafond, surplombait mécanique une piste de danse aux allures *seventies*, tandis qu'aux murs des masques, tout droit venus d'Afrique, grimaçaient en silence (des visages scarifiés dont le regard absent jugeait sans les comprendre ces joueurs de billard aux queues mal assurées). Je crois que c'est la raison pour laquelle j'aimais le Marécage, quand la région offrait tant d'endroits ravissants : il portait bien son nom. Grand et sombre, il vous engloutissait comme une gorge profonde, suintait d'odeurs de vase, d'ennui et de débauche, ne ressemblait à rien et du coup à tout le monde, il était *humain*, voilà – imparfait, dégoûtant, merveilleux.

Je me juchai sur l'un des tabourets, posai mes coudes sur le zinc. Je hochai la tête à l'intention du barman – un nouveau, très jeune, très blond, que je n'avais jamais vu – et commandai un demi.

— De suite, poupée.

J'eus envie de répondre « Si seulement tu savais », mais j'avais trop soif pour dire quoi que ce soit et je me contentai de lui sourire bêtement. J'attendis ma bière ; le gamin la posa devant moi avec cérémonie, à croire qu'il s'agissait des diamants de la Couronne.

— Et voilà. Bien fraîche.

La bière aurait pu être chaude comme de l'urine que cela n'aurait fait pour moi aucune différence : j'en percevais le goût, pas la température. Je la bus d'un trait, vite et sans réfléchir. Face à moi, derrière le comptoir, il y avait un grand miroir dans lequel se reflétaient les bouteilles et qui me renvoyait, scindée en mille morceaux, mon image. Comme chaque fois, je pensai aux filles – les autres, les vivantes, les comédiennes, celles que je maquillais jadis sous les lumières puissantes des loges de cinéma. Et leur fragilité, insupportable, tous ces mots qu'elles prononçaient, leur reflet inversé dans les glaces lumineuses, Tu n'as pas idée, Clémence, de la violence, Tu ne peux pas comprendre tu es de l'autre côté, Oh ! Clémence, combien ils jugent, *te* jugent, comme ils n'ont pas de pitié ! Je hochais la tête en effaçant les rides, les cernes, les cicatrices, et elles m'en savaient gré, me trouvaient chacune des airs de magicienne. Elles jouaient les gentilles, me faisaient des sourires et des compliments, parfois même des avances. Toutes les actrices le savent : se mettre dans la poche coiffeuses et maquilleuses, cajoler sans vergogne le chef opérateur… et le réalisateur lui-même devient presque accessoire.

Je soupirai en agitant l'index pour un second demi. Le blondin me gratifia d'un sourire égrillard en empoignant le manche de sa pompe à bière, mais je fis mine de ne pas saisir l'allusion. Je regardai autour de moi, scannant l'espace, cherchant une proie parmi la foule. En règle générale, il ne me fallait guère plus de quelques minutes pour repérer l'homme avec lequel je passerais une partie de la nuit. L'expérience avait forgé en moi une sorte de décodeur, presque infaillible, et je savais d'instinct celui qui obéirait, ne me demanderait rien, ne me ferait aucun mal. Les scientifiques parleraient sans doute de *langage corporel* mais au bout du compte, cela revenait au même.

Ce soir-là, il portait un costume froissé, mais sexy tout de même – ou sexy à cause de cela, précisément, de la négligence, visible aussi à cette barbe de plusieurs jours, aux pétéchies dans ses yeux bruns, comme si quelqu'un venait de l'étrangler. Il était assis dans un box, seul et désœuvré, devant un gin tonic. Une fois décidée, je fis en sorte d'accrocher son regard. Ce ne fut pas très compliqué ; ça ne l'était jamais, compliqué. Je décroisai les jambes, ostensiblement, avant de les recroiser dans l'autre sens. Il hésita un instant. J'insistai, souris pour lever le doute, bus une gorgée, léchai sur ma lèvre la moustache de mousse qui s'y était posée. L'homme se leva, s'approcha, démarche habituelle, empressée et pataude. Une fois à ma hauteur, en respirant à peine, il prononça à la chaîne tous les mots attendus.

— Bonsoir je n'ai pas pu m'empêcher de vous remarquer je peux vous offrir un verre ?

— C'est gentil. Mais je n'ai plus soif, en fait.

L'homme eut un sursaut, une légère crispation, puis il commença à faire volte-face.

— Ah… D'accord. Pardon pour le dérangement.

Je me dis bien sûr qu'il n'était guère coriace ; mais c'était émouvant, cette manière de décamper, battu d'avance, comme un clébard congédié d'une petite tape sur le flanc. Et puis, il n'était pas d'ici, il n'avait pas d'accent. J'aurais pu le parier rien qu'à son allure, mais mon intuition venait de se confirmer. Les types de passage, c'était la panacée. La question d'un avenir – Pourrais-je te revoir ? – ne se posait jamais.

— Mais si vous avez une chambre quelque part, murmurai-je, je suis partante.

Il suspendit son geste et se retourna pour me dévisager. Il remarqua alors mes yeux, je le lus dans les siens : ses paupières clignèrent plusieurs fois, comme s'il n'était pas sûr de ce qu'il venait de voir.

— Je ne sais pas, dit-il. Je ne fais jamais ce genre de choses.

— Quel genre de choses ?

— Vous savez… Payer…

Je poussai un long soupir, pour m'amuser, pour l'inquiéter. Nous étions le 29 et tous les 29, je testais mon pouvoir. Ce n'est pas comme si je voulais blesser les hommes *délibérément*… mais à défaut de pouvoir désirer, j'avais besoin du désir des autres. Le désir des autres, c'était, simplement, ma façon de survivre.

— Vous n'aurez pas à payer. Vous me plaisez, c'est tout.

En réalisant qu'il s'était trompé sur mon compte, il rougit, mais je lui lançai un sourire rassurant. J'étais jeune et belle malgré mes bizarreries – je le savais, maintenant, je l'avais éprouvé, maintes fois – et je traînais seule dans des bars de nuit en habit de lumière, l'air faussement désarmé. Avec mon look de quand j'avais soif, on me prenait facilement pour une pute, mais je m'en fichais bien. Le chemin comptait peu, seul importait le but. L'homme me détailla des pieds à la tête (il voulait être discret, mention peut mieux faire), puis ses yeux se mirent à pétiller. L'ensemble lui plaisait, aucun doute là-dessus.

— Je peux connaître votre prénom, tout de même ?

— Lolly.

Il fronça les sourcils.

— C'est un drôle de prénom…

— Peut-être. Mais c'est le mien.

Je mentais toujours.

C'était un jeu, un rôle que j'incarnais, inspiré des comédiennes que je maquillais jadis. Se mettre *dans la peau de*, Clémence, tu comprends ? *Habiter la peau de*, voilà le secret. (Moi qui avais perdu toute sensation tactile, cette expression – habiter la peau – me faisait toujours l'effet d'une provocation.) Mais je mentais surtout parce que je savais que le miracle n'aurait pas lieu : il n'avait jamais eu lieu. « Clémence », pourtant, je le gardais pour le miracle, comme une cartouche secrète ou une balle en argent.

— Moi, c'est Dan. Daniel.

— Enchantée, dis-je en me levant. On y va ?

Dehors, il s'était mis à pleuvoir. Aux abords du parking, des torrents de boue déferlaient vers la côte ; je songeai que demain, la mer serait brune. Nous restâmes un instant abrités à contempler le déluge, puis Dan désigna une petite citadine d'un gris passe-partout parquée près de l'entrée.

— Je suis garé là, murmura-t-il.

— J'ai la mienne. Je vous suis.

Je fouillai mon sac pour sortir mes clés. Il hocha la tête, non sans réprimer une expression de dépit. Je le trouvai terriblement fragile, perdu dans son costume bon marché, mal taillé et trop grand pour lui.

— Je vous suis, répétai-je pour le rassurer.

— Entendu, dit-il. Je vous attends ici, d'accord ?

Tandis que j'allais rejoindre ma voiture sous une pluie battante, je sentis son regard se poser sur mes fesses, que les talons vertigineux faisaient se balancer tel un métronome. Je ralentis, car ma déficience me rendait maladroite, surtout quand j'avais bu, surtout quand il pleuvait.

— Pourquoi t'es comme ça ? demanda-t-il en allumant une cigarette entre deux doigts fins, aux ongles manucurés, pareils à ceux d'une femme.

— Quoi, comme ça ?

Je me redressai, le drap serré contre la poitrine dans une absurde tentative de pudeur, tout en tendant l'autre main vers son paquet de Camel. Il m'en offrit une, l'alluma dans ma bouche.

— Tu sais bien, Lolly… ou qui que tu sois. Ne fais pas l'imbécile.

— Non, je ne sais pas, vraiment. Dis-moi. Explique-moi.

Dan tira une longue bouffée, fit des ronds de fumée, parfaitement circulaires dans l'espace rose et vert d'un Ibis de banlieue. Dans la chambre voisine, on entendait très fort la télévision – des cris et des coups de feu. *Les Experts*, sans doute. D'instinct, Daniel regarda vers le mur. C'était sûrement plus facile que de me regarder, moi. Mais à ma grande surprise, il poursuivit, avec un affront inopiné :

— Pourquoi tu dis «Je t'aime» quand tu baises et que, clairement, tu n'aimes personne ?

Au moins, il était honnête. Prévenant, dans un sens : il cherchait à comprendre. Sa question, pourtant, me fit froid dans le dos ; personne ne me l'avait posée depuis des années – personne depuis Tristan. Je pensai brusquement à notre rupture ; à sa franchise terrible, ce soir-là – le soir où il jeta l'éponge. «Parle-moi. Ça fait deux ans que j'attends que tu t'ouvres, que tu dises. Maintenant, parle-moi. Je t'aime, Clémence. Mais parle – ou je m'en vais.»

Je n'avais pas parlé, Tristan était parti. Je n'avais rien fait pour le retenir, bien sûr. J'avais passé trois semaines au lit, sans bouger, sans sortir, sans manger. Mais je n'avais pas appelé. Ni répondu quand il appelait.

J'avais disparu, une fois de plus. Parce qu'il méritait mieux. Parce qu'il serait bien plus heureux sans moi. Ce que l'avenir s'était (évidemment) chargé de confirmer.

Je regardais Daniel, cette tendresse qu'il avait au fond des yeux sans même me connaître, une chose si rare et si précieuse qu'elle me donnait littéralement envie de chialer. J'aurais voulu lui dire que j'aimais juste les mots, la sonorité de ces mots-là, mais son regard fixe, abrupt et sec, m'obligea à répondre un peu plus sérieusement.

— Je ne sais pas, murmurai-je. J'imagine qu'à force de le dire ça finira par exister.

— L'amour, c'est un truc coincé dans une lanterne magique ? On frotte bien – et puis, *pouf*, ça existe ?

Je ne pus m'empêcher de sourire.

— Tu as raison, je suis une gamine. D'ailleurs, je joue toujours à la poupée.

— C'est-à-dire ?

Je secouai la tête.

— Rien. Laisse tomber.

— O.K., *Lolly*. Je vais te poser la question autrement.

Je hochai la tête en soufflant la fumée – « même pas peur ».

— Pourquoi tu veux baiser, alors que, clairement, tu n'aimes pas ça ?

Dans ma tête, j'eus soudain l'impression d'entendre les rires en boîte d'une sitcom bon marché.

(Parce que je ne suis pas une poupée grandeur nature, voilà pourquoi. Parce que je ne suis pas une fille de la Clinique – je vois et je cligne des yeux, je n'ai pas de sensations mais j'ai des émotions, je ne sens rien mais je ressens tout, je baise donc je suis, je suis un être *humain*.)

Je restai silencieuse un instant, puis repoussai le drap d'un geste agacé et me levai du lit.

— C'est bon, Dan. Si je voulais un psy, j'irais voir un psy.

Il m'attrapa le bras.

— Attends. Ne te fâche pas…

— Lâche-moi.

J'eus brusquement envie d'éteindre mon mégot sur son torse, ce pauvre torse glabre comme celui d'un enfant.

— Réponds, souffla-t-il. Réponds, et je te lâche.

— Tu veux une réponse ? Tu veux vraiment une réponse ?

— Oui, je veux une réponse.

— Parce qu'on est le 29.

Il me lâcha. Cette réponse n'avait aucun sens pour qui n'était pas moi, mais il me lâcha.

J'allai ouvrir la fenêtre d'un pas colérique, jetai la cigarette à l'extérieur. Il y eut, vingt mètres plus bas, une petite étincelle sur le goudron noir.

— Je laisse ouvert, lui dis-je. Je suppose que t'es au courant mais ici, c'est interdit de fumer.

J'enfilai ma culotte tombée sur le sol, la robe lamée, les talons crottés par la pluie, la boue, récupérai mon blouson en jean sur le dos du fauteuil (cet imprimé, grands dieux, où étaient-ils donc allés chercher cet horrible imprimé ?). Je ne portais plus de soutien-gorge, plus jamais ; à quoi bon ? Mes seins étaient trop petits, avaient cessé de grandir au faîte de mes quinze ans, comme plaqués à l'intérieur de moi par une machine-outil.

Je m'assis dans le fauteuil pour remettre mes chaussures ; des trous, des lanières – et la chair au milieu. Toujours au lit, Dan me regardait, aurait voulu dire *Reste.* Je ne sais pas qui tu es, je ne sais pas ce que tu fous, encore moins ce que tu veux, mais qu'importe, s'il te plaît, reste : je ne demanderai plus rien.

Bien entendu, je ne restais jamais ; pas plus cette fois qu'une autre.

La porte, la moquette du couloir. Rose, verte. Rase. Le bouton de l'ascenseur. Lumineux.

Les hôtels de chaîne font partie des endroits les plus tristes du monde. « Un problème ? Une question ? Composez le #1 ! » Dans l'ascenseur, je soupirai et, dans ma tête, je composai le #1. Daniel était mieux que la moyenne – et alors ? J'avais vérifié que rien n'avait changé : je n'avais plus besoin de lui. Daniel serait bientôt une énième petite croix sur une page d'agenda, une ligne de mémoire, une capote de plus au fond des océans.

Daniel (Dan) # 29 septembre # Marécage # Ibis de Rivesaltes # Lolly.

Tous les 29 du mois, c'était la même rengaine – un rituel morbide motivé par l'espoir.

Quinze ans

Il était à peine neuf heures du matin. L'horloge claquait, donnait le *la*. Les autres dormaient toujours, affalés, entassés. Clémence avait ouvert les yeux, senti une vague tiédeur contre sa peau – Virgile ronflait, lui ronflait dans le cou : ils s'étaient endormis, serrés et en cuillère, dans le divan d'alcôve. Le bras de son petit ami reposait sur sa taille et lui barrait le ventre. Elle ne voulait pas le réveiller, voulait surtout ne réveiller personne, n'avait aucune envie de parler, de rien ni à quiconque. La lumière estivale dévastait la pièce, entre deux rideaux jaunes qu'on n'avait pas tirés. Au-dessus du carrelage rouille, la fumée de la veille stagnait encore, en nappes presque palpables.

Elle cessa d'expirer, souleva le bras de Virgile avec mille précautions, le reposa doucement sur le torse du garçon – du *gamin*, pensa-t-elle – et s'extirpa du canapé. Elle était déjà tout habillée, n'avait même pas ôté ses chaussures. Un instant, elle fixa l'aigle naturalisé, ses ailes déployées comme s'il voulait l'étreindre, l'embrasser bravement de toute son envergure, et elle l'envia soudain, ce putain d'oiseau mort – je voudrais être Toi, insensible et grandiose, j'aimerais voir le monde derrière des yeux de verre, et ne plus avoir mal.

(Elle ne savait pas encore qu'il fallait quelquefois se méfier de ses désirs.)

Une fois debout, elle observa un instant la masse des corps de ceux qui, durant quatre années, furent ses amis. Au lycée, ils seraient séparés, atome explosé, répartis dans divers établissements selon leur quartier, leurs aptitudes ou les options qu'ils avaient choisies. A priori, elle ne retrouverait que Sophie, jeune et jolie Sophie allongée en travers du grand tapis persan, sa robe trop courte et trop moulante dévoilant un morceau de culotte d'un blanc éblouissant. Clémence les regardait de haut, au propre, au figuré, le cœur écrasé comme sous un trois tonnes cinq. Elle avait fait partie de cette masse de corps, mais l'enfance avait brûlé au fond du jardin et plus jamais, elle ne serait comme eux. Elle découvrit alors un sentiment nouveau (que l'avenir se chargerait de parfaire jusqu'à la maestria), un sentiment mi-triste, mi-gai, ténu mais fort – un fil. La nostalgie.

Clémence passa la porte, traversa le jardin, la grille fermée sur rue, se retrouva dehors, seule et à découvert. Un croissant de lune pâle pendait tel un crochet en plein milieu du ciel et sans savoir pourquoi, cette vision la glaça. L'air sentait la mer – pas si proche pourtant, plus de dix kilomètres – le sel, les algues pourrissantes. Elle eut envie de rentrer pour appeler un taxi, avant de réaliser qu'elle n'avait pas d'argent. C'était un comble, tout de même : son père l'était, Taxi. Bien sûr, plutôt mourir que de lui téléphoner. Et puis, comment expliquer ? Elle vivait à quinze minutes de marche. Elle resta un moment immobile sur le trottoir, debout face à la grille, jusqu'à ce qu'un vieil homme passe près d'elle une baguette sous le bras, hochant la tête à son intention. Il avait l'air doux et gentil, il semblait à lui seul la paix dans le monde.

Inspirer. Expirer. Se mettre en route.

Un samedi à neuf heures du matin, ils n'étaient pas sortis, les connards, les porcs. C'était l'heure des vieilles dames promenant leur caniche, des mères à petits gosses, des jeunes gens avinés qui, après une nuit blanche, étaient bien trop perdus pour agresser quelqu'un.

Le ciel était bleu et le soleil brûlant, une légère brise comme une chatouille, mais elle ne souriait pas, ne sifflotait pas. Les chiens, dit-on, décèlent la peur à plus de cent mètres à la ronde. La peur avait cette odeur de lycra calciné qu'aucune brise d'aucune sorte n'aurait pu dissiper. Alors, ne pas marcher trop vite. Pas trop lentement non plus.

(Quel était le bon rythme ? Saurait-elle, un jour, retrouver le bon rythme ? *Avoir peur de son ombre…* Le son de ses propres pas la faisait sursauter et pour la première fois, elle vit le soleil pour ce qu'il était vraiment : un horrible mensonge.)

Elle fit un grand détour pour éviter la rue au nom d'oiseau. C'était stupide, tout un pâté de maisons en plus, mais elle ne pouvait pas repasser dans cette rue.

Ne pourrait plus jamais repasser dans cette rue, même quand tout serait rasé, reconstruit, même quand des toboggans de toutes les couleurs jailliraient de terre tels des serpentins.

Des pas derrière elle – d'autres pas que les siens.
(Le cœur s'accélère, j'accélère le pas.)
Le temps à nouveau se mit à ralentir.

Les couleurs du monde s'estompaient peu à peu, grisaillaient, linges mal lavés, trop lavés, passés au détergent. Elle était une *victime* et, désormais, allait les attirer, tous les tarés du monde, limaille de fer contre un aimant, battue d'avance. Ne serait plus tranquille, ne vivrait plus en paix et ne siffloterait plus. Chaque pas serait ainsi cadenassé par la trouille, son visage à jamais marqué du signe de la proie, enseigne écarlate vissée au-dessus du front (attaquez-moi, violez-moi, tuez-moi, il a ouvert une brèche et je suis là pour ça, allez-y, allez-y donc, qu'est-ce que vous attendez ?). Mais la silhouette, déjà, la dépassait : une jeune femme pressée en costume de garçon, une mallette à la main – un rectangle de cuir noir aux angles écorchés.

Le cœur de Clémence lui tomba dans le ventre, rebondit sur l'estomac comme sur un fond sableux, joua au flipper dans sa cage thoracique, avant de reprendre sa place initiale. Une jeune femme. Rien qu'une jeune femme.

Elle se sentait ridicule. Mais le ridicule ne tue pas. Les couteaux, si.

Clémence tourna la clé dans la serrure, un petit ours polaire balayant le trousseau. À peine eut-elle ouvert la porte que sa mère était là, dressée en robe de chambre, pilou douillet et chaussons mauves, sourire aux lèvres.

— Ça va, ma puce ? Tu t'es bien amusée ?

— Super.

— Les parents d'Amélie vont bien ?

— Très bien, oui. Ils vous passent le bonjour.

— Qu'est-ce que vous avez fait ?

Clémence haussa les épaules.

— Des jeux de société.

La mère sourit, un peu rassurée.

— Tu veux prendre le petit déjeuner ? J'ai fait des gaufres pour ta sœur.

— Non, merci… J'ai mangé là-bas. Je suis un peu fatiguée, je vais dans ma chambre.

— Ah… D'accord.

Il y avait une pointe de déception dans sa voix, assortie d'un soupçon d'angoisse, de suspicion peut-être.

Clémence longea le couloir aux murs tapissés style *British* à la con, des petits bouquets ronds maintenus par des rubans aux couleurs surannées. Elle sentait le regard maternel collé contre sa nuque, tendre, bienveillant, éternellement inquiet. Son cœur tapait trop fort, ses jambes fourmillaient. Elle s'appliquait tant bien que mal à masquer à sa mère le tremblement de ses membres, mais jamais sa chambre ne lui parut si loin. Le couloir s'allongeait, se distordait, les murs godaillaient comme des tentures noires entre lesquelles son misérable corps grinçait et titubait.

Si tout avait pu disparaître… Si seulement *tout* avait pu disparaître.

Elle lui en voulait, à sa mère.

C'était injuste, mais elle lui en voulait – d'habiter ce quartier où les hommes cherchaient à violer les jeunes filles, lui en voulait de l'avoir fabriquée ainsi, avec cette chevelure rousse et ce regard étrange qui excitait certains. Lui en voulait aussi de ne rien pouvoir dire, obligée de se taire pour garder un avenir, un peu de liberté, un ersatz d'existence. De l'aimer trop, sans la laisser grandir. De vouloir qu'elle soit quelque chose d'autre qu'elle-même, une sorte d'enfant idéale, obéissante, infaillible, fabriquée en tube et activée par télécommande.

On ne se maquille pas, quand on a quinze ans. On ne sort pas le soir, on ne voit pas de garçons, on évite les jupes courtes, on ne porte pas de talons, on est une petite fille, le plus longtemps possible.

(Si tu savais, Maman, à quel point tout cela n'a servi à rien – tes foutues précautions !)

Ce matin-là, pourtant, elle aurait aimé s'asseoir à la table de cuisine, qu'on lui serve un café et tout simplement dire :

— M'man, il s'est passé quelque chose. Un homme a voulu me violer, là, juste à côté. Il n'y est pas arrivé, d'accord, mais c'est grave quand même, et il faut porter plainte. Mais, s'il te plaît, ne dis rien à papa. Ne dis rien à personne.

La mère aurait acquiescé (un peu solennelle, sérieuse, digne de confiance) :

— Oui, c'est grave. On va le signaler. Et je ne dirai rien, je te le promets. Qui a besoin de savoir ? Chérie, c'est entre toi et moi.

On n'en aurait pas fait un drame, juste le nécessaire, on aurait pris des mesures, discrètement. Elles seraient allées au commissariat, deux adultes complices partageant un secret. Clémence aurait donné son signalement, fait un portrait-robot, le nez comme ceci, le front comme cela, les cheveux blond-blanc, la chemise ciel d'hiver, les yeux innommables. Dans cette démarche-là, un voile de salissure se serait envolé, la peau déjà moins lourde sur les os douloureux. Chanceuse dans son malheur (il n'y avait pas eu viol, elle s'en était tirée, avait bien réagi, avait été maligne), Clémence serait rentrée toute gonflée d'espérance (ils allaient le choper, vite fait bien fait, il n'agresserait personne, ne violerait personne ni ne tuerait personne).

Mais elle le savait : avouer l'agression, dans cette famille-là, ce serait se condamner à la perpétuité. Ne plus quitter la tour d'ivoire au fond du couloir style *British* à la con, rester à tout jamais la princesse esseulée prisonnière du donjon. Ce serait les psys, l'enfermement (préventif bien sûr, mesures prophylactiques), ce serait crever d'ennui et la minijupe éternellement bannie – *J'étais en jean, bordel !* –, ce serait le père hagard s'abreuvant de pilules et la famille nombreuse tout entière au courant, sans exception, oncles, tantes, cousins, cousines et parents éloignés, parce que les mystères, l'intime, le privé, pas de ça chez nous, nous sommes un livre ouvert, «Où il y a du mystère, il y a de la honte et chez les Blisson, nous refusons la honte». Ce serait rester à tout jamais fillette, protégée en serre telle une fleur fragile en voie d'extinction. À tout jamais victime, à tout jamais coupable, à tout jamais salie. Qu'elle avoue le malheur (qu'elle essaie donc!) et elle serait punie pour un crime qui n'était pas le sien.

Parce qu'au fond, elle avait peur. Peur de lire dans leurs yeux que tout était sa faute.

Si une mauvaise chose lui arrivait, elle en était toujours responsable. Le jour où, au CP, on lui avait volé sa trousse? Elle n'avait pas fait assez attention à ses affaires. Sa tête pleine de poux? Elle avait dû traîner où il ne fallait pas. Elle avait raté le cours de piano à cause d'une panne de bus? Si elle avait pris le tramway, on n'en serait pas là. Son vélo disparu? Mal attaché, à coup sûr. Alors, mentir par omission pour rejoindre une soirée *sans* parents mais *avec* des garçons – et de l'alcool, sans doute? Des joints? *À quinze ans, sortir le soir, caprice de gamine – et tu t'es maquillée pour couronner le tout? Ah, tu l'as bien cherché, on t'avait prévenue!* Chez les Blisson, on est, quoi qu'il arrive, maître de son destin. *Aide-toi, le ciel t'aidera.* Clémence abhorrait l'Église, mais regrettait parfois qu'ils ne fussent pas croyants. De temps à autre, accuser une force supérieure eût été reposant. Le diable existe… *non?*

Recluse dans sa chambre, elle se persuadait : d'ici quelques semaines, tout au plus quelques mois, elle aurait oublié ce pénible incident. Elle était toujours vierge, l'important était sauf. Virgile avait raison, ce n'était pas si grave. Un accident de parcours, un heurt sans conséquence – l'un de ces petits *riens* qui émaillent l'existence. Elle répétait le mot « rien » jusqu'à le vider, piètre ironie, de toute signification ; mais une image sans cesse lui revenait en mémoire, un autre incident, un lointain souvenir. Le vase de la grand-mère, fracassé en faisant du roller quand elle avait dix ans… dans le couloir. Bien sûr, patiner dans le couloir était formellement interdit par la loi : elle avait pris une rouste, la seule de sa vie. Son père ne l'avait jamais frappée, ne frapperait plus jamais, sans doute de cette baffe s'était rendu malade. Mais cette fois-ci, elle avait pris une rouste, comme si elle avait brisé bien autre chose qu'un objet – mille morceaux de Mamie morte explosés sur le sol. La cadette, Suzanne, avait trois ans à peine : elle rigolait jusqu'à s'en étouffer, sans rien comprendre du drame qui se nouait ici, sur le parquet Versailles entre les bouquets ronds. Aux yeux de Suzie, c'était juste le bazar, la fête nationale, une sorte d'attraction dans cet appartement où personne (jamais) ne disait un mot plus haut que l'autre. Mais un dimanche entier, Clémence s'était retrouvée la colle à la main, chaque pièce du puzzle étalé sur la table, casse-tête interminable et maculé d'opprobre. Le vase était irrécupérable, la mission tristement vaine : on allait le jeter même une fois réparé. Mais c'était une leçon. *Tu casses, tu répares.*

Alors, Clémence pensait : Tu casses, tu répares.

Elle savait bien sûr qu'on ne la réparerait pas. Qui aurait pu ? L'homme blond, peut-être, qui demanderait pardon en chialant à genoux, ses mains baladeuses menottées dans le dos ? Mais ça n'arriverait pas et comme le précieux vase, elle finirait à la poubelle, recollée pour la forme et brisée dans le fond.

Bref *toc-toc* à la porte, et la porte s'ouvre sans demander son reste. L'intimité, le secret – *Ah ! Non, pas de ça chez nous.* Une seule fois, vers quatorze ans, Clémence avait tenté de s'enfermer à clé. Elle ne faisait rien de mal, aucun projet douteux, elle avait juste envie de savoir que personne ne pouvait entrer chez elle sans son approbation. C'était une sorte de test, légitime à ses yeux, malheureusement soldé par un scandale sans nom et la saisie pure et simple de la clé de sa chambre. Elle s'était demandé ce qu'ils avaient bien pu imaginer pour se mettre dans un état pareil. Cigarette ? Masturbation ? *Pire* ? En réalité, elle était bien plus naïve que ses parents : elle ne voyait pas pire. Tout ce qu'elle voulait, c'était revendiquer son droit à exister – ses droits dans cette maison. « Je ne suis pas un animal de compagnie, je suis une vraie personne. » (À la réflexion, il y avait là quelque chose de troublant : vouloir s'enfermer pour être une vraie personne… L'oiseau ne réclame pas la clé de sa cage pour s'y emprisonner, si ?)

— Clémence, tu viens dîner ?

Elle se frotta les yeux, les coquelicots béants sur la tapisserie beige. Se dressa dans le lit, la couette comme un linceul imprimé cachemire.

Sur le radio-réveil : 19 h 09.

Elle avait dormi toute la journée.

— J'arrive.

Lorsqu'elle mit le pied à terre, son corps lui fit l'effet d'une mosaïque fêlée, au sol d'un palais englouti par les flots.

— J'ai une blague, j'ai une blague ! s'exclama Suzanne d'un air impertinent, en plantant sa fourchette dans les haricots verts.

— Oui ? déclara le père, mi-figue, mi-raisin, ne sachant à quoi s'attendre.

— C'est la maîtresse de Toto qui demande : Avec quoi peut-on faire de la compote ? Alors y a un élève qui dit : avec des pommes ! Bien. Quoi d'autre ? Une petite fille lève la main : avec des fraises ! Ou des poires ! En effet, déclare la maîtresse, c'est bien, très bien. Mais encore ? Et Toto : avec des moules ! La maîtresse fronce les sourcils, et elle a l'air un peu dégoûté, alors elle dit : Pardon ? Ben, explique Toto, ma mère, elle dit toujours qu'elle a la moule en compote !

Sans le vouloir, Clémence pouffa.

Regard noir du père, de la mère.

— Tu ne sais pas ce que tu racontes, Suzanne. Tu ne dois plus jamais raconter cette histoire. C'est une histoire idiote.

Une nouvelle douche, très longue, même s'il n'y avait plus rien à laver, même si tout était récuré jusqu'à la moelle, que la peau était rouge comme une viande trop fraîche, à l'instant désossée.

Au bout d'un moment, Clémence réalisa que le mitigeur était au plus bas, le curseur sur le bleu. L'eau, manifestement, devait être glacée. Pourtant, elle n'avait ni froid ni chaud : elle ne sentait plus le liquide sur sa peau. Le jet était visible, bien présent sous ses yeux, mais comme immatériel.

Elle lâcha, terrifiée, le pommeau de la douche.

Trente ans

Ce matin-là, M. Chanal entra dans la salle de maquillage comme chaque fois sans frapper. En cela, il me rappelait ma mère – si ce n'est que ma mère n'aurait pas pu me virer. Il avait quarante-cinq ans, une coupe en brosse éternellement ratée, asymétrique (et je me demandais toujours comment on s'y prenait pour rater une coupe en brosse), des petites lunettes carrées à monture d'écaille, l'air d'un premier de la classe torturé dans la cour. Lui n'avait sans doute jamais torturé personne, ni harcelé personne : on l'eût davantage imaginé gérant le rayon « Bien-être » d'une librairie de quartier. Il affichait sans cesse une mine enjouée, presque festive, se voulait à la coule pour dédramatiser (ou conjurer) le commerce dont il était coupable – la honte éventuelle et l'horreur probable des amours fabriquées.

— Alors, Clémence ? Comment ça se passe, aujourd'hui ?

— Bien, super. Regardez, elle va être magnifique.

Chanal s'approcha à petits pas comptés, se pencha sur le fauteuil, étudia le visage parfait de la fille parfaite –

Joy, modèle XX-06, blonde aux yeux bleus, 85B (commande n° 26, Monsieur Alexis T*, petit joueur).

— L'artisanat, murmura-t-il. C'est vraiment beau, l'artisanat…

J'acquiesçai – que faire d'autre ? Je pris mon pinceau, le trempai dans le rouge, le rose, le beige, mélangeai, préparai avec soin un blush éternel, résistant au sperme et à la solitude. Il poussa un soupir, une sorte de souffle froid entre extase et pitié.

— Je pense toujours à ces hommes, continua-t-il en se grattant le menton, qu'il avait fuyant et glabre, presque effacé. Vous savez, ces hommes pour qui nous sommes… un salut… n'est-ce pas ? C'est important, je crois. Ce que nous accomplissons, Clémence, est une chose importante.

Je pensais souvent à ces hommes, moi aussi, tous ces hommes qui vivaient avec des poupées, ouvrant de grands vins qu'elles ne pouvaient goûter, préparant des petits plats qu'elles ne pouvaient manger, brandissant des verges dures dont elles ne pouvaient jouir – vagins artificiels. J'essayais de les imaginer, ces hommes, de me mettre à leur place. Mais en réalité, je ne pouvais me mettre qu'à la place des filles. Néanmoins, elles différaient de moi : elles ne sentaient rien, certes, mais ne vivaient rien non plus, n'espéraient rien, aucun miracle, aucun 29. Ce qui nous différenciait, plus que toute autre chose, était l'espoir. Comment une poupée aurait-elle pu avoir de l'espoir ? Elle n'en avait même pas *besoin*. Mais les filles ressemblaient tant à des êtres humains que j'avais du mal à les considérer comme de simples objets. Pour moi aussi, à force, elles devenaient réelles et je ne pouvais m'empêcher de m'identifier à elles. Je leur parlais, elles ne répondaient pas (encore heureux !) mais tout de même, il m'arrivait parfois de mettre ma bouche sur leur bouche, juste pour voir ce qu'il se passerait. Bien entendu, il ne se passait rien.

En maquillant Joy, je m'imaginais Nadine, nouvellement arrivée dans le salon propret de Lionel C*, assise dans un canapé ringard sous la lumière trop crue d'un lustre Ikea. Il avait acheté des roses et une vaste garde-robe – Tu seras jolie là-dedans, la vendeuse m'a aidé, elle a dit « C'est seyant ».

— Tu as bien travaillé, mon chéri ? demande Nadine, silencieuse et sincère entre ses lèvres peintes, gonflées telles des saucisses de l'ère industrielle.

Lionel acquiesce, ravi, et se rengorge un peu.

— J'ai décroché le contrat Messinger. Un contrat plein de zéros.

— Sans blague ? Oh, Lionel, je suis si fière de toi ! Ouvrons le champagne, veux-tu ? Tu l'as bien mérité.

Il veut, et il ouvre le champagne – pop *! Elle ne boit pas mais lui beaucoup, tellement qu'à force il la voit boire aussi, et rire, et dire d'insensées cochonneries, alors une fois saoul, complètement, il se lance :*

— Amour, allons donc nous coucher. Tu es pompette, mon cœur, tu es tellement pompette !

Il rit et la porte dans ses bras jusqu'à la chambre nuptiale, épouse minuscule, elle est si légère, trente-deux kilos, taille 0 et 90D (bien sûr, on rêve), elle rebondit sur les draps blancs, une plume, un ange, trop mignonne et pas chiante avec ça, toujours partante, pas de capote, pas de maladie, pas de migraine – l'amour et le sommeil.

M. Chanal était donc mon patron. Son petit nom était Gilles. On pourrait croire qu'un type qui décide d'investir tout son capital dans la fabrication de poupées en silicone grandeur nature avec vagins interchangeables serait une sorte de pervers, mais pas du tout. Gilles sortait d'HEC, avait commencé sa carrière dans les filtres à air, monté son entreprise de cartouches d'encre recyclables, mais tout avait foiré, liquidations judiciaires et revers de fortune. Puis il était parti au Japon, en vacances avec sa femme, et en était revenu avec cette idée-là.

Tout le monde a besoin d'un peu d'amour, non ?

En France, il fut le précurseur. Depuis, une firme concurrente était née en Alsace ; mais Gilles aimait à dire qu'à la Clinique, nous incarnions les « filles du Sud ». Et comme chacun sait, rien ne vaut les filles du Sud. De mon côté, je voulais quitter Paris : je ne supportais plus les comédiennes (ni les comédiens d'ailleurs, ni les techniciens et leurs mains baladeuses). J'étais souvent engagée sur des tournages en conditions extrêmes – déserts, sommets, banquises – car j'étais l'une des seules à travailler aussi bien qu'en zone tempérée. Mais j'étais épuisée, vidée par les plateaux, les lumières, les éternels raccords entre deux prises, les confessions de toutes ces petites nanas tellement plus belles, plus riches et plus heureuses que moi mais toujours à se plaindre, à mendier tant d'amour qu'on avait l'impression de se faire sucer le sang – tout cela pour, quelques mois plus tard, voir les écrans crever sous des films médiocres, le travail sapé par un chef op' inapte ou un producteur un peu trop près de ses sous.

(Comme toujours, je noircis le tableau. J'ai rencontré ces années-là des gens très sympathiques, y compris des acteurs, y compris des actrices, et de nombreux techniciens. J'adorais un chef machino surnommé Biquet à cause de sa barbiche, je vénérais Clarissa, une collègue maquilleuse spécialisée dans les effets spéciaux, parfaitement cinglée et intarissable sur le cinéma d'horreur, du *Cabinet du Docteur Caligari* aux films « Found Footage » du XXIe siècle. Il paraît que le mouvement naturel de la mémoire consiste à éliminer les mauvais souvenirs au profit des bons mais chez moi, ce processus de résilience défaille comme le reste.)

Quoi qu'il en soit, après sept ans de septième art et vingt-cinq déceptions, j'étais bien décidée à rendre mon tablier. Mais je refusais à la chaîne tout ce qu'on me proposait, essentiellement des postes d'esthéticienne ou de vendeuse en parfumerie. À force, je me voyais déjà tout en bas de l'affiche – artiste maudite, condamnée à vie, prisonnière éternelle du milieu du spectacle.

Jusqu'au jour où, grâce au Pôle Emploi du 5e arrondissement, le miracle eut lieu.

Le libellé de l'annonce était un peu obscur, *Usine de poupées cherche maquilleuse professionnelle*, quelque chose dans ce goût-là. Le nom de l'entreprise n'était pas spécifié : l'offre émanait d'un groupe de recrutement extérieur, interdisant toute investigation supplémentaire. Mais ladite usine était près de Perpignan et, malgré tout, le Sud me manquait. Sans compter un salaire pour le moins attractif (détail qui, avec le recul, aurait dû me mettre la puce à l'oreille), une offre en CDI, des tickets-restaurant et divers avantages totalement exotiques après des années d'intermittence. Bien entendu, j'avais d'abord pensé travailler chez Corolle, Mattel ou une marque de cet ordre. Les jours qui avaient précédé mon entretien d'embauche, je m'imaginai peindre les lèvres de Barbie starlettes en minirobes lamées, ou le visage poupin de quelque bébé Cadum, couveuse en option, bandages et tire-morve, feutre rouge effaçable pour créer varicelle et autre scarlatine. Il me semblait un peu étrange d'engager pour ce faire une « maquilleuse professionnelle » mais à vrai dire, question poupées, je n'y connaissais rien. Au grand dam de ma mère, j'ai toujours préféré les jouets de garçon, GI Joe, Transformers et costumes de pirate, comme si j'avais senti que la féminité allait causer ma ruine. De fait, mon choix de carrière pourrait sembler curieux, mais j'ai toujours eu l'esprit de contradiction.

L'esprit de contradiction a bon dos.

À l'origine, je voulais surtout partir de chez mes parents. Me défaire de leur amour vorace et de leur anxiété délétère, m'éloigner autant que possible de la rue au nom d'oiseau. J'aimais le spectacle, j'aimais peindre, j'aimais l'idée du masque. À tout prendre, l'apprentissage d'un travail manuel m'aiderait à gérer au mieux la perturbation sensorielle dont j'étais victime – perturbation dont personne, bien sûr, n'était au courant. En conséquence, une formation atypique était un bon prétexte : les meilleures écoles de maquillage étaient toutes à Paris. À l'aube du XXIe siècle, j'avais donc signé un prêt à taux exorbitant, bouclé mes valises, fait hurler ma mère, enrager mon père, pleurer ma sœur, et je m'étais retrouvée élève de l'ITM – l'Institut technique du maquillage.

J'y passai deux années très enrichissantes, qui me formèrent surtout à une habileté quasi miraculeuse pour une fille dans ma condition – je réussis même à décrocher le permis de conduire. J'habitais une chambre de bonne de neuf mètres carrés près de la Contrescarpe, dont je payais le loyer grâce à un mi-temps dans la boutique Yves Rocher de la rue de Rivoli – un enfer plein de peaux mortes, d'épilations anales et de pieds d'athlète. En dépit de ma tare, je devais être une maquilleuse douée : je fus rapidement recrutée sur les films de fin d'études des élèves de la Fémis, puis sur leurs courts-métrages, puis sur leurs longs-métrages. Je me retrouvai bientôt à maquiller des stars déjà sur-épilées, et locataire heureuse d'un ravissant deux-pièces au-dessus du square Trousseau.

À la même époque, je rencontrai Tristan.

Un moment, je crus que je pourrais vivre ainsi. Être heureuse ainsi. Mais je n'ai pas pu – ou Tristan n'a pas pu.

Le résultat est le même.

Dès lors, j'étais seule.

Seule d'une manière que personne ne peut imaginer. Au fil des années, le square Trousseau me faisait l'effet d'une mangrove maladive dans laquelle j'aurais aimé me jeter. Mais finir assommée sur une table de ping-pong entre deux platanes grêles me semblait une mort un peu trop pathétique. Même pour Clémence Blisson.

En dépit des zones d'ombre, je m'étais donc rendue vaillante à l'entretien d'embauche.

Dans le train à grande vitesse, j'étais en voiture 8. Je ne pus m'empêcher d'y voir un signe, l'infini mathématique, le champ des possibles – dressé dans le mauvais sens, certes, mais on ne va pas chipoter. En règle générale, je suis plutôt du genre à envisager l'avenir comme une catastrophe en puissance (voiture/accident, ski/fracture, océan/noyade, soirée/viol, travaux/dégâts, nævus/cancer, amour/larmes, appareil/panne, clé/cambriolage, caméra/surveillance – et j'en passe), mais cette fois-ci, sans bien savoir pourquoi, j'étais confiante. Les mailles à mes côtés, peut-être – le mouvement incessant des aiguilles, trame perpétuelle ? À ma droite en effet, une vieille dame tricotait en reniflant très fort, un tricot minuscule assorti à sa peau légèrement trop poudrée ; un pull de nourrisson, rose et doux comme une matrice (grossesse/avortement).

Je détournai les yeux, coiffai mon casque audio (*Kid A*, l'album de Radiohead, *I slipped away, I slipped in a little white lie / Rats and children follow me, Out of town)*, jubilai subitement en pensant au long-métrage à gros budget que je venais de refuser, avec une bonne dose d'inconscience. En réalité, ce qui me rendait confiante était le soulagement : les rats quittent le navire.

J'enlevai les écouteurs. Le parfum désuet de la vieille dame me donnait envie d'arrêter le temps, de vivre autrement, d'ouvrir un nouveau cycle. J'aurais aimé me lever, hurler dans ce wagon sans âmes disponibles – tablettes, écouteurs, ordinateurs –, arracher, déconnecter. À partir d'aujourd'hui, tout serait différent, je voulais l'annoncer, hystérique, à la face du monde. Un jardin voyait le jour, des plantes jaillissaient de la terre stérile dont j'étais fabriquée, mon ventre regorgeait de bourgeons en puissance. À ce moment-là, je réalisai que ma vie venait de prendre un tournant décisif. Que, quoi qu'il arrive, je ne retournerais jamais sur les plateaux de cinéma. Cette voiture 8 – cet infini dressé que mon cœur aplanissait – transformait le «peut-être» en certitude finie.

Terminé, liquidé, basta.

On s'en fait tout un monde, mais tourner la page s'avère quelquefois d'une simplicité déconcertante.

Assise face à Chanal dans l'un des bureaux anonymes de la société de recrutement, je compris rapidement de quoi il s'agissait, les raisons d'une annonce volontairement obscure, le salaire élevé. Le patron rougissait dans ses petits souliers, desserrant peu à peu une cravate Mickey d'une élégance douteuse.

— Certains vous parleront de poupées sexuelles, de perversion… voire de dépravation. Je ne suis pas d'accord, mademoiselle. Les gens aiment les grands mots, vous savez, mais je ne suis pas *du tout* d'accord.

— Ça ne me dérange pas, répondis-je, très à l'aise. Et si je puis me permettre, je trouve même ça marrant.

J'étais absolument sincère, mais Chanal s'enfonça dans le cuir moelleux de son fauteuil, incapable de masquer un extrême soulagement.

— Vous êtes la huitième candidate, mademoiselle Blisson. Elles ont toutes blêmi puis refusé le poste, avant de quitter ce bureau quasiment en courant. Je n'en dormais plus... J'avais l'impression d'être un proxénète.

— Oh ! Monsieur, vous n'avez pas du tout l'allure d'un proxénète.

— Vous êtes mignonne... (Il se racla la gorge.) Je suppose.

— Pour autant, j'ai quand même une question. Je peux ?

Il tira davantage sur sa cravate, qui me faisait l'effet d'un nœud coulant autour de sa gorge frêle.

— Je vous en prie.

Il avait le même air que mon père lorsque, enfant, Suzanne racontait des blagues à table : il s'attendait au pire.

— Pourquoi ce nom ? demandai-je, avec toute l'ingénuité dont j'étais capable. La *Clinique* ? Je veux dire, on imaginerait plutôt « Sexy Dolls », « Pretty Babes » ou un truc comme ça... non ?

Il avait souri, et son visage osseux s'était décrispé. On eût dit que l'enchevêtrement d'élastiques qui le structurait venait de claquer. En réalité, c'était presque émouvant.

— J'ai une fille, dit-il. Elle est grande, maintenant… (Il soupira, attendri.) Mais quand elle était gamine, elle avait cassé la jambe d'une de ses poupées, un vrai drame. On l'avait emmenée dans une clinique – la poupée, j'entends –, une boutique de réparation qui faisait mine d'être un hôpital… Vous voyez le genre. L'histoire m'avait marqué. Quand j'ai monté l'entreprise, ça m'est revenu. Association d'idées, j'imagine.

Je hochai la tête avec bienveillance.

— En plus, nous sommes très à cheval sur l'hygiène : nous n'utilisons que des matériaux hypoallergéniques.

Ce type me faisait rire. J'avais très envie de travailler pour lui : il avait l'air droit sorti d'un film indé primé à Sundance. Les personnages de films indé primés à Sundance sont rares dans la vraie vie. Surtout à Perpignan.

— Enfin, ajouta-t-il avec une légère emphase, comme pour achever de me convaincre, je suis *vraiment* attaché à la langue française. Que voulez-vous, mon père est québécois.

À sa manière étrange, il m'avait convaincue. Le travail était créatif, atypique et solitaire – exactement ce dont j'avais besoin. J'étais aussi, je pense, sensible à l'ironie de la situation. Je ne supportais plus le bavardage incessant des filles réelles : j'allais désormais maquiller des poupées – tout aussi ravissantes, mais parfaitement muettes. Cela ressemblait à l'une de ces plaisanteries du destin dont la vie est friande; ou au pitch d'un film indé primé à Sundance.

Six semaines plus tard, j'intégrai la Clinique. En dehors des fauteuils rouges du hall, je m'y plus tout de suite : j'avais une paix royale. En salle de maquillage, je ne voyais pas grand monde; quant aux gens que je croisais au détour des couloirs, ils me semblaient tous absents, incolores, inodores, vaguement robotiques dans leurs blouses impeccables.

Moi, la blouse blanche, je ne la portais jamais. Chanal avait vite renoncé à m'embêter avec le protocole («Vous êtes une artiste, Clémence, je comprends, je comprends» – petit hochement de tête). Ce nouvel emploi me convenait à merveille. De jour, en tout cas… Au coucher du soleil, c'était une autre histoire.

J'étais assise, nuit après nuit, dans ce fauteuil inclinable près duquel j'officiais dans la réalité. Je voyais au plafond les néons blancs et froids qui parfois clignotaient comme dans le monde réel; mon regard se cognait aux murs immaculés, s'accrochait à l'immense affiche de *Blade Runner* que j'avais moi-même punaisée à droite de la fenêtre. Dans ces cauchemars pourtant, je n'avais pas d'yeux : mes orbites étaient vides, profondes comme des gouffres. Je n'avais pas de cheveux non plus, ma peau était d'une blancheur spectrale et semblait recouverte d'un film plastifié; je ressemblais, ni plus ni moins, à un mannequin de vitrine. Mais j'étais toujours moi, *à l'intérieur*, coincée dans ce corps factice qui refusait de bouger. Je parlais à la maquilleuse penchée au-dessus de moi, laquelle n'avait jamais de visage – ou, dans la pire version, celui de ma mère – et je la suppliais, « Non, mes yeux, s'il te plaît, mets-moi des yeux de la même couleur, et puis je voudrais être brune, pas vraiment brune, châtain disons, pas rousse en tout cas, pitié, pas rousse ».

Mais ma voix ne portait pas, elle ne m'entendait pas, il n'y avait rien à faire : je finissais toujours rousse avec des yeux vairons.

Trente ans

Je ne me rappelle pas vraiment à quoi ressemblait la vie, quand j'étais petite.

Quelques souvenirs de maternelle, minuscules, des tasses en plastique vert avec du lait trop blanc, des dessins sur les murs et des siestes imposées, des bonbons colorés en forme de flageolets, mon genou écarlate trempé dans l'éosine.

Des ballons prisonniers, des cours de danse classique, des costumes fabriqués en tulle vendu au mètre. Des bons points en carton, des images brillantes avec des animaux – zèbres, tigres, ours polaires –, des bougies d'anniversaire que l'on souffle trop fort, crachant sur le glaçage et les roses en azyme posées avec amour par une maman adroite.

Carnets de correspondance, signatures imitées, tickets de cantine, bulletins scolaires, course à pied, saut de haie, règles douloureuses. Les multiples bracelets en corde d'escalade scellés à coups de briquet, portés aux avant-bras comme des parures tribales. Les photos de classe payées au prix fort, nos visages boutonneux aux sourires malhabiles dont on voulait la trace pour quand on serait grands.

Je me souviens des chorégraphies longuement peaufinées devant la glace en pied de ma chambre-coquelicots, affublée de guêtres roses sur un collant fluo (Baisse le son nom d'un chien, on ne s'entend plus penser). Du T-shirt *cropped* floqué AC/DC qui offrait mon nombril à la face du monde, attestant de ma naissance et, de fait, d'une existence certaine. Des posters de Madonna et de Mickael Jackson, des chansons que j'enregistrais sur un magnétophone au son dégueulasse, ma voix de crécelle vomissant des paroles que je croyais comprendre mais ne comprenais pas, que je compris plus tard, un peu trop bien d'ailleurs – *Les crèmes et les bains qui font la peau douce / Des mois des années sans personne à aimer / Et jour après jour l'oubli de l'amour,* ce bon vieux Goldman décrivant mon avenir avec des décennies d'avance – et *King of my Castle* pour secouer les fesses, attendant mortifiée l'âge d'entrer en boîte. Et je chantais, enregistrais, réécoutais, ne me trouvais pas si mal, envisageais carrière. J'écrivais des poèmes truffés de rimes pauvres que je pensais sublimes, portais des body verts qui fendaient l'entrejambe, des jupes de pom-pom girl, rêvais d'éblouissantes baskets choisies sur catalogue, mais elles étaient trop chères, gaspillage selon ma mère, et je pleurais des rivières en déchirant de rage le fameux catalogue.

Je me rappelle tout cela mais ces images floues ressemblent à une histoire qui n'est pas la mienne, n'a jamais été la mienne, comme s'il s'agissait de souvenirs implantés par un casque du futur. L'enfance me fait l'effet de ce film très court, muet et super 8, que mon père vient récemment de faire numériser : je suis toute petite – un an et demi, peut-être deux ? Cela se passe bien avant la naissance de Suzanne, dans un temps mythique où il n'y avait que *moi*. Moi, unique et riante, barbotant nue comme un ver dans une eau impeccable, ma mère ravissante et d'un blond scandinave, mon père barbe radieuse me prenant dans ses bras, fabriquant ces tendresses dont je le croyais tout à fait incapable mais qui existaient là, fixées sur pellicule.

Et si ce soir-là, dans la rue au nom d'oiseau, je suis née de nouveau – sous une forme différente et dans un autre lieu – les années postérieures ne me semblent pas plus réelles que ces souvenirs d'enfance fraîchement pérennisés. Il y eut (un jour, vraiment ?) cette gamine insouciante, ensuite l'adolescente, morte puis ressuscitée, recollée par la haine, il y eut cette grande fille qui fardait des actrices dans des studios venteux, aujourd'hui la trentenaire, menteuse invétérée, employée de la Clinique. Mais toutes ces identités, endossées tels des costumes dont je ne voulais pas, ce n'était jamais moi. Moi était une chose vague, lointaine et nébuleuse, un reflet fracassé dans les miroirs de bar, un concept, une entité. J'avais le sentiment d'avoir vécu mille vies, mais aucune n'était la mienne : tout me semblait fictif, comme si Clémence Blisson, c'était du cinéma.

— Alors ! Comment vas-tu ?

Sophie ne portait plus de minirobes rouges, ni de boots bruyantes ; plutôt un tailleur chic, anthracite et bleuté comme un morceau d'ardoise. Elle avait l'air d'une femme, d'une vraie femme – d'une dame, en fait –, tandis que j'avais toujours l'air d'une gosse dépenaillée. Elle me regardait joyeuse, me souriait avec sa bouche pleine de dents d'une blancheur éclatante, *américaine*, triturant d'un geste machinal le petit bouton nacré qui fermait l'élégant col d'un chemisier en soie brume. D'ailleurs, elle ne s'appelait plus Joux, mais De Barcelo.

— Je vais bien.

— Développe ?

Chaque fois que je voyais Sophie, il m'était difficile de superposer ce qu'elle était devenue et l'image juvénile de la lycéenne que j'avais fréquentée. Après mon départ pour Paris, nous nous étions perdues de vue. Elle m'avait récemment retrouvée grâce à mes parents : elle voulait m'inviter à son mariage, officialisant une union décennale avec le père de ses enfants (Guillaume à particule, chef d'entreprise, un bon parti – et gentil avec ça). La cérémonie se déroulait dans notre ville natale et je venais de revenir dans le Sud, comme ma mère n'avait pas omis de le préciser ; j'étais un peu coincée. Aussi, la mort dans l'âme, avais-je accepté l'invitation. À ma grande surprise, je fus heureuse de la revoir. Depuis, nous nous croisions de temps à autre, pour déjeuner ou prendre un verre. Elle était toujours ravissante, mais ses rondeurs d'enfance avaient fondu pour laisser place à une figure terriblement équilibrée, sans la moindre fausse note, qui donnait l'illusion d'être photoshopée. Sophie me faisait penser à ces sculptures de Rodin faussement inachevées, où un visage parfait émerge d'un bloc de marbre. La maternité, sans doute... Par un phénomène étrange, ses seins, en revanche, avaient rétréci. Le corps des femmes réelles est un drôle de terrain.

— Oh, tu sais, murmurai-je en regardant ailleurs, comme je le faisais souvent quand j'étais mal à l'aise. Rien de spécial. La routine.

Le portable de Sophie signala un message. Elle s'excusa pour le consulter : il la fit sourire, mais elle reposa le combiné sur la table sans faire de commentaire. Le fond d'écran représentait ses enfants, deux chérubins d'une beauté si extravagante qu'ils semblaient fabriqués par l'i-Phone lui-même. Elle jeta un coup d'œil alentour, comme pour vérifier que personne ne pouvait entendre une conversation qui s'annonçait gênante, puis elle baissa la voix en se penchant vers moi.

— Tu travailles toujours dans ce truc, là ?

J'acquiesçai, me reculant légèrement. Son haleine sentait la menthe et le thé au jasmin, une odeur douceâtre, sucrée, un peu écœurante. Je devais sentir la bière et le tabac froid, mais chacun son problème. Depuis que mon toucher s'était altéré, les autres sens, par compensation, s'étaient surdéveloppés. J'étais un peu comme ces aveugles qui, tels des superhéros, sont bien plus au fait des événements que n'importe qui d'autre. Si ma peau ne sentait plus grand-chose, je flairais trop, voyais trop, entendais trop. C'était sans doute pour cette raison que j'étais si adroite, quand cette insensibilité chronique aurait dû faire de moi une gourde de première.

— Oui, toujours, répondis-je. Mais j'aime bien, tu sais. C'est tranquille, ça repose le cerveau.

— Tout de même… C'est un peu comme peindre des sextoys, non ? Des sextoys flippants, en plus !

— Je croyais que les femmes comme toi, je veux dire, les femmes au foyer, vous en aviez toute une ribambelle dans votre table de chevet ?

Sophie rougit et j'en conclus que je marquais un point. Elle émit un petit rire nerveux, tremblant et coloré comme un dessert anglais dans une soucoupe fleurie.

— Oh, Clémence, tu es terrible. Et tu regardes trop la télé.

Sur ce, elle avala une gorgée de son thé. Je fis signe au serveur pour un second demi.

— Mais tu sais, lui dis-je sérieusement, je crois que tu te trompes.

— À quel propos ?

— Les filles. Ce ne sont pas des sextoys. Enfin, c'est plus compliqué que ça. Moi, je les vois plutôt comme des dames de compagnie.

— Excuse-moi, mais il faut être sacrément pervers pour avoir envie d'une fille en plastique grandeur nature dans son salon. Ou complètement cinglé…

— Ou simplement très seul.

Elle me dévisagea et ses lèvres s'arrondirent en un « O » de surprise. Je réalisai que je m'étais exprimée de manière un peu brusque. Je ne l'avais pas fait exprès – c'était du pur instinct.

— Excuse-moi, soupirai-je. Je suppose que j'aime mieux penser que je fais quelque chose de bien. D'utile, d'une manière ou d'une autre... Enfin, je ne sais pas.

Je lus dans son regard une forme de compassion.

— Non, Clem', tu as raison. Tu me connais, ajouta-t-elle sur le ton de la plaisanterie, je suis un peu basique. Avec moi, c'est tout noir, tout blanc. C'est mon côté catho, que veux-tu.

— À mon humble avis, ton problème, c'est plutôt l'abus de théine.

Elle pouffa, baissa les yeux sur sa tasse vide, puis leva la main vers le barman.

— Puis-je avoir un Martini ? Rouge, s'il vous plaît. Avec une rondelle ?

— Orange ou citron, la rondelle ? demanda le serveur, clairement agacé.

— D'orange, répondit-elle d'une voix douce, avec le sourire le plus charmant du monde.

Désarmé, il tourna les talons. Elle me fixa, malicieuse, et je sentis que nous allions en revenir à moi – la solitude, le célibat, ce métier trop insolite pour trouver un mari, la drôle de vie que je menais, tout de même, à trente ans passés. Alors je demandai, un peu précipitée :

— Bon, et toi ? Les enfants ?

Son visage s'illumina, soudain nimbé d'un *glow* éblouissant, sans doute issu de l'auréole qu'elle portait au-dessus de la tête.

— Ils sont merveilleux. Tu sais que Pauline est première de sa classe ? Encore ! Son père est persuadé qu'elle fera Polytechnique.

Elle secoua la tête avec un demi-sourire, l'air de dire, Ah ! Celui-là vraiment, quel imbécile. Mais il y avait tant d'amour dans ce demi-sourire, tant de fierté, qu'il me fallut l'envier, envier cette vie qu'elle s'était construite, cette superbe famille, toutes ces contraintes qui, comme des tuteurs, la maintenaient en place, droite et dans le rang – une fleur extatique dans un parc protégé. La Sophie de trente ans, c'était un edelweiss.

— Et Théo ?

— Théo ! soupira-t-elle, un peu trop véhémente. Vaste problème, Théo… Tu te souviens, la dernière fois que tu l'as vu, combien il était chou ? C'était un ange, non ? Mais depuis quelques mois, je ne sais pas… Un dictateur, je te jure.

— Oh, tu sais, les gosses… Ça lui passera.

— Que Dieu t'entende !

— Tu devrais sûrement être un peu plus sévère.

Je regrettai immédiatement ce que je venais de dire et, par réflexe, me mordis violemment l'intérieur de la joue. Je le pensais, bien sûr ; me souvenais de l'ange Théo battant de la cuillère tel un forcené, jetant ses petits pois comme des billes de paintball à travers le restaurant, sous le regard radieux de sa mère qui n'ouvrait pas la bouche et presque s'extasiait d'une telle dextérité. Mais je vis bien à sa mine condescendante qu'elle me tenait pour la pire juge en la matière – Toi, la nullipare…

Chaque fois que Sophie passait dans la région, je me réjouissais de la voir. Je faisais même des kilomètres pour la rencontrer puisque nous nous donnions rendez-vous à mi-chemin l'une de l'autre, généralement en bord de mer, souvent au Cap-d'Agde. C'était la seule amie que je gardais du lycée et si elle vivait désormais à Valence, elle venait régulièrement rendre visite à ses parents. Chaque fois, elle me téléphonait, chaque fois, je disais « Oui, bien sûr voyons-nous », chaque fois j'étais heureuse – puis je quittais les lieux avec des envies de meurtre et de pendaison mêlées. Le nuage de perfection qui l'entourait agitait en moi des sentiments bizarres, ambigus et contradictoires. Pourtant, ces sentiments m'intéressaient. Et puis, il y avait la tendresse : derrière cette architecture mentale quasiment soviétique, Sophie dégageait, comme à l'adolescence, une tendresse inouïe. Elle était trop laxiste avec ses enfants, mais devait par ailleurs être une mère formidable. Elle avait quelque chose de la dame patronnesse, mais parlait de sextoys en rougissant à peine. Elle semblait une grande personne, mais chaque éclat de rire faisait resurgir la collégienne frustrée en petite robe moulante. Notre relation me touchait pour cette raison-là : Sophie était un parangon de contradictions. Nous n'avions plus grand-chose en commun, mais nous nous ressemblions assez pour encore nous aimer.

Elle s'enfonça dans le skaï craquelé de la banquette, puis leva avec précaution son verre à cocktail.

— En tout cas, dit-elle en trinquant, tu as bonne mine. C'est dingue, tu ne vieillis pas, toi. Je ne sais pas comment tu fais.

—

J'eus envie de lui dire que je ne vieillissais pas car je n'étais pas réelle, mais j'avalai pour me faire taire une gorgée d'Heineken. Petite madeleine, le goût du houblon m'évoqua celui de nos premières cuites, le tandem improbable que nous formions, gamines. À l'époque – un paradoxe, encore –, elle était infiniment plus délurée que moi. Depuis nos retrouvailles, nous nous demandions souvent ce qu'était devenue Amélie Singh, la troisième de la bande : après le collège, nous n'avions plus jamais eu de ses nouvelles. Selon la rumeur, sa famille aurait déménagé à l'autre bout du monde, au Mexique pour certains, au Brésil pour d'autres.

— J'ai signé un pacte avec le diable, répondis-je finalement. Il y a des années. La contrepartie, c'était que je reste célibataire et que je peigne des sextoys. On ne peut pas tout avoir, *que veux-tu*.

Elle éclata de rire – un rire sincère cette fois, limpide comme une rivière.

— Ah, Clémence, ça me fait du bien de te voir. Tu es tellement… rafraîchissante.

Quinze ans

— Oups.

Le père et la mère se regardaient : ils avaient envie de rire. Étaient bien embêtés mais – tout de même – ils avaient envie de rire.

— Mais quoiiiii ? demanda Suzanne, ses grands yeux bleus confiants du haut de ses huit ans.

— On a oublié l'Opinel, dit le père.

— Tous les couverts, en fait, ajouta la mère, délicieusement confuse.

Le melon trônait dans le pâturage d'un vert Technicolor. Autour de la famille chaussée pour les sommets, les Hautes-Pyrénées dégradaient l'horizon : le cirque de Gavarnie et ses pierres cinglantes, des couches et des couches de monde, le ciel un peu trop net, couleur sainte-nitouche, les odeurs mélangées, les limaces gluantes et les gentianes tardives.

— Pas de panique, les filles ! dit le père en souriant. Papa a la solution. Papa a toujours la solution.

Suzanne sourit, Clémence baissa les yeux. Pour Michel Blisson, dans la vie, il n'y avait que des solutions. Les problèmes, puisqu'ils n'existaient pas (n'avaient pas le *droit* d'exister – nuance fondamentale qu'elle saisirait plus tard), on n'en parlait jamais. Il se scandalisait souvent de l'impudence des clients qui, comme au confessionnal, lui déballaient sans filtre leurs secrets les plus intimes, voire les plus honteux. Se confier ainsi à un parfait inconnu – à sa nuque, qui plus est ! –, quoi de plus pathétique ? « Les problèmes, ma petite fille, ça se garde à l'intérieur. On les règle en soi, avec soi, on ne fait pas chier son monde. C'est quoi cette société où tout le monde se croit dans un putain de talk-show ? » Michel Blisson, en principe, surveillait son langage. Mais ces clients-là lui faisaient péter les plombs. Quant à ceux qui s'embrassaient (pire ?) à l'arrière de sa berline, il concevait pour eux un mépris qui confinait à la malédiction. Parce que l'amour non plus, ça ne se montrait pas. Pas comme *ça*. « Un peu de décence, nom d'un chien ! »

Le père se leva donc de son bout de rocher, s'en allant joyeusement en quête de solution. Clémence, elle, contemplait les montagnes. Elle s'en foutait bien, du melon, de la solution au melon ; elle n'avait même pas faim. À cent quatre-vingts degrés, tout était vaste et propre, la nature, les glaciers insondables qui, là-haut, lui faisaient des clins d'œil – la pureté éternelle ? Bien sûr que c'est possible ! Regarde-nous, petite salope, petite pute, et prends-en de la graine !

Le père avait trouvé un fragment d'ardoise, noir et bleuté, aigu comme un silex. Il vint se rasseoir sur son bout de rocher et entama le melon avec enthousiasme :

— Suzie chérie, ne fais pas cette tête-là. La technique est un peu barbare, je te l'accorde. Mais tu verras, ça sera bon quand même. *Vale ?*

Le regard de Suzanne, médusé – *mon père, ce héros qui parle même espagnol*, Cro-Magnon ressuscité, prêt à vaincre la nature hostile pour nourrir sa famille. Clémence, maintenant, observait sa sœur, cette sublime petite sœur, si fragile et si blonde, qu'elle devait protéger, protéger à tout prix, cette cadette minuscule à qui (jamais !) on ne dirait *Ferme ta gueule ou je te crève* – cette enfant magnifique qui ne lui ressemblait pas.

Le melon était ferme, sucré, légèrement métallique aux endroits où l'ardoise l'avait scindé en quatre parts presque égales. Le père, fier comme Artaban, prit sa voix de bande-annonce américaine, suave et rauque :

— « Perdus dans les montagnes, ils parvinrent à survivre, Robinsons post-modernes ! »

Il était fantasque, quelquefois. Il pouvait déambuler un slip sur la tête pour amuser Suzanne, faire des tours de magie, inventer des mots qui n'existaient pas – *Cesse de sornettifier, espèce de bractarus, avant que j'te colle mon pyfon au derrière* – pour, quelques minutes plus tard, devenir glacial, odieux, cruel ou fou de rage (et dans ces moments-là, *fou* n'avait plus rien de la simple expression). Pour autant, Clémence eut brusquement envie de le serrer dans ses bras, ce père dur et fantasque. Elle était énervée d'être coincée ici, au milieu de nulle part – chaque année, ces foutus séjours à la montagne !

Peut-être parce qu'ils vivaient près de la mer, ses parents étaient *obsédés* par la montagne. L'hiver, ça allait ; elle adorait skier. Mais l'été ! Plus elle grandissait et plus ces « excursions » la rendaient malade. Elle aurait aimé partir à l'océan avec Amélie qui toujours n'en faisait qu'à sa tête, libre et libérée de toute autorité (squatter des dunes, aller en boîte, embrasser des garçons pour effacer l'homme blond, ou du moins essayer), elle aurait même préféré rester à la maison et trouver des voitures pour l'emmener de temps en temps à Palavas-les-Flots. Elle haïssait la randonnée, le trop-plein d'oxygène qui donnait le tournis, les paysages immuables, larges et décrochés, ces perspectives de lacs dans lesquels soi-disant elle pourrait se baigner mais où, en vérité, on ne se baignait jamais (9°, infestés de bestioles, pollués par la chiasse des bêtes en pâturage), mensonges éhontés auxquels, bien sûr, elle ne prenait plus la peine de croire. Elle était énervée mais tout de même, elle avait envie de le serrer dans ses bras, ce géniteur si fier d'avoir coupé le melon avec un bout d'ardoise. La mère écalait les œufs durs de ses ongles impeccables, Suzanne jouait avec une coccinelle, innocente et adroite (Suzanne, pas la coccinelle), le père disloquait avec soin des tranches de jambon cru qu'il faudrait ensuite manger avec les doigts – transgression inouïe qui signifiait *vacances*. Mais soudain, Suzanne lança à Clémence un regard effaré, laissant la coccinelle s'enfuir, petite ombre bruissante traversant le ciel bleu.

— Clem'…

— Quoi ?

— Tu saignes, murmura-t-elle d'une voix mal assurée. Tu t'es fait mal, là, tu saignes.

Elle suivit inquiète le regard de sa sœur : son genou, en effet, était ensanglanté – un sang noir et huileux, répugnant comme cette limace qui bavait auprès d'elles sur le flanc d'un rocher.

— Oh, Seigneur ! s'exclama la mère. Comment tu as fait ton compte ?

Clémence observait son genou en fronçant les sourcils. Elle avait trébuché, peut-être une heure plus tôt, sur une racine traîtresse. Elle était maladroite, ces derniers temps. Se cognait çà et là, se faisait d'énormes bleus – elle avait toujours légèrement le vertige. Elle était tombée, mais s'était relevée sans rien remarquer. Pourtant, une grosse entaille lardait sa peau, chair à vif. Des graviers s'étaient fichés à l'intérieur de la plaie, des herbes, de la terre aussi, des insectes peut-être. Elle eut un haut-le-cœur.

— Espèce d'idiote, s'énerva le père, pourquoi tu n'as rien dit ?

Pourquoi ? *Les problèmes, ma petite fille, ça reste à l'intérieur.* Et puis, dire quoi ? Elle n'avait même pas mal.

La mère fouilla fébrile le sac Quechua, trouva la trousse de secours.

Éosine, gaze, aspirine, sparadrap, aspivenin : rien ne manquait.

Tandis qu'on la soignait, Clémence se rappela soudain cette sensation étrange, dans le divan d'alcôve – la peau anesthésiée comme un gant retourné. Elle pensa à l'eau des douches – cette eau que, par moments, elle ne sentait même plus. Et maintenant, cette entaille… ? À en juger l'aspect, elle aurait dû logiquement la faire hurler de douleur.

Ça progressait.

C'était une maladie, et ça progressait.

Quinze ans

Un matin, Clémence reçut une lettre de Virgile, à qui elle avait donné l'adresse de la location avant les événements (lorsqu'elle était jeune encore, naïve et pleine d'espoir, avant que l'homme blond ne prenne ses quartiers au fond de sa conscience).

Chère Clémence,

Comment vas-tu ? Je n'ai pas eu de tes nouvelles depuis la fête d'Amélie et ça m'inquiète un peu. J'ai essayé d'appeler, mais t'étais jamais là. Et comme t'as pas de portable…

J'ai envie de te voir.

J'ai failli passer chez toi mais tes parents, ils ne sont pas commodes, alors j'ai pas osé.

Toi et moi, ça pourrait être autre chose que juste un truc comme ça. Parce que toi, tu es autre chose… Je veux dire : pas comme les autres filles.

S'il te plaît, appelle-moi quand tu rentres. Ou avant, si tu peux. Je suis à la maison jusqu'au 15 août : mon frère pourrait nous emmener à la plage, enfin, si t'as envie. Après, on part en Bretagne avec les cousins.

En attendant, je te fais plein de bisous.

Virgile

Elle avait lu la lettre, sa mère collée dans le dos, sourcils en forme de V, discrète comme un cortège de mariés klaxonnant, guettant les possibles réactions de sa progéniture. À leurs côtés, Suzanne sautait sur le clic-clac dans la plus grande indifférence, jouissant de l'attention que, fait exceptionnel, on ne lui portait pas.

La lettre était enfantine, parsemée de cœurs, de smileys, d'autocollants idiots, et Clémence se sentit incroyablement vieille.

Tu es autre chose.

Quelle drôle d'expression… Tellement juste pourtant – il n'avait pas idée.

Elle ne lui en voulait pas, à Virgile, de faire comme si de rien n'était. C'était un garçon. Les garçons sont débiles, c'est bien connu ; surtout les puceaux. Virgile était un énorme puceau. Elle replia la feuille en quatre, la lissa du plat de la main, la remit dans l'enveloppe. L'enveloppe elle aussi était pleine de cœurs. De cœurs et de smileys. HAPPY FACE !

— Bonnes nouvelles ? demanda la mère, aimablement sournoise.

Dans un haussement d'épaules, Clémence répondit :

— C'est rien, c'est Virgile. Mon binôme de sciences, tu sais ?

La semaine qui avait suivi l'homme blond, elle n'avait pas mis le nez dehors. Elle dormait peu, se lavait beaucoup, ne mangeait pas et – symptôme gravissime – ne répondait plus au téléphone.

— Allô bonjour madame, est-ce que je pourrais parler à Clémence ?

— Clémence n'est pas là.

La mère, pour une fois, suivait les instructions ; les instructions l'arrangeaient. Et puis, il n'y avait pas de mensonge. Pas vraiment.

Clémence n'est pas là.

Nue devant le miroir, elle cherchait à comprendre pourquoi il l'avait agressée, *elle*. Si elle s'était juste trouvée au mauvais endroit et au mauvais moment, s'il avait agi par simple opportunité ou si quelque chose venait d'elle, de ce qu'elle dégageait.

Sonnaient à ses oreilles les vannes de cour d'école, des plus basiques aux plus pointues (Les rousses, ça pue le couscous / Rousse = Sorcière / Suce ton pouce, sale rousse / Papa, est-ce que les rousses vont en enfer, Non mon fils, Dieu ne punit pas deux fois / Les rousses ont le cul maousse / Arrête de rousse-péter et rentre dans ta cambrousse / Mate un peu la rousse, elle a la chatte qui mousse !), sans parler de ses yeux, qui décuplaient encore cette délicieuse poésie prépubère. L'école lui fit longtemps croire que personne ne l'aimerait, qu'elle faisait partie d'une espèce dégradée, vicieuse et repoussante.

Alors, pourquoi *elle* ?

L'avait-il choisie à cause de cela, monstre contre monstre ?

Mais elle avait beau chercher, elle ne voyait dans le miroir qu'un visage pâlichon, un grand front bombé et un petit nez droit, quelques taches de rousseur aux contours désinvoltes, un corps frêle et hâve, des fesses trop menues, des hanches de garçon – et la cicatrice rose en tiret sous le sein gauche, plus profonde que prévue.

Elle ne s'était jamais trouvée jolie. On lui dit souvent, passé l'école primaire, qu'elle était ravissante, malgré son regard étrange et ses cheveux cuivrés. Mais elle n'y croyait pas, n'y avait jamais cru, gardait toujours en tête les vannes de cour d'école. Sa famille la trouvait belle, parce que c'était sa famille ; en famille, on ne sait que mentir. D'ailleurs, Annie Lanaud-Blisson qui, sublime dans sa jeunesse, avait participé au concours de Miss Languedoc, regardait quelquefois sa fille de travers, semblant se demander d'où sortait cette gamine si pleine d'imperfections.

L'homme blond, sans doute, avait des goûts bizarres.

Virgile aussi.

Mais la plupart des hommes avaient des goûts normaux et forte de cette pensée, Clémence était ressortie. Pour autant, elle ne s'était pas aventurée bien loin : elle restait dans le quartier, prête à piquer un sprint si la panique montait, au croisement malheureux d'un regard déplacé.

Acheter un magazine, boire un Orangina à la terrasse d'un bar, tenter de respirer, de ne pas sursauter à chaque sirène lâchée par ces bagnoles de flics (qui faisaient beaucoup de bruit mais ne servaient à rien, juste bons à pourrir la vie des taxis laborieux garés en double file) – tous ces actes anodins représentaient pour elle une sorte de défi.

Agir normalement. Vivre normalement. Être normale.

Bordel, Clémence : ce n'était même pas un viol !

Mais il lui semblait toujours qu'une ombre pin parasol lui collait aux talons.

Elle se mit alors à rêver d'une arme.

II

Seize ans

Clémence avait toujours été hautement organisée, même toute petite, à étiqueter chaque chose et classer ses bouquins par ordre alphabétique.

On disait d'elle : *sérieuse*, *prudente*, *réfléchie*.

De fait, elle n'allait pas se lancer là-dedans de n'importe quelle manière.

Elle suivait des cours de danse depuis la prime enfance et, bien entendu, continua. L'agilité comptait aussi – la souplesse, la grâce. Mais, depuis son entrée au lycée, elle prenait en secret des cours de boxe et de self-defense. L'argent de poche des autres passait en cigarettes, en billards et en fringues.

Clémence, elle, apprenait à se battre.

Évidemment, elle n'avait pas trouvé de flingue. Elle avait cherché, mais à part dans les films, les flingues à quinze ans, ça ne se trouve pas comme ça.

Qu'importe : il ne s'agissait pas tant de se défendre – plus *maintenant*. Maintenant, il s'agissait d'autre chose, d'infiniment plus grand, plus capital.

Son corps ne changeait pas – pas fondamentalement – mais devenait plus sec, plus dur, plus fort, nerveux comme l'arbre centenaire qui ombrait le jardin au dos de son immeuble. Bien qu'elle évitât autant que possible de se dénuder devant ses parents (manches longues, jeans, pulls, bottes cavalières, *exit* la minijupe), ils avaient tout de même noté l'évolution – ce corps d'enfant qui, jour après jour, mutait machine. Par chance, la métamorphose fut mise, comme les sautes d'humeur, les cascades de sanglots et tant d'autres bizarreries, sur le compte de « l'adolescence ».

LE PÈRE & LA MÈRE
(en chœur, ton de reproche)
Tu grandis tellement vite.

Elle n'avait pas trouvé de flingue, mais son corps en soi était devenu une arme, la plus puissante de toutes, contrôlable en tous points.

« Contrôler », c'était le maître mot.

Et qu'il revienne, alors.

CLÉMENCE
(*Hargneuse*)
Qu'il revienne – et qu'on se marre un bon coup !

L'été explosait dans un souffle écarlate, irradiait le visage de Suzanne qui dansait sur le parking telle une phalène blonde, au son d'une musique qu'elle seule pouvait entendre. Clémence, elle, regardait son père charger la voiture sous un soleil de plomb. Direction la montagne, cette fois les Alpes du Sud, près de la frontière italienne. Chez les Blisson, on n'aimait pas le changement, mais on faisait mine quand même.

La mère sortit de l'immeuble un peu essoufflée, tendit à son aînée le dernier bagage avant de se recoiffer dans le miroir du hall.

En portant le sac jusqu'à la voiture, Clémence ne sentait plus ses mains, comme si elles s'étaient à jamais détachées de son corps. Elle s'imagina qu'un nouveau processus venait de s'enclencher : peut-être qu'à l'arrivée, elle serait devenue complètement invisible ? Elle pourrait se promener sans laisse et, d'un coin de la pièce, les regarder s'énerver, s'agiter, *Où est Clémence, nom d'un chien, où est encore passée cette fichue gamine ?*

— Merci, ma fille, déclara le père, avant de se pencher pour ranger l'énorme sac dans le coffre archi-plein.

Le verbe « insérer » eût été plus juste tant le bagage s'implantait parfaitement dans le peu d'espace vacant, comme l'ultime pièce d'un puzzle compliqué. Pour Michel Blisson – comme pas mal d'autres choses –, le chargement d'un coffre était une science exacte. Poings sur les hanches et golfes en sueur, il affichait d'ailleurs l'air satisfait d'un ouvrier après la pose délicate d'une tapisserie sophistiquée. *Ouep*, semblait-il dire. *Ça, mon vieux, c'est du beau boulot.*

— Annie chérie, demanda-t-il, on a tout, n'est-ce pas ?

— On a tout, acquiesça la mère avec un grand sourire. En route, mauvaise troupe !

La voiture de *loisir* n'était pas, bien sûr, la voiture de *travail*. Le superbe taxi (à cette époque, il s'agissait d'une berline Lancia Kappa bordeaux métallisé, intérieur cuir, ronce de noyer) resterait soigneusement au garage, tandis qu'ils embarqueraient tous à bord du break familial, un tape-cul Peugeot presque aussi vieux que Clémence.

Mais cette année-là, elle était contente d'aller à la montagne. Peu importaient les limaces gluantes, les lacs infestés, les neiges éternelles. Peu importaient les rêves, les cimes et les mirages. Cette année-là, elle avait une mission. Une mission terrifiante, mais nécessaire – le stade ultime de l'armement.

Cette mission, pourtant, tenait en une seule phrase.

Ils ne me prendront rien : je me donnerai d'abord.

Trente ans

— Tu as entendu, pour Tristan ?

Il avait fallu à Suzanne deux heures et quatre coupes de champagne pour me poser la question.

Elle venait d'avoir vingt-trois ans, je l'avais invitée à dîner pour son anniversaire. Nous étions assises, face à face, sur la terrasse en teck du Poisson volant, un restaurant en bord de plage que nous aimions beaucoup : il était délicieux mais sans chichis, à la fois haut de gamme et décontracté – denrée devenue rare. Régnait dans nos assiettes l'usuelle apocalypse des fins d'orgie de fruits de mer et la nappe jadis blanche avait l'air d'un Pollock. Si j'étais pour ma part relativement sobre, ma sœur, qui buvait peu, était bien partie.

— J'ai entendu, oui.

— Tu l'as lu ? s'enquit-elle d'une voix de fausset qui ne lui ressemblait guère.

Je secouai la tête ; c'était la vérité. Suzanne l'avait lu, elle, j'en étais certaine. Mais j'étais touchée par la manière dont elle avait repoussé cette question qui lui brûlait les lèvres. Le roman était sorti depuis des semaines – et ma sœur plus curieuse qu'une armée de belettes.

— Il parle de moi ? demandai-je pour faire bonne mesure.

— Oh, Clem', je ne sais pas ! Comment veux-tu que je sache ?

Elle entreprit de suçoter avec acharnement une queue de langoustine vide depuis longtemps. Je souris – l'un de ces sourires qui signifiaient entre nous « Et mon cul, c'est du poulet ». Elle lâcha le crustacé au milieu des équevilles, puis siffla le champagne qui stagnait dans sa flûte.

— Bon, d'accord, je l'ai lu. Et non, ça ne parle pas de toi. Enfin, c'est une histoire d'amour… Mais l'héroïne ne te ressemble pas. Pas vraiment.

Je commandai une seconde bouteille. J'étais heureuse de voir Suzanne, j'aimais voir Suzanne pompette (parce que c'était rare, parce que c'était drôle), et parler de Tristan me mettait malgré moi légèrement sur les nerfs.

— C'est-à-dire ? Elle est comment, l'héroïne ?

— Euh… Mystérieuse…

— Mais encore ?

Je la taquinais, ma sœur. La provoquais. Je n'avais pas lu le livre, mais j'avais lu les critiques. Les interviews. Les résumés. Je n'avais pas cherché à les lire, ils m'étaient tombés dessus. Nous étions fin septembre, en pleine rentrée littéraire. Voir la tête de mon ex (mon unique ex, qui plus est) en feuilletant *Elle* chez le coiffeur, forcément, ça m'avait fait bizarre.

J'avais rencontré Tristan dans une fête. Une fête de fin de tournage, peu après ma sortie de l'ITM. C'était le scénariste du deuxième long-métrage sur lequel j'ai travaillé, un film dont je tairai le titre car il fut un succès (mon plus gros succès, et de loin).

J'avais l'âge de ma sœur aujourd'hui – ma sœur qui, à l'époque, allait sur ses quinze ans.

Pour ma part, j'en avais donc vingt-trois.

Je m'envoyais en l'air, n'importe où, n'importe quand, n'importe comment, avec n'importe qui. À l'époque déjà, je ne donnais jamais suite, mais je n'avais pas encore instauré « la règle du 29 ».

Sans doute Tristan fut-il à l'origine de la règle du 29. Sans doute les quinze ans de ma sœur furent-ils à l'origine de Tristan. J'espérais avec lui briser le mauvais sort… Mais il ne fit que l'entériner.

Notre histoire dura deux ans. *Seulement* deux ans, certes, mais ce fut un record, une bataille – chaque minutc arrachée à ce pauvre corps qui ne répondait plus.

Au début, bien sûr, j'avais pu faire semblant : Tristan me plaisait. Je le trouvais beau, et bizarre, et drôle. Il me trouvait jolie, et bizarre, et drôle.

J'étais peut-être jolie mais, avec le temps, j'étais trop bizarre – et pas si drôle que ça. Il m'avait donc quittée, pour épouser bientôt une scripte blond platine qui avait des orgasmes.

Je ne pouvais guère lui en vouloir.

Le serveur – un jeune Espagnol qui, visiblement, en pinçait pour ma sœur – remplit nos verres.

— *Todo está bien ?*

— *Bien-bien !* répondit Suzanne avec l'accent, ivre morte, en lui envoyant un baiser du bout des doigts.

Il fit une révérence, elle rigola toute seule, puis nous bûmes une gorgée. Derrière nous, la mer était noire. Belle, et noire. Seul un ruban d'écume venait lécher la plage, éclairé par la lune. Le bruit du reflux glissait jusqu'à nous sur des patins de sable ; on eût dit une berceuse. J'entrepris d'émietter un quignon de pain sur la nappe, histoire de parfaire l'apocalypse.

— Je suis contente pour lui, murmurai-je finalement. Il a toujours voulu être écrivain.

Ma sœur manqua s'étouffer. N'y tenant plus, elle s'exclama :

— Mais l'héroïne, elle s'appelle Clémentine ! Et c'est un robot !

Je ris à mon tour, un peu trop bruyamment pour être vraiment crédible.

— C'est bien, les robots ! C'est très bien ! C'est Spielberg ! C'est l'avenir ! Ça ne m'étonne pas que ça marche, son bouquin.

— Clémence…

Je bus une énième gorgée, puis je soupirai.

— Je ne l'aimais pas, Suzie. Je ne pouvais pas l'aimer, je n'y arrivais pas. C'est comme ça.

— Il plaisait même à papa et maman, gémit-elle pour souligner le désastre.

— Je sais. C'était un chic type. Mais je n'y arrivais pas… Il méritait mieux, de toute façon.

Malgré moi, je sentis monter les larmes ; j'étais peut-être plus saoule que je ne voulais bien le dire. Ma sœur sourit. Un sourire triste, de circonstance, *ma sœur est un robot*. J'allumai une cigarette ; elle agita la main devant son visage.

— Tu vas arrêter, un jour ? Ma copine Fiona, elle est à la clope électronique. Elle dit que c'est un miracle.

— Je ne suis pas « Clémentine », mon chou. Je ne fume pas électronique. Je suis un être humain.

Suzanne me colla une gifle – l'une de ces petites gifles dont elle avait le secret, tendres comme des caresses que je ne sentais pas.

— Tu fais chier, dit-elle en secouant sa flûte vide au-dessus du seau à glace. Je t'aime, tu sais, mais tu fais chier. Allez, donne-moi à boire. C'est mon anniversaire.

Seize ans

L'appartement modeste loué pour le mois – 10 juillet/10 août – sentait le beurre fondu, la citronnelle en spray et les chaussettes sales. S'il était situé non loin de l'Italie, il ressemblait en tous points à celui près de l'Espagne. Derrière les vitres saturées de chaleur, l'impassible spectacle. Du vert à ne plus savoir qu'en faire, des collines assommantes et des pitons rocheux qui semblaient n'avoir d'autre but que d'annihiler l'idée même d'horizon.

La mère lavait le linge dans l'évier de la cuisine, Suzanne jouait à la Gameboy avachie à l'étage des lits superposés, le père faisait ses comptes et biffait son chéquier en fronçant les sourcils.

Si ce n'était la musique entêtante de *Super Mario Bros*, on aurait pu croire que tout le monde était mort.

Inspirer, expirer.

(Des mois qu'elle s'y prépare. Des mois qu'elle le sait – *il faut le faire*.)

— Papa, maman. Je sais que, normalement, je n'ai pas le droit. Mais ce soir, exceptionnellement, je pourrais descendre au village ? Pas longtemps ?

Clémence n'étant pas devenue invisible, il fallait en passer par là – demander une permission, comme à l'armée.

Ils se regardèrent, le père, la mère – leur connivence odieuse, indestructible. Comment trouver une place au milieu de ce couple, ce monstre bicéphale ? La mère, les mains pleines de mousse, se gratta la joue avec l'ongle du petit doigt, réaction classique à la contrariété.

— Pourquoi ?

— Pourquoi ? Ben, je ne sais pas, c'est le 14 juillet… J'ai juste envie de vivre un peu, mais c'est peut-être trop demander !

Nouveau regard entre eux, légèrement choqué – et les joues du père s'empourprèrent brusquement.

— Qu'est-ce que c'est que ce ton ? Et puis cette insolence ? Ah ! Elle a bien changé, notre petite fille !

(Si vous saviez… Si *seulement* vous saviez.)

Suzanne, surexcitée, se tapait sur les cuisses.

— J'ai battu mon record !

Ils négocièrent en silence, selon leur habitude. Cela prit un temps fou.

— Une heure, dit finalement la mère, pleine de reproches déjà. Tu reviens dans une heure, pas une minute de plus. Tu m'as bien comprise, Clémence ?

La mère, au fond, décidait de tout. Avait toujours décidé de tout.

— Il n'y a même pas de feu d'artifice, soupira le père en haussant les épaules. Je me demande bien ce que tu vas fabriquer.

Seize ans

Il ne fallut pas plus d'un quart d'heure à Clémence pour l'emballer, le garçon du village.

Elle s'était assise au bord de la fontaine et avait attendu, sans rien faire d'autre qu'attendre dans le cliquetis des eaux qui gouttaient derrière elle. Au loin, depuis une terrasse en plastique crasseuse, il lui avait souri, éclairé de jaune sale par un néon criard.

BAR DE LA PLACE.

— Tu as des yeux incroyables, dit-il en souriant pour toute introduction.

Encore un type avec des goûts bizarres ; en réalité, ces types couraient les rues.

Le garçon était brun, avait un regard clair et les dents du bonheur. Il était assez beau, en fait, mais cela n'avait pas vraiment d'importance.

Une bière, deux bières. Quand le garçon se plaignit qu'elles manquaient de fraîcheur, Clémence baissa les yeux et regarda ses pieds. Elle portait son immuable jean, un T-shirt pourri avec une tête de chat affublé de lunettes, des Converse sans âge. Elle avait simplement, en route, détaché ses cheveux.

— On va ailleurs ? dit-elle finalement, avec un regard qui ne laissait guère planer le doute.

Pourtant il hésita, ne semblait pas saisir où elle voulait en venir. Il avait l'air perdu, aussi lui posa-t-elle la main sur la cuisse avant de répéter :

— On y va ?

— Tu es sûre ? Tu veux, vraiment… ?

— Tu ne l'as jamais fait, ou quoi ?

Elle était méchante, exprès. Hypocrite, mesquine, provocante. Elle voulait en finir, être débarrassée, et vérifier surtout ce dont elle se doutait. Elle était terrifiée mais dans un rôle déjà, elle le gratifia d'un sourire carnassier.

— T'as des capotes ?

VIOL / DÉFINITION LÉGALE.

Pénétration sexuelle d'une personne, par la force ou sans son consentement.

Ce n'était pas un viol, Virgile avait raison. L'homme l'avait transpercée, avait plié son monde, pénétré son cœur, son âme et son regard ; mais ni son sexe ni sa bouche. Pourquoi, alors, sentait-elle encore l'odeur de la mort dès qu'elle y repensait ? Pourquoi ne pouvait-elle pas, simplement, cesser d'y repenser ?

Ils ne me prendront rien – je me donnerai d'abord.

S'armer.

Elle s'était allongée dans l'arène contre le sable fin, n'avait même pas enlevé ses vêtements. Qu'il travaille, un peu; la déshabille, au moins. Le garçon du village avait le regard fou, mais bien différemment de l'homme blond. Affolé de joie – Quel bol, putain, quel bol! Il était plus vieux qu'elle, dix-neuf ans, peut-être vingt, avait un corps mince, fragile et imberbe, des fesses rebondies mais la peau granuleuse, épaisse comme du cuir.

Dans un souffle, il entra en elle. Du moins, elle *supposa* qu'il entrait en elle.

Elle pensait avoir mal. Ses copines l'avaient prévenue, les précoces, Amélie en tête, qui s'était envoyée en l'air à treize ans et demi avec un moniteur de voile sur une plage de Floride – c'était ce qu'elle racontait. «Ça fait un mal de chien, Clémence, comme si on t'écartelait de l'intérieur, je te jure ma vieille, un truc moyenâgeux.» Mais il allait, venait, vibrait, s'agitait, animal en rut, tendre malgré tout, maladroit – un peu ridicule. Et ça ne faisait pas mal; elle eût préféré. Elle regardait le ciel par-dessus son épaule, les étoiles sérieuses, brillantes, à leur place ordinaire comme au planétarium. Elle était là pour ça – avoir mal – mais elle ne sentait rien, à croire que la bite du garçon était fabriquée d'air. De temps à autre il l'embrassait, lui caressait la joue, *T'es belle, t'es trop belle,* tremblant comme un gamin au spectacle de l'école, ou un lionceau de cirque le soir de la première. Elle ne sentait rien mais il fallait le faire, voilà tout, en finir avec *ça*. Elle pensait à eux, le père, la mère là-haut dans l'appartement loué pour le mois, Suzanne innocente avec sa Gameboy, quand sa grande sœur se faisait baiser à mort par un presque inconnu pour parfaire l'entraînement.

Il s'écrasa sur elle, en sueur, peau contre peau.

Quelle *peau* ?

Vide, absente, incolore, inodore. Le vase cassé de la grand-mère.

Ça n'avait pas duré longtemps. Trois minutes. Quatre ?

Elle ne percevait pas le contact de sa peau, mais elle sentait son poids. La pesanteur sur elle, c'était doux, enveloppant. Au bout d'un moment, comme elle ne bougeait pas et respirait à peine, il se redressa.

— C'était bien ?

— Oui, murmura-t-elle, parce qu'il fallait bien répondre quelque chose.

Il se retira. Il y avait du sang sur le préservatif – un sang rouge vif, même dans la pénombre. Elle n'avait jamais vu un sang d'une telle pureté, il semblait irréel, comme tiré d'un film gore, d'une grotesque série Z.

— C'était ta première fois ? demanda-t-il, un peu surpris, un peu gêné.

Le ciel, derrière les épaules blanches du garçon, avait l'air palpable, soierie plantée de strass, robe de princesse, costume de scène. Il y avait peut-être même des étoiles filantes, c'était la saison ; mais Clémence n'avait pas le temps de vérifier, de faire un vœu, elle était déjà en retard, *pas une minute de plus*, elle allait se faire tuer. Alors cette fois-ci, elle ne répondit pas – et puis la réponse semblait d'évidence (les mecs sont débiles, ou bien ils le font exprès ?). Elle avait espéré qu'en se retirant le sexe la brûlerait comme ces sparadraps qu'on arrachait d'un coup, mais là non plus, il ne s'était strictement rien passé. Alors, à quoi bon faire durer ce simulacre d'amour, ou de quoi que ce fût ?

Clémence était triste, déçue par l'échec. Pourtant, elle se sentait étrangement propre, et la tristesse elle-même avait quelque chose d'agréable. Il n'y avait eu ni couteau ni menace, zéro « petite salope ». Elle n'avait pas aimé ça mais précisément, on ne le lui avait pas demandé – *Dis-le, que t'aimes ça.* Dans un sens, il y avait du progrès.

Mission accomplie.

Ils se relevèrent, envahis de terre. S'époussetèrent, jeunes et idiots.

— Je te raccompagne ?

Elle hocha la tête, et il lui prit la main. Cette main dans sa main, c'était de l'atmosphère.

— Comment tu t'appelles, au fait ?

— Amélie.

Il sourit, dents du bonheur, minuscule canyon entre les incisives.

— Raphaël.

Elle avait l'impression de tenir la main d'un fantôme.

— Je pourrais te revoir, Amélie ? J'aimerais bien te revoir.

Elle songea subitement : Moi aussi, Raphaël, j'aimerais bien me revoir.

Trente ans

En bas de chez moi coulait une rivière.

J'avais choisi le village pour cela, la maison pour cela. La côte n'était pas loin, la Clinique non plus – une vingtaine de kilomètres en lacets dans les collines – et le logement bon marché. Les touristes, même en saison, ne venaient pas ici ; pas volontairement, en tout cas. C'était trop haut, trop paumé, et il n'y avait rien à voir. Pourtant, ils se perdaient parfois, atterrissaient portés par quelque rafale (ou, plus probablement, un GPS défectueux) et on les retrouvait assis sur le bord d'une marche, un sandwich à la main. Dans mon village, il n'y avait pas grand-chose, l'ancestral bar-tabac, la face blette de Nadine Verger, les vieux enluminés, la boucherie ouverte au gré des humeurs d'un propriétaire à deux doigts de la retraite, la micro-boulangerie, le monument aux morts, la mairie/salle des fêtes/bibliothèque, le terrain de football qu'aucun gosse ne foulait plus depuis que l'école avait fermé.

Quand je réintégrai mon village au matin de cette nuit-là, une nuit comme tellement d'autres – 29 octobre, la proie s'appelait Florent, sentait fort le chou et le parfum frelaté, mais possédait de belles lèvres, pleines et audacieuses (ainsi qu'une suite luxueuse parée d'un lit circulaire taillé pour un Golgoth) –, je n'espérais qu'elle, la rivière. Sa pureté, ses schistes brillants que les gamins de passage prenaient pour de l'or, tamisant des matinées entières les fonds sablonneux. En plein été, elle était presque asséchée : il fallait s'allonger à même la roche pour espérer s'immerger entièrement. Mais depuis quelques semaines, le niveau était monté, dessinant des piscines à profondeur humaine. J'enfilai mon maillot, un bikini rose vif imprimé de cerises avec des petits volants tout le tour des fesses, chaussai des Méduses en plastique pailleté, me jetai un drap de bain écarlate sur l'épaule. Mon style vestimentaire, d'ordinaire plutôt sobre, souffrait deux exceptions : mon look du 29, et les tenues de bain.

Le péché / le baptême – j'imagine.

J'avais un avantage, je ne craignais pas l'eau froide. Sur les tournages, outre ma tempérance, on me choisissait pour cette raison-là : les pieds dans la glace au milieu de nulle part, quand les comédiens grelottaient sous des bâches de survie, chaufferettes au fond des boots, je réchauffais le khôl entre mes deux mains jointes en racontant des blagues, pitoyables si possible, j'allais chercher vaillante les thés et les cafés dans une lointaine régie – j'étais toujours partante et ne me plaignais jamais. Dans le milieu, on m'appelait le « Yéti ». Je suppose qu'au village j'avais également un surnom, mais je ne le connaissais pas : à trois cents habitants, on sait se faire discret.

Lorsque le givre frottait les rives et poudrait les rochers, je me baignais tout de même et on me disait bleue quand je rentrais chez moi. De fait, j'étais devenue une sorte d'attraction, une légende locale. Mais il faisait bon encore et, ce dimanche-là, je n'étais pas toute seule. Une famille de Hollandais, blonds aux portes de la transparence, avait investi les berges. La mère était belle, le corps musclé à grands coups de Pilates, une capeline de paille protégeant son visage d'une élégance racée. Le père avait ce petit ventre des amateurs de bière, un caleçon de surfeur, trois poils châtain clair vrillant sur un torse pâle aux proportions étranges. Il téléphonait en faisant les cent pas sous les arbres courbés, de temps en temps shootait dans un caillou, comme souvent font les hommes quand ils ne veulent plus parler. Deux garçonnets, marmoréens sous leur couche d'écran total, s'éclaboussaient en riant, les bras hérissés par la chair de poule. J'avais oublié ce que cela faisait, d'avoir froid, d'avoir chaud. En été, mon épiderme pelait, car je ne sentais pas venir la brûlure et j'oubliais de remettre ma crème solaire. Au plus fort de l'hiver, il m'arrivait parfois de jardiner en bras de chemise, la nécessité d'enfiler une doudoune me passant au-dessus, et mes doigts gerçaient, violaçaient, mutaient petits moignons aux ongles fendillés. J'avais des cicatrices partout puisque chaque blessure, surtout les plus bénignes, finissait infectée par manque de soins. Quand la maladie – ou la malédiction – s'était avérée permanente, j'avais consulté en douce des dizaines de médecins, lesquels avaient tous semblé éminemment perplexes face à des symptômes qui touchaient d'ordinaire les personnes âgées, et de manière beaucoup moins extrême. On me fit subir un plein wagon de tests – neurologiques, musculaires, cutanés, ostéo-articulaires – mais lorsque furent écartées toutes les affections connues, aucun spécialiste ne sut poser d'autre diagnostic que « psychosomatique ».

— La médecine ne peut rien pour vous, mademoiselle. Votre insensibilité n'est qu'une *illusion*.

Ça me faisait une belle jambe.

— Soyez gentille, allez voir un psychiatre.

Je ne leur en voulais pas, je n'en voulais à personne. Je n'en voulais qu'à l'homme blond, ou peut-être au destin, mais ni l'un ni l'autre n'étaient des personnes. De psychiatre, je n'en ai jamais consulté : au fond, j'avais peur de parler. Je me haïssais, j'avais besoin de me haïr et craignais que quiconque n'interfère avec cela. Pour la même raison, je ne cherchais pas d'amis, ne voulais plus de fiancé ; j'avais bien trop souffert de voir Tristan souffrir.

J'aimais croiser les gens, les équipes de tournage chaque fois renouvelées, j'aimais les inconnus, les relations éphémères et ces baises d'un soir réglées en fin de mois comme on le fait des factures. Je pouvais m'appeler n'importe comment, être n'importe qui, raconter n'importe quoi – tous ces *n'importe* ne faisaient souffrir personne. J'étais seule, close comme un coquillage, sensible comme un oursin, et désormais, je m'en accommodais. Qu'aurais-je bien pu faire d'autre ?

Souvent, j'essayais de me rappeler ce qui avait disparu. La main de ma mère contre ma joue, les doigts lestes du coiffeur massant mon crâne, Suzanne me chatouillant le dos contre la promesse honteuse d'un paquet de bonbons – toutes ces choses que j'aimais et qui n'existaient plus. J'essayais même, parfois, de me rappeler l'agression, le contact terrible de la lame sur mon cou, la pression des doigts sur ma poitrine, ma nuque, mon sexe, la texture froide de la tôle ondulée contre mes omoplates. Mais tout me semblait vague, abstrait et cérébral, pareil à ces amours que je fabriquais en vain avec les hommes d'un soir.

Ce dimanche-là pourtant, plongée dans la rivière au seuil de ma maison, l'onde claire glissait sur moi, scintillante, me berçait. Je voyais le courant frémir, tourbillonner, et si je me laissais aller, oublieuse de ma tare, il me semblait presque sentir l'eau sur ma peau. L'ombre des grands arbres, penchés au-dessus du lit telles de vieilles fées noueuses, certes bienveillantes mais un peu désolées (« Pauvre petite, on ne peut rien pour toi »), tatouait mon ventre de phrases indéchiffrables. Je fermai les yeux et pensai à Sophie, à cet adjectif dont elle m'avait affublée quelques jours plus tôt, *rafraîchissante*, et je riais toute seule en y réfléchissant – à quel point ce qualificatif m'était inadapté. Sait-on jamais comment les autres vous voient, ou ce qu'ils imaginent ?

Dans un sens, je trouvais rassurante l'idée d'être une fiction, pas seulement pour moi-même.

Trente ans

— Il faut faire quelque chose, sérieux.

— Tu veux qu'on fasse quoi… *sérieux* ? Qu'on le bute ?

— Oh, ta gueule.

Joseph abdiqua, le nez au fond de sa bière. Le regard de Sam papillonna un instant, puis se perdit dans l'écran de télévision vissé au-dessus du bar – un reportage, des gosses surexcités caressant de minuscules requins dans un grand aquarium conçu à cet effet. Le bassin évoquait ces rivières pour canards en plastique que les écoliers pêchent à la kermesse. D'ailleurs, à la manière d'un monsieur Loyal, un homme jovial semblait dicter quelques précautions nécessaires au câlinage des squales, si petits fussent-ils.

Un prédateur reste un prédateur.

Je commandai une bière. Une pinte, pour être précise. Ma peau anesthésiée me travaillait au corps, aussi cherchais-je parfois à anesthésier le reste. Il m'arrivait par exemple de travailler avec des boules Quiès. Elles étaient inutiles, bien sûr ; il régnait à la Clinique un calme olympien. Mais j'aimais entendre monter le silence artificiel, la mousse gonfler lentement à l'orée de mes tympans : j'avais l'impression de nager au fond de la mer.

J'adore nager au fond de la mer. Plus jeune, j'adorais nager tout court, sentir le sel ronger ma peau, piquer mes yeux, la douce griffure du sable, le coup de fouet de l'eau froide qui faisait taper le cœur, le manège des vagues, grand huit bleu turquoise, un peu effrayant. J'étais si nostalgique de toutes ces sensations que j'allais rarement à la plage, pourtant à deux pas. La rivière et son murmure fragile me faisaient moins souffrir.

— Putain, lâcha Joseph derrière moi, incapable de se contenir plus longtemps, j'ai économisé six mois pour me le payer, ce vélo ! Qu'est-ce qu'il va foutre avec une selle et des roues, tu peux me dire ? S'il avait carrément piqué le vélo, je comprendrais… Mais là… Franchement !

Jo but une gorgée, une grande gorgée de rage. Nadine s'épongea le front avec un torchon à carreaux, avant de balancer de l'envers du bar :

— Moi, j'ai la moitié de mes strings qu'a disparu. Je vais être obligée d'étendre le linge dans le garage, tu parles d'une sinécure.

— Tu mets des strings, toi ?

— Cochonne !

À l'autre bout du comptoir – une desserte décrépie en Formica jaune paille pollué de stickers –, Bobby Malet et Charlie Beille éclatèrent d'un rire gras puis, d'un geste enthousiaste, se tapèrent dans la main. En réalité ils se ratèrent de peu, trop avinés pour se synchroniser ; mais comme d'ordinaire, ils ne semblèrent pas s'en apercevoir. D'une manière générale, j'aimais bien les gens de mon village. Mais ces deux-là, je ne les aimais pas. Mon décodeur ne les aimait pas non plus.

— Si tu veux, je peux aussi te mettre mon poing dans la gueule, rétorqua Nadine en jetant son torchon sur le percolateur. Y a qu'à demander.

— Oh, ça va, fais pas ta bourgeoise, répliqua Bobby d'une voix pâteuse. Mets-nous la même, plutôt. Si on peut plus rigoler...

Nadine haussa les épaules, ses épaules de camionneuse, charmantes pourtant dans leur brutalité, rondes et bronzées comme des pancakes. Les gars pouvaient la provoquer, mais en réalité, ils avaient tous peur d'elle. Il n'y avait que son mari pour lui tenir tête – *il est si brave dans le fond, et puis ils changent, les gens, c'est vrai ou c'est pas vrai ?* Où était-il, en l'occurrence, c'était un grand mystère. Stéphane Verger, je ne le voyais jamais. Je ne m'en portais pas plus mal, c'était un sale type, imbécile et brutal, pas seulement contre sa femme. Une lacune dans le regard, une face de ragondin – et ces lèvres trop étroites qui semblaient museler des secrets inavouables.

Derrière les vitres sales du café de mon village, le soleil déclinait, rougissait, résistance électrique dévouée au ciel pâle. La famille hollandaise, colorée en terrasse (bananes, tongs, T-shirts en lin brut légèrement odorants), profitait insouciante du jour terminal. C'était le Sud, c'était l'été. Une illusion d'été, disons. Partout ailleurs l'automne faisait des siennes, mais dans le Sud, même le climat est capable de mentir. Les gens ne vivaient pas ici, ils ne se rendaient pas compte. Leurs Pastis étaient sucrés, les nôtres étaient amers. Les locaux, eux, parlaient de Christophe, le fils Garriga, l'idiot du village. Visiblement, il y avait un idiot dans tous les villages. Un village sans idiot, c'était comme une fille plate, une France sans côte rocheuse, une famille sans histoire. Christophe ne faisait de mal à personne, il aimait juste voler des choses, inutiles si possible. Les propos à son encontre me semblaient toujours d'une violence excessive, mais on s'ennuyait ferme et il faisait bon avoir un bouc émissaire, ne fût-ce que pour alimenter les conversations et donner un enjeu aux bières quotidiennes.

Je l'aimais bien, moi, Christophe Garriga. Il avait à peu près mon âge, il était doux, il était beau.

Non, je mens.

Il n'était pas beau : il était sublime. Pour être honnête, c'était le plus bel homme que j'avais jamais vu, même dans les films, même dans les rêves. Si la Clinique avait conçu un modèle de sexe masculin, Christophe aurait pu en être la matrice : il avait déjà quelque chose d'*inhumain*.

Détail amusant, j'avais un jour soumis cette idée à Chanal : le pauvre homme m'avait regardée comme si j'avais passé la nuit à gober des ecstas.

— Mais enfin, Clémence, ça ne marcherait jamais !

— Ah bon ? Et pourquoi pas ?

— Les femmes… Vous n'êtes pas comme ça.

Il semblait sûr de son fait, mais j'avais pensé très fort « comme ça quoi ? ». La Clinique avait d'ores et déjà des clientes, n'en déplaise à Chanal – *tout le monde a besoin d'un peu d'amour, non ?* Histoire d'argumenter, j'avais failli évoquer l'autre marché gay (« Et les homos, Gilles, que faites-vous des homos ? »), avant de raconter qu'un homme en plastique m'éviterait peut-être les risques du 29. Mais je n'avais pas tellement envie de me faire virer, aussi finis-je lâche, selon mon habitude.

Qu'importe, rêvons un peu.

Modèle XY-01 – Christophe, *Chris* pour les intimes. Des yeux outremer, une chevelure noire brillante, une stature impressionnante et le corps victorieux d'un champion de natation, glabre et élancé, un charme ravageur, même quand il portait n'importe quoi, un short de footballeur et des baskets pourries.

Sans doute était-ce du personnage l'aspect le plus troublant – cette extraordinaire beauté ; et, en grande partie, la raison pour laquelle tout le monde le détestait, dans ce village où chacun était quelconque, banal, piètrement humain. Christophe Garriga était magnifique mais, en dépit de son mètre quatre-vingt-dix, avait sept ans d'âge mental. Il aurait pu être mannequin, acteur, gigolo, sénateur, devenir milliardaire et tourner la tête de la planète entière. Mais c'était un enfant, un tout petit garçon (comme si, tristement, il y avait une *justice* – ce que pensaient Joseph, Sam, Bobby et les autres), un gosse prêt à n'importe quel forfait pour se rendre intéressant, inconscient de ses actes et de leurs conséquences. Il ne faisait de mal à personne, certes, mais emmerdait tout le monde ; c'était suffisant.

Le jour où j'avais emménagé, il fut pourtant le seul à venir me parler, quand tous les villageois, « discrètement » aux fenêtres et sans doute médisant (gamine, rouquine, citadine), me regardaient transporter mes cartons à grand-peine, suante et trébuchante comme une pièce de monnaie un jour de canicule.

Christophe m'avait lui aussi observée un moment, puis s'était approché, l'allure improbable dans son short brillant, une casquette de base-ball parfaitement rectiligne sur sa chevelure nuit, avant de déclarer d'une voix caverneuse :

— Ils sont bizarres, tes yeux.

— Mais encore ? demandai-je en souriant, car personne n'était si direct avec moi, hormis les vrais enfants.

— Bah… On croirait que t'as été terminée dans deux usines différentes. En même temps, c'est pas grave. Moi, il paraît que j'ai été terminé à la pisse.

Il l'avait dit sans colère, le rire aux lèvres, à tel point qu'on avait l'impression qu'il se moquait – en pleine lucidité – de ceux qui, précisément, se moquaient de lui. Dès cet instant, je l'ai aimé. Solitaire, incompris, inadapté, « l'idiot du village » était la personne qui me ressemblait le plus à des kilomètres à la ronde.

Je lui avais demandé s'il voulait un soda. Il avait acquiescé en ôtant sa casquette dans une petite révérence, comme un gentleman du XIXe siècle, et nous avions bu un Coca-Cola assis dans mon jardin. À l'époque, ce n'était qu'un champ de ruines – des cageots en plastique, une rigole d'eau stagnante attirant les insectes, une tonnelle brisée, des pans de mauvaises herbes rongés par les lombrics, des rosiers crevés, asséchés et tordus. En vérité, cela tenait plus du terrain vague que du jardin. Je me souviens d'avoir suivi des yeux le ballet régulier des fauvettes à tête noire dans le ciel métallique, à me demander pourquoi on les voyait partout, sauf à la Clinique. Ce faisant, je frottais machinalement ma paume contre la pierre rugueuse du muret effondré sur lequel nous étions installés. J'avais ensuite longuement regardé ma main, admiré les traces rouges, la légère abrasion cassant les lignes de vie, de cœur, de tête. Christophe m'avait observée, puis imitée. Je ne le savais pas encore mais imiter, c'était son truc. Pour autant, il s'était vite arrêté.

— Ça fait mal, déclara-t-il, sentence définitive. Faut pas faire ça, Clé.

« Clé ». Christophe m'avait d'emblée baptisée ainsi, comme s'il avait compris que j'étais une porte close.

— Dacodac ? insista-t-il.

J'avais souri, hoché la tête.

— Dacodac.

Le silence, agréable, s'était prolongé.

Christophe avait une respiration régulière, presque lente. Près de lui, je me sentais toujours étrangement apaisée. L'air embaumait la figue, le laurier rose, l'ardoise mouillée, et j'étais heureuse d'avoir déménagé dans ce petit no man's land d'un calme surréaliste. J'avais l'impression de vivre à l'intérieur d'une des bulles de soda – une Clémence minuscule dans une sphère enchantée.

Une fois son Coca tété jusqu'à la moelle, Christophe avait roté, puis annoncé avec un sérieux de pape :

— Je suis très fort, en patates. Si tu veux, mademoiselle, je te plante des patates.

Innocente et inculte, j'avais hoché la tête. Quelques mois plus tard, je croulais sous les patates – non sans avoir reluqué, par plusieurs matinées particulièrement chaudes, ce corps inhumain bêcher à demi nu derrière mes fenêtres.

Dès lors, j'abandonnai exprès des choses devant chez moi, des objets inutiles qu'il volait à coup sûr.

Pinte de bière à la main, je m'approchai de la table des garçons.

— Comment peux-tu être sûr que c'est lui, le coupable ? demandai-je à Joseph.

Il me regarda comme une demeurée, puis écarta les mains d'un geste fataliste.

— Qui veux-tu que ce soit ?

Sans demander la permission, je tirai une chaise et m'installai avec eux. Sam avait le béguin pour moi, il était toujours ravi que je m'incruste à leur table. Quant à Jo, s'il me trouvait légèrement farfelue, je crois qu'il m'aimait bien.

— Vous l'accusez de tous les maux, continuai-je. Un de ces jours, le réchauffement climatique, ça va être sa faute.

— Écoute, Clémence, répliqua Joseph d'un ton agacé, t'es là depuis deux ans. Moi, le Christophe, je me le coltine depuis sa naissance. Alors ta belle patience, ton sens de la justice, on verra ce que ça va devenir, avec le temps. C'est facile de parler, quand on ne sait pas.

— Je dis pas que c'est pas lui, Joseph. Je dis seulement que vous pourriez, de temps en temps, lui laisser le bénéfice du doute.

Sam, en preux chevalier, hocha la tête :

— Elle n'a pas complètement tort.

Joseph lança à son camarade un regard consterné, puis termina son verre.

— Ah, vous me cassez les couilles. Tout ce que je vois, moi, c'est que je n'ai plus de vélo. Mais parlons d'autre chose, parce que je vais m'énerver.

Je posai tendrement ma main sur son épaule en le gratifiant d'un sourire moqueur.

— Oh, non, Jo. T'es pas beau, quand tu t'énerves.

— Ça va, ça va… Avec toi, la rouquine, on ne peut jamais être sérieux trente secondes.

Seize ans

Depuis des mois déjà, Clémence jouait les proies.

« Jouer » est impropre, ce n'était pas un jeu ; c'était de la survie. Elle était toujours vissée à la maison, surveillée de près comme un potage fragile, mais elle mentait souvent.

Je dors chez Sarah (répétition d'anglais), je dors chez Sophie (contrôle de maths), je dors chez Louiza (exposé d'histoire).

Elle était en première, ils ne pouvaient éternellement lutter contre l'émancipation – et puis les études, c'est important n'est-ce pas, pour avoir une bonne vie.

Papa / Taxi, Maman / Foyer.

On espère mieux pour vous, les filles, tellement mieux.

Vous êtes notre progrès.

Ne dormait pas chez Sarah, ni chez Louiza, ni chez Sophie bien sûr. Traînait dans les pires bars, les rues mal famées, guettait le prédateur dans des quartiers qu'avant elle ne fréquentait pas – n'aurait pas fréquentés, pour rien au monde.

Mais elle était parée. Dépucelée. Surentraînée.

Une arme en mouvement.

À force de tenter le diable, quelqu'un finalement tomba dans le piège.

C'était un soir de décembre, juste après Noël – seize ans et six mois, presque jour pour jour. Comme un signe, il s'était mis à neiger : dans la région, c'était exceptionnel. Une sorte de blizzard s'était levé, dont la violence faisait claquer les portes, renversait les vélos, dévissait les enseignes. Les nuages complotaient dans un ciel gris acier, des rafales furieuses traversaient la cité devenue ville fantôme ; les chutes de neige paralysaient les bus, bloquaient le trafic, affolant un monde qu'on croyait balnéaire. Et sur la côte, un peu plus bas et un peu plus à l'ouest, une tempête historique détruisait les maisons. Mais si Clémence sursautait encore, surprise par un fracas inhabituel, elle n'avait ni peur ni froid. Son corps déchaîné brûlait de l'intérieur, les sensations ténues le rendaient infatigable.

Machine.

Pour les appâter, elle n'avait pas changé d'apparence. Pas de jupe courte, de maquillage outrancier, pas de talons aiguilles. Comme pour le garçon du village, elle se contentait de défaire ses cheveux : la masse écarlate semblait clignoter dans le regard des hommes telle une balise Argos. Cette chevelure rousse si longtemps détestée, qui lui avait valu tellement de quolibets, était aujourd'hui son atout principal – tant pour ferrer les mecs dont elle voulait le lit que pour piéger les porcs dont elle voulait la tombe. Alors, non, nul besoin de panoplie. Ce soir-là, comme toujours, elle portait un jean stretch, des bottes cavalières, une doudoune bleu marine, des vêtements confortables dans lesquels il était facile de bouger.

Une tenue de combat, en somme.

Depuis des semaines qu'elle arpentait les rues, elle avait cru maintes fois parvenir à ses fins. Elle fut dévisagée, abordée, insultée, suivie. Mais aucune cible n'était passée à l'acte, aucun homme ne l'avait touchée contre sa volonté. Durant un an et demi, elle avait subi en silence tous ces regards torves et ces mots dégueulasses lancés à chaque coin de rue, ces effractions perpétuelles, ces invasions verbales. Elle avait tressailli, avait baissé les yeux, le ventre plein de colère. Elle avait encaissé, abdiqué, ligotée par la trouille que cela ne recommence, le cœur sans arrêt accélérant et décélérant, jusqu'à en exploser. Aujourd'hui, elle était enfin prête, parée pour la riposte – mais pas un connard ne daignait l'agresser. C'était désespérant.

Et puis…

Celui-là était plus âgé que l'homme blond, nettement. Des cheveux sombres, une silhouette fruste, trapue comme un fût de chêne. Il l'avait suivie sur des centaines de mètres, plusieurs pâtés de maisons. Clémence commençait à se demander s'il allait se décider, lorsque l'allure de l'homme progressa subitement.

La neige crissait sous les pas lourds, elle entendait maintenant le souffle dans son dos, plus fort que le vent. Elle continua de marcher au même rythme, ni trop lent ni trop rapide – le *bon* rythme.

Enfin, à un coin de rue, il l'attrapa. L'étrangla, le bras autour du cou. Contre sa peau, le crissement froid et visqueux d'un K-way, ou d'un ciré peut-être. (D'un tentacule.)

Elle se dégagea avec une facilité déconcertante et se mit à cogner, instantanément, avant même qu'il eût songé à peloter quoi que ce soit. Elle ne regardait même pas son visage, il n'était qu'un pantin, un sac de sable dans lequel il fallait frapper, des coups bien ordonnés, le blizzard dans les poings, et plus rien n'existait que ce blizzard, cette hargne effroyable qui ressemblait à la vie. Dans cette ruelle noire, la neige au-dessus d'eux, d'une pureté stupéfiante, Clémence le tabassait, de toutes ses forces, Tu ne me toucheras pas, Connard, tu ne toucheras personne, parce que tu vas crever.

Il faisait un mètre quatre-vingts, elle moins d'un mètre soixante. Vue de l'extérieur, la rixe devait ressembler à un combat mythique ou une planche de Comic's, David contre Goliath, Magnéto contre la fée Clochette.

Mais il les avait séparés, l'autre homme – arrivé de nulle part. L'agresseur s'était enfui, terrorisé, courbé par la douleur, le visage en charpie, pauvre diable ridicule.

Elle n'avait pas compris, Clémence – ce qui s'était passé, ce qui l'avait arrêtée.

— Pourquoi vous ne m'avez pas laissée le tuer ? Pourquoi ?

Elle ne savait même pas à qui elle s'adressait, tremblait de tous ses membres, hors d'haleine. Mais ce n'était pas de la peur; c'était de la rage. Une profonde fissure déboîtait sa pommette – il s'était bien battu, ce con. Elle n'avait pas mal, inconsciente de son visage à demi fracassé. Elle ressentait mille choses mais, concrètement, ne sentait rien du tout, anesthésiée jusqu'à la moelle, comme un paralytique qui se tiendrait debout.

(Est-on encore un être humain, dans de telles conditions ? C'est quoi d'abord, *l'humanité* ?)

Elle avait l'impression que son cerveau tapait d'un bord à l'autre de son crâne, une bille en roue libre dans un jeu de hasard. Elle aurait aimé que le froid la saisisse, que la neige la recouvre, l'enterre ou la soulève, aurait voulu hurler comme un loup à la lune, bêtement animale, instinctive et sauvage, mais le cri resta coincé dans cette armure de cuir qui n'éprouvait plus rien.

— Viens, avait dit l'homme arrivé de nulle part, d'une voix ferme, presque sévère, en lui empoignant le bras. Viens avec moi. Et puis t'as quel âge, bordel ?

Il vivait là, dans l'un des immeubles de la rue mal famée. Tandis qu'il l'entraînait, il tentait vainement de le lui expliquer, mais elle n'entendait pas, n'écoutait pas. Elle était enragée, se débattait, furie, donnait des coups désordonnés, affaiblie par la bagarre.

— Et pourquoi je viendrais ? Pourquoi je vous suivrais ?

— Parce que je suis flic. Pas de service, rassure-toi.

— Et alors ? Je m'en branle ! J'ai rien fait de mal !

Elle eut brusquement conscience de pleurer, même si elle ne sentait pas les larmes. Elle pleurait, comme la fillette qu'elle était encore, l'eau salée diluant le sang neuf sur sa pommette brisée, fabriquant sur sa peau des rivières écarlates, des ruisseaux impossibles.

— Je sais, mais t'es blessée. Je te jure, tu te vois pas. Tu viens avec moi, ou j'appelle les collègues. Tu préfères mon appart', ou tu préfères le poste ?

Elle l'avait regardé pour la première fois – comme jadis l'homme blond, dans la rue au nom d'oiseau. Il avait des cheveux poivre et sel, une barbe poivre et sel, de grands yeux vert sapin sous des paupières tombantes, deux lacs de montagne plantés dans la rocaille. Un visage raviné, criblé de rides, sillons, paysages, tragique en vérité. Elle avait du mal à lui donner un âge. Quarante, cinquante ? Plus ? En tout cas, il était vieux.

— Ça va, lâchez-moi. C'est bon, je vous suis. Mais merde, lâchez-moi.

Il avait obéi. En contrepartie, elle avait lâché prise, résignée à le suivre. Si c'était un porc, elle avait de la ressource. Mais s'il disait vrai… D'un revers de manche, elle essuya ces larmes qu'elle ne sentait pas, renifla un bon coup. Ils passèrent la porte cochère d'un immeuble qui, autrefois, avait dû être fastueux, dans le style catalan, mais aujourd'hui miteux, laissé à l'abandon, tagué d'obscénités, les fresques écorchées et les moulures détruites, comme un gâteau de mariage balancé contre un mur. La cour intérieure sentait les ordures et le poisson crevé, une peinture écaillée vérolait les cloisons, aucune des marches de l'antique escalier n'avait la même hauteur.

Un immeuble-monstre, un immeuble comme elle.

Là-haut, peu à peu, elle s'était calmée.

L'appartement était immense, biscornu, sombre et en bazar, encombré de bouquins et de feuilles volantes. L'un des murs du salon était scotché de schémas, de photos effrayantes, de plans gribouillés et de Post-it froissés, absurdement roses.

L'appartement d'un flic, peut-être bien ; ou d'un tueur en série. Mais mourir à ce stade eût été une bonne chose.

À toute vitesse, comme si leur vie en dépendait, l'homme avait fait du thé, râlant contre la bouilloire qui, manifestement, souffrait d'un faux contact. Elle l'avait bu brûlant dans un mug NYPD, il avait dit « Fais gaffe » – un geste de la main, apeuré –, mais c'était trop tard : elle avait avalé, s'enfonçant dans le velours détraqué du sofa, un velours rêche et mauve telle une maladie de peau, un eczéma textile. Il l'avait regardée comme une extraterrestre :

— Mais bon Dieu… Qui es-tu ?

Clémence avait reposé la tasse sur une table *seventies* en métal cabossé, levé ses yeux vairons, l'un vert, l'un brun, et avait murmuré :

— Je ne sais pas.

Seize ans

Elle était assise au bord de la baignoire, une ancestrale baignoire à pattes de griffon, posée sur des carreaux en terre cuite à motifs occitans, fendus pour la plupart et déchus comme le reste.

Après avoir nettoyé la plaie à grands coups de Biseptine, Damien plaçait des stéri-strips avec application pour fermer la blessure.

— Tu veux tuer des gens, répéta-t-il, perplexe.

— Oui, mais pas n'importe qui.

— Non, bien sûr. Pas n'importe qui.

— Arrêtez de répéter ce que je dis. C'est chiant, à la fin.

Damien sourit pour la première fois. Dans ce sourire, il paraissait plus jeune. On distinguait l'enfant facétieux qu'il avait dû être un jour, dans un siècle passé, un autre monde peut-être.

— Putain, murmura Clémence, comment je vais expliquer ça ?

— Je ne sais pas… Tu es tombée de vélo ?

— Je fais jamais de vélo.

— Tu es censée être où, là ?

— Chez une copine, je révise un test de maths. C'est crédible, je suis nulle en maths. Nulle de chez nulle.

Damien afficha un air goguenard, puis débarrassa dans la poubelle les cotons pleins de sang. Ce sang-là ne sortait pas d'un film. Ce sang-là était noir, et il sentait mauvais.

— Ah, bon. Tu me rassures.

— Ça va. Mes parents, vous ne les connaissez pas : c'est la glu incarnée.

— En même temps, si j'avais une fille qui veut tuer des gens, moi aussi, je la surveillerais de près.

— Vous croyez que je rigole, hein ? Vous me prenez pour une conne, je le vois à votre air. Une pauvre petite conne. Et ça me rend dingue, si vous voulez savoir.

Le flic soupira et toute trace d'amusement quitta son visage.

— Je t'ai vue te battre, Clémence. Je n'ai jamais vu de petite conne se battre comme ça, alors ravale ta hargne. Je ne sais pas d'où tu sors, c'est tout.

Elle crut déceler dans sa voix une forme d'admiration et, fière-à-bras de pacotille, bomba le torse.

— Je prends des cours, dit-elle. Je m'entraîne toute seule, aussi. Tous les jours.

— O.K., mais pourquoi tu fais ça ? À quoi tu joues, exactement ?

Au verbe « jouer », tout son corps se crispa.

— Je ne joue pas. Je me venge.

— D'accord. Tu te venges.

Il lui tendit la main pour qu'elle se relève ; sa main était aussi large qu'un gant de base-ball, rectangulaire et couleur sable. Si elle avait pu la sentir, elle l'aurait sans doute trouvée rugueuse, épaisse, de contact déplaisant.

Elle secoua la tête en regardant autour d'elle : la salle de bains était en plein milieu de l'appartement, comme un sas insensé entre la chambre et le séjour. Elle s'approcha du miroir, une vieille chose piquée pendue par une chaîne au-dessus d'une vasque en forme de coquillage. Elle croisa son reflet, passa un index timide sur la plaie réparée, puis se tourna vers lui.

— Le thé, c'était super. Vraiment. Mais vous n'auriez pas un truc plus fort ?

— Deux doigts.

— Hein ?

— Deux doigts de whisky, c'est tout ce que tu auras.

Clémence sourit, narquoise. Damien piqua un fard.

— Pardon…, bredouilla-t-il. Humour de flic.

— C'est bon, j'ai plus huit ans.

Ils retournèrent au salon, où elle poursuivit son investigation.

— Vous n'avez pas de sapin ?

— J'ai une tête à faire un sapin ?

Sur ce, Damien déboucha un reste de Jack Daniel's, remplit deux verres.

— Glace ?

Elle secoua la tête. En lui tendant le sien, il déclara :

— Et maintenant, ma grande, tu vas me raconter.

Elle avait raconté, avec les mauvais mots. Mais il avait compris. Elle l'avait lu dans son regard, qui fonçait peu à peu au fil de l'histoire, comme la mousse sous l'averse ; à sa mâchoire serrée, furieuse, à sa bottine noire qui battait l'air, posée à angle droit sur son genou plié. Lorsqu'elle eut terminé, il se leva lentement pour se resservir un verre.

— Ce n'était même pas un viol, murmura-t-elle, conclusion innommable et trop bien intégrée.

Il se tourna vers elle, but une longue gorgée. Derrière les vitres minces, on entendait des cris, une bagarre de bar, un conflit de poivrots. Une sirène au loin déchira la nuit noire ; Clémence frissonna.

— Non, dit-il finalement. Ce n'était pas un viol à proprement parler, mais il avait une arme. Même blanche, c'est grave, une arme. Si tu étais allée voir les flics, tu le saurais.

Clémence ferma les yeux.

Elle avait tant culpabilisé d'être dans un état pareil pour ce pas grand-chose, quand des filles se faisaient violer pour de bon, battre pour de bon et tuer pour de bon… Depuis l'homme blond, juste au cas où, elle lisait tous les journaux, regardait toutes les émissions de faits divers. Elle maîtrisait l'horreur jusqu'au bout des ongles et réalisait bien que sa mésaventure n'était qu'une broutille. Elle se haïssait d'en être à ce point détruite, se sentait lâche, faible, ridicule – et cette haine de soi était bien sûr le pire.

Mais enfin, quelqu'un l'avait dit.

C'est grave.

Elle avait l'impression que le diplodocus juché sur ses vertèbres venait de se lever. Damien se rassit face à elle. Elle aurait aimé que tout soit terminé, mais elle savait d'instinct qu'une nouvelle histoire venait de commencer.

— Il avait quelque chose de particulier ? demanda-t-il. N'importe quoi… Un tatouage, une cicatrice ?

Elle réfléchit un instant. Le seul signe distinctif qui lui vint à l'esprit brillait par son absence.

— Il n'avait pas d'accent.

— C'est-à-dire ?

— Il n'avait pas d'accent. Ni l'accent d'ici ni l'accent d'ailleurs. On avait l'impression qu'il venait de nulle part.

Damien se releva et traversa la pièce pour fouiller le tiroir d'un secrétaire. Il en sortit un bloc à dessin, visiblement tout neuf. Clémence se raidit.

— Je ne veux pas porter plainte, murmura-t-elle. Je ne peux pas. Toujours pas.

— J'ai compris, dit-il en se rasseyant. Ça restera entre nous. Ce n'est pas très orthodoxe mais, crois-le ou non, ça va te faire du bien.

Il ouvrit le bloc, s'empara d'un crayon.

Le grain du papier – épais et lourd.

La pointe grasse du crayon – bien taillé.

Tout semblait possible, puisque rien n'existait.

— Je t'écoute, ma grande.

Elle ne savait pas quoi dire. Son regard papillonnait, affolé, incapable de se poser. La pièce avait l'air fabriquée en crépon, un crépon mat et noir, froissé, translucide par endroits – une aile de chiroptère bruissant au fond d'une grotte.

— C'est juste au cas où, déclara Damien comme pour la rassurer. On n'est pas au poste, Clémence. Il n'y a que toi et moi. Toi, moi et tes souvenirs.

Elle respira, hocha la tête. Chassa les chauves-souris, leurs ailes en crinoline accrochées au plafond.

— Les yeux, d'abord. Comment étaient ses yeux ?

Elle s'efforça de se calmer, de se concentrer, de penser au brouillard. Mais c'était difficile, de décrire l'innommable.

Le son de la mine, mat et léger, envahit l'espace du grand appartement.

De temps à autre, elle se trompait, précisait, changeait d'avis. Damien, patient, appliqué, gommait, corrigeait. Lentement, le visage prit forme sur le vélin glacé, les pommettes saillantes, le front lisse et haut, l'implantation régulière des cheveux blond glacier, les orbites enfoncées, la petite marque de naissance au-dessus de l'œil gauche.

Elle l'avait oubliée, cette marque de naissance en forme de croissant de lune – *le signe distinctif*. Comment diable avait-elle pu oublier une telle chose ?

Cela prit presque une heure, mais il fut enfin là, le porc, le connard, pareil à son souvenir.

— Vous êtes doué, murmura-t-elle.

Il sourit tristement, comme quelqu'un prêt à vous annoncer qu'il a raté sa vie.

— Quand j'étais jeune, je voulais faire les Beaux-Arts.

Il reposa le crayon sur la table. Le crayon roula et d'un geste vif, elle l'empêcha de tomber – victoire minuscule.

— Il faudrait que tu m'apportes une photo, poursuivit-il. Une photo de toi.

Brusquement, elle eut envie de vomir ; les deux doigts de whisky lui soulevaient l'estomac.

— J'ai bien un appareil, ajouta-t-il, mais sans te vexer, ce soir, t'es pas au mieux de ta forme.

La tentative d'humour tomba dans le vide sans atteindre sa cible, tel un missile perdu, explosé en plein vol. Elle s'enfonça dans le canapé, ferma les yeux. Le noir tournait, l'éblouissait. La voix de Damien montait, par-delà les flashs qui crépitaient, aveuglants, au verso de ses paupières.

— Tôt ou tard, on l'aura. Et ce jour-là, Clémence, je veux pouvoir lui montrer ton visage. Je veux être en mesure de le confronter à toi, même si ta plainte est informelle. Au mal qu'il t'a fait. Tu vois ce que je veux dire ?

Instinctivement, elle compta jusqu'à dix avant de rouvrir les yeux.

— Vous pensez… ? balbutia-t-elle, le cœur au bord des lèvres. Qu'un jour, vous l'aurez ?

Damien hocha la tête.

— S'il recommence, c'est certain. On finit toujours par les choper, personne n'est infaillible. Et ce jour-là, je t'appellerai. Tu viendras, et tu lui diras ce que tu dois lui dire. En attendant, il faut vivre ta vie. Parce que ça serait trop d'honneur. Lui faire trop d'honneur, tu comprends ? C'est important, Clémence, que tu comprennes.

Hypnotisée, elle fixait maintenant le portrait-robot sur la table basse, la propreté du Canson vierge ruinée par ce visage sur lequel elle eût aimé cracher. Elle comprenait, bien sûr – même si ses entrailles racontaient d'autres choses. Elle se leva, incapable de rester en place. En dépit de la nausée, elle alla jusqu'au bar et se resservit un plein verre de whisky. Damien esquissa un geste pour l'en empêcher mais sa grande main, de guerre lasse, retomba sur son genou. Elle but une longue gorgée puis le regarda, droit dans les yeux :

— Promis ? Un jour vous l'attraperez, et vous m'appellerez, et je serai là ?

Il se leva, puis scotcha au mur le visage de l'homme blond – image monstrueuse parmi les autres images.

— Je te le promets. Dans un mois, dans un an, dans dix ans.

Elle n'avait pas cru cette promesse, mais ça lui avait fait du bien de l'entendre. Quelque chose s'était passé, dans la rue au nom d'oiseau. Quelque chose s'était passé et il y avait une trace, sur le mur désaxé de Damien Coperey, flic pas de service. Ce n'était pas un viol, mais c'était grave quand même.

— Alors, promets-moi à ton tour.

— Promettre quoi ?

— D'arrêter les conneries. Tu arrêtes les conneries, Clémence. Faire justice soi-même, ça ne marche que dans les films. Et même dans les films, ça ne finit pas très bien.

Elle termina le verre, songeant qu'il n'avait pas fait de blague concernant son prénom. Malin, décidément. Subtil. Et charmant, dans le genre vieillard. Alors, tout en fabriquant ce regard félin qui depuis quelques mois fonctionnait du tonnerre, elle s'approcha de lui. Elle sentait bien que le résultat n'était pas convaincant mais, une fois à sa hauteur, elle se hissa sur la pointe des pieds. Elle l'enlaça, leva son visage vers le sien, ferma les yeux. Doucement, Damien la repoussa, sans gêne apparente, comme s'il avait l'habitude que de très jeunes filles cherchent à l'embrasser – *la routine, quoi*. Tels deux étaux de chair, les mains du Commandant enserraient ses épaules, si fort qu'elle avait l'illusion de pouvoir les sentir. Elle rouvrit les yeux, déconcertée.

— Ne te crois pas tout permis, gamine. Je n'ai pas peur de toi.

Clémence s'écarta.

— Je te sors une couverture, O.K. ? Je crois que tu es fatiguée.

Elle baissa les yeux sur le parquet griffé, détailla ce parquet, veine après veine, rayure après rayure, avant de relever la tête.

— Il faut que j'appelle ma mère. Je reste dormir chez ma copine… Enfin, vous voyez.

— Tu n'as pas de portable ? demanda-t-il, surpris.

Elle secoua la tête.

— Je vous ai expliqué : mes parents, c'est la glu incarnée. Avec un portable, j'aurais plus d'existence. *Du tout*, je veux dire.

Il sourit, puis désigna le téléphone, une antiquaille beigeasse typique « France Télécom », posée sur un guéridon ringard dans un coin de la pièce.

— Bien sûr, ma grande. Appelle ta mère.

Clémence se demanda par quel miracle technique, dans cet amas de vieilleries, elle parviendrait à joindre l'autre bout de la ville.

Lorsqu'elle s'éveilla le lendemain matin, dans le canapé squameux au velours défoncé, Damien était parti. Seul son numéro rayonnait sur la table basse, pattes de mouche sur Post-it rose – « Claque la porte ». La note était collée sur une vieille VHS, sans boîtier, noire et nue comme un insecte. Elle se redressa, saisit la cassette pour regarder la tranche.

MS.45 – L'Ange de la vengeance / Abel Ferrara – 1981.

Le film ne lui disait rien, et pour cause : en 1981, elle n'était même pas née. Elle reposa la vidéo, puis se leva lentement, ensuquée. Comme la veille, elle fut frappée par l'étrangeté de l'appartement, par le désordre, la distribution absurde des pièces. Pour autant, elle s'y sentait à l'aise, en sécurité, comme si la monstruosité de l'endroit créait avec elle une forme de connivence.

Elle ouvrit le frigo.

Une boîte de thon, deux tomates ridées, quatre pauvres cornichons flottant au fond d'un verre. Elle trouva tout de même une brique de jus d'orange, largement entamée. Elle le sentit, un peu circonspecte, puis versa le fond de la brique dans un mug ébréché.

Ce mug, songea-t-elle, ressemble à Damien.

Ou à moi.

Elle but le jus d'orange à petites gorgées en regardant par la fenêtre : dehors, il avait neigé toute la nuit. La ville était blanche, immaculée, cimes éternelles.

Et la rue mal famée semblait une piste de ski.

Seize ans

Robe de chambre, pilou douillet et chaussons mauves.

— Seigneur, mais qu'est-ce qui t'est arrivé ?

— Je suis tombée de vélo.

— Chérie, ce n'est pas drôle ! Il faut aller à l'hôpital ?

Clémence soupira.

— C'est rien. Je me suis pris une porte.

La mère l'observait, petit doigt grattant la tempe (contrariété, suspicion, inquiétude). Les yeux bleus avaient du mal à fixer le visage de Clémence, s'agitaient dans les orbites, comme s'ils réfléchissaient eux-mêmes à la situation.

— Si tu t'étais fait agresser, tu me le dirais, n'est-ce pas ? Tu nous le dirais, à papa et à moi ?

— Si je m'étais fait agresser, il se passerait quoi ?

La mère, brusquement affolée, se passa la main sur le front.

— J'appelle ton père.

— Non, maman. S'il te plaît, pour une fois, ça pourrait rester entre toi et moi ? Je t'explique toute l'histoire, mais seulement si ça reste entre toi et moi.

— Grands dieux… ! J'appelle ton père.

Clémence soupira. Comment avait-elle pu espérer, ne serait-ce qu'une seconde, se confier à sa mère ?

Lorsqu'elle avait eu ses premières règles, bouleversée par le sang, la douleur, la nouveauté, elle n'avait pu le lui cacher, mais l'avait suppliée de ne pas en parler. À personne, surtout pas à son père. Clémence estimait que les menstruations étaient un truc de femme, quelque chose d'intime et gênant qu'elle n'avait pas à partager avec l'homme de la maison. La mère avait promis, juré, craché ; mais, quelques heures plus tard, le père était au courant, la mine pétrifiée et le regard fuyant. De même que ses deux tantes, son grand-père maternel (le dernier aïeul vivant) et la voisine du dessus – la voisine, bordel, qui la félicitait aux portes de l'ascenseur ! Aberration familiale, toute chose liée au sexe était à la fois taboue et impossible à taire ; et à la mère, on ne pouvait faire confiance. Que se serait-il passé, si elle avait raconté l'histoire de l'homme blond ? Y aurait-il eu des faire-part en lettres dorées, *Notre fille est une victime* ? *Notre fille est une traînée* ? Alors Clémence, une fois encore, trafiqua son plus joli sourire :

— Je te fais marcher, M'man. La mère de Sophie avait ciré le parquet, je suis tombée. C'est rien, ça arrive.

Sa mère, sous une frange blonde parfaitement effilée, fronça les sourcils.

— Tu tombes beaucoup, ces temps-ci… Non ?

Clémence haussa les épaules.

— Pas spécialement. Mais elle m'a bien soignée, tu vois ? D'ici quelques jours, on n'en parlera plus. Je vais prendre une douche.

Au salon, l'immense sapin clignotait, illuminant le visage de Suzanne qui, allongée sur le tapis persan, nourrissait le Tamagotchi qu'elle avait eu pour Noël.

Clémence évita de croiser le regard de sa sœur.

Sa sœur savait toujours quand elle mentait.

Trente ans

— Jennifer, t'es une bombe.

Le cœur n'y était pas.

Les mauvais jours (les jours comme celui-ci), je me disais que Sophie avait raison – que je travaillais, ni plus ni moins, pour une branche perverse de l'industrie du sexe. Subitement, tous ces foutus prénoms – Jennifer, Olga, Joy, Tatiana – me donnaient la nausée. Les hommes ne pouvaient-ils pas, au moins, faire preuve d'un peu d'imagination ? Mais ce client-là n'avait même pas pris la peine de la rebaptiser – Monsieur Charles P*, place du Général-de-Gaulle, Lille, homme du Nord rêvant d'une fille du Sud, commande n° 29, modèle XX-04, *Jennifer*, Jenny pour les intimes, grande et élancée, un mètre soixante-quatre pour (seulement !) trente-deux kilos, 90E, vagin classique, sans supplément.

XX-00, *Clémence*, un mètre cinquante-huit pour (tout de même !) quarante-sept kilos, 85A, vagin en bon état, insensible.

Le modèle *Jennifer* ayant la bouche ouverte, il fallait lui peindre les dents : c'était difficile, cela prenait un temps fou. Le visage de cette fille m'agressait plus que d'habitude, sa beauté terrifiante, ronde comme les enfers ; et puis elle était rousse, commande plutôt rare. Ses seins disproportionnés semblaient briser l'espace, elle portait une robe en cuir fauve, des Converse d'écolière d'un vert céladon. Un drôle de type, ce Charles P*. Je soupirai avant d'aller, vaillante, vérifier l'entrejambe : cela faisait partie de mon travail, j'étais la dernière étape, l'ultime maillon actif avant la livraison. Tout était en ordre, les poils étaient bien roux, parfaitement assortis à sa chevelure, impeccables, implantés à la main en coupe *ticket de métro*, ainsi que stipulé dans la documentation du modèle XX-04, pubis empaqueté tel un cadeau sexy dans un slip de soie noire étiqueté « taille 0 ».

Roland était chargé de l'implantation ; des cheveux, des poils pubiens. Il procédait avec amour, prenait le boulot à cœur, et je me demandais toujours s'il pensait à cela lorsque le soir venu il caressait son chien, le peignait, l'épouillait – ce doux corniaud hideux, fidèle comme ces starlettes hypoallergéniques dont le maître ornait les corps avec mille précautions.

Pour Jennifer, les fibres étaient synthétiques. Certes de grande qualité, importées du Japon – mais factices tout de même. Jennifer n'était pas un modèle de luxe. La gamme d'exception (XX-07/*Lara*) était dotée de cheveux véritables mais, cela va sans dire, ce n'était pas le même prix. La Clinique se fournissait en Europe de l'Est (Russie, Bulgarie, Tchétchénie), qualité maximale à tarif minimal. Là-bas, les femmes coupaient leurs nattes pour s'acheter à manger; leurs nattes se négociaient au kilo telles des pierres précieuses. J'avais toujours en tête l'image de ces gamines aux longs cheveux sublimes, lourds et torsadés comme des pâtisseries, venant commercer ce petit morceau d'elles-mêmes pour quelques euros et un steak potentiel, ces fibres d'être humain que l'on pèse à la chaîne sur des balances en cuivre venues d'un autre temps, ces jeunes filles amputées pour la joie égoïste d'actrices hollywoodiennes désireuses de fournir leur chignon tapis rouge, ou de ces malheureux clients de la Clinique. Dès que je maquillais l'un des modèles de luxe, je pensais à cette poupée héritée de ma grand-mère et posée chez mes parents au sommet d'une armoire – les cheveux «véritables» cousus sur le crâne en porcelaine biscuit, les vêtements désuets qui sentaient la poussière, cette rivière de petites dents qui me terrifiaient, brillantes et minuscules, entre les lèvres peintes d'un rose écaillé. Ce n'était qu'une poupée mais, toujours, elle me faisait l'effet d'un cadavre réel – une petite fille affreuse morte les yeux ouverts.

Made in France.

Il me faisait bien rire, ce label joufflu apposé trop visible au faîte des bons de commande, en plus gros que tout le reste sur le site Internet (Oui, nous vendons du rêve, mais du rêve bien de chez nous / Le sexe dressé fort et la conscience tranquille). Je m'imaginais la fille de Chanal qui, gamine, pensait qu'une infirmière en minirobe blanche plâtrait la jambe cassée de sa poupée chérie. Savait-elle comment son père avait finalement fait fortune, ce qui payait aujourd'hui ses sacs griffés, ses cours de yoga et son école privée ? Après tout, mes parents ne savaient pas ce que je faisais dans la vie : ils me croyaient employée d'un institut de beauté, maquillant toute la journée patronnes surbookées ou mariées en instance. J'avais d'abord menti, puis jamais démenti – à quoi bon ? Ils étaient soulagés que j'aie quitté le milieu du cinéma qui, dans leur esprit merveilleusement étroit, n'était que stupéfiants, duperie et perversion. Ce n'était pas si simple mais les cases rassurent et mes parents, comme tous les parents, aiment être rassurés.

Mon père a passé sa vie à conduire des gens en travers de la ville, son compteur écarlate pour toute réalité – « J'en ai vu, ma petite fille. Ah, ça, j'en ai vu, si tu savais ! » –, ma mère à briquer de fond en comble un appartement qui était déjà propre, sans jamais se départir de cette coquetterie de mannequin contrarié. J'ai grandi dans des parfums de déjeuners passés et de dîners à venir, où rien d'autre n'existait que les casseroles brillantes, le bleu des gazinières, les confitures maison en petits pots recyclés, la cire naturelle, les draps amidonnés, l'odeur de la Javel diluée avec soin dans des seaux en plastique (tout cela avec des gants, ma mère tient à ses mains, chaque soir longuement crémées d'onguents délicieux certifiés biologiques).

Suzie avait eu, cadette oblige, plus de liberté. Mais cette liberté durement gagnée par moi à grands coups de secrets, de reproches et d'absences, ma sœur n'en avait jamais joui qu'avec parcimonie : à l'inverse de moi, parfaite et intégrée, prête à devenir la fierté des Blisson, elle ne semblait pas en avoir besoin. Étudiante en droit dans notre ville natale, elle venait à peine de quitter le foyer familial. À treize ans, je rêvais déjà du jour où je vivrais seule – ce jour béni où plus personne n'entrerait chez moi sans montrer patte blanche, où je pourrais laver mes petites culottes sans qu'on vienne s'enquérir de mon cycle menstruel, où je pourrais pleurer sans alerter l'immeuble. Suzanne était bien différente. Plus orthodoxe, plus naturellement proche de «l'enfant espérée» – mais plus libre. Si je pensais *a priori* que toute chose allait mal se passer – parce que tout s'était toujours mal passé – ma sœur au contraire envisageait le futur comme un chemin doré menant droit au bonheur. Elle se marierait sans doute, jeune et à l'église, avec un gars parfait sous tous rapports, chevelure impeccable et bonne situation, doté de stock-options ou d'une famille modèle, sans pour autant renoncer à une brillante carrière (avocate pénaliste, agent littéraire ou quelque chose d'approchant). J'appréhendais déjà une cérémonie comme celle de Sophie, les dragées roses et bleues dans ces jolis petits cônes saturés de fleurettes, le sage photomontage commenté sans humour par d'autres chefs de classe, la valse traditionnelle, les pas millimétrés sous la robe bustier meringuée-mais-pas-trop. Paradoxalement, j'avais hâte. Hâte qu'elle fasse le job, ma sœur, qu'elle engrange à la chaîne divers nourrissons pour combler mes parents, de sorte qu'ils m'oublient, moi, ne serait-ce qu'un petit peu, absorbés par la joie des Pampers Baby Dry et autres poussettes-cannes achetées à crédit.

Attention, j'adore Suzanne, au sens le plus strict du verbe «adorer». Elle fut ma première et mon unique poupée – et, plus que personne d'autre, l'obstacle à mon suicide. Mais ma sœur n'a qu'une vie et cette vie progresse, vers l'avenir toujours. Quand je redoute le pire, elle espère le meilleur. J'imagine que le sang n'est pas la seule donnée, qu'on fait comme on peut avec ce que l'on a, que « l'inné et l'acquis » reste un vaste débat dont personne, jamais, ne sortira vainqueur. Mais à la manière de ces hommes commandant des poupées sur le site sécurisé de la Clinique, tétant leur bouteille au fond du canapé pour noyer leur chagrin et leur solitude, j'ai coché comme j'ai pu des petites cases d'existence.

☐ dire ☐ taire
☐ mentir ☐ baiser
☐ rêver ☐ partir
☐ survivre ☐ crever

À l'usine, nous recevions parfois des lettres de clients, « satisfaits » ou « mécontents » (cochez la case), anonymes pour la plupart, pornographiques souvent, effrayantes parfois, voire franchement édifiantes. Mais de temps à autre, l'une d'elles sortait du lot.

Ce jour-là justement, alors que le cœur n'y était pas, que la vue de Jennifer me donnait envie de mourir, l'une de ces fameuses lettres vint me rafistoler, glissée sous ma porte – sans doute par Chanal lui-même.

24 octobre
(Anonyme)

Vous qui avez fabriqué ma compagne, je voulais vous dire merci.

Je suis sûr qu'à tous les niveaux de production vous manipulez à la chaîne de la chair factice, toutes sortes de compétences, de procédés techniques pour en arriver là – à cette fille dans son cercueil, cartonné, plastifié – et quelques chiffres en plus dans la colonne « Recettes » de votre livre de comptes.

Vous fabriquez des poupées comme on fabrique des bagnoles, parce qu'il faut bien bosser, gagner sa croûte, utiliser ces routes fraîchement goudronnées par le contribuable, et que la Clinique ne fournit rien d'autre qu'une sorte de véhicule, différent peut-être (et alors ?), pour aller d'un point A à un point B – de la solitude crasse à l'illusion de compagnie, de la branlette préhistorique à la branlette du XXIe siècle.

Mais pour moi, c'est différent, et je voulais vous le dire.

J'ai eu une femme, vous savez. Une vraie femme, qui était merveilleuse. Elle s'appelait Soazic, avait des cheveux bruns qui bouclaient un peu trop. Elle m'a fait deux enfants, que j'ai toujours bien sûr et que j'aime plus que tout. Soazic est morte à trente-sept ans d'une maladie terrible dont je tairai le nom, car l'important n'est pas là.

J'ai vu le corps de ma femme se désagréger, j'ai vu sa chair flétrir et ses os s'abîmer, j'ai vu sa chevelure bouclée s'en aller par poignées comme les feuilles s'effondrent sur le sol à l'automne venu, j'ai vu cet automne qui arrivait trop tôt, j'ai vécu des années à surveiller un corps qui ne survivrait pas.

Aujourd'hui, ma compagne s'appelle Marie.

Elle est blonde, avec de longs cheveux raides qui lui mangent le visage, deux fossettes taquines qui me donnent le sourire dès que je les regarde. Comme Soazic, elle aime admirer les champs à travers la fenêtre de notre salon. Quand il fait beau, je l'assois sur la balancelle, et je contemple sa blondeur scintiller dans le vent.

Elle est en bonne santé et ne mourra jamais.

Jamais ses os ne pourriront au fond d'un lit d'hosto, jamais des machines ne traverseront sa peau, jamais ses cheveux ne quitteront son crâne ; et, surtout, jamais elle ne m'abandonnera.

Je partirai avant, et cette certitude est une bénédiction.

Je n'ai pas encore présenté Marie à mes enfants. Je crains qu'ils ne comprennent pas. Mais Marie m'a rendu ma vie, et mon humanité, et ma dignité d'homme. Alors, je voulais vous dire merci. Merci de m'avoir sauvé, tout simplement. Je suis sûr que Soazic, où qu'elle soit aujourd'hui – dans un monde ou un autre, meilleur je l'espère –, vous remercie également.

Bien à vous,

Quelque part sur la Terre,
un homme reconnaissant.

Si j'avais pu pleurer, j'aurais sûrement pleuré.

Mais je suis restée là, cette lettre entre les mains, rédigée au stylo bleu sur un cahier d'école, à spirale qui plus est – la feuille arrachée, quadrillée, noircie recto verso. J'ai regardé Jennifer, sa bouche entrouverte, l'émail de ses dents blanches en devenir sous mon art, et j'ai envié cet homme quelque part sur la Terre, qui avait su dire ce qu'il avait à dire. J'eus brusquement envie de parler à quelqu'un, mais personne n'était là pour m'écouter : j'avais choisi de me taire, depuis si longtemps que le processus semblait irréversible. Alors finalement, j'ai souri à Jenny, j'ai versé les couleurs, respiré un bon coup, puis jeté ma voix bleue entre les murs laqués.

— Tu verras ma poupée, toi et moi, on va bien s'amuser.

L'espace d'un instant, j'eus presque l'impression qu'elle allait me répondre.

Trente ans

Mon répondeur clignotait, trois messages écarlates dans l'habitacle rainuré de la machine noire.

Je ne les écoutai pas, je filai sous la douche.

Je savais très bien d'où provenaient les messages ; mes parents étaient les seuls à utiliser mon numéro de fixe.

Une fois purifiée des odeurs de la Clinique, j'entrepris d'arroser les plantes – activité qui, comme d'ordinaire, fut de l'ordre de l'épreuve. Dans tous mes logements, les plantes d'intérieur crèvent systématiquement les unes après les autres. Je n'ai pas la main verte, ou alors je fume trop. Mes plantes, je les étouffe, comme une mauvaise mère.

À l'époque, seuls deux Monstera tenaient vaguement le choc, peut-être à cause de leur nom. Pour autant, ils avaient des taches brunes, certaines feuilles semblaient rongées par une maladie dégénérescente contre laquelle, rien à faire, je ne pouvais lutter. En dépit des soins que je leur prodiguais (engrais, lustrage, terreau, fertilisant), je savais bien qu'ils mourraient tôt ou tard ; mais je me battais quand même, je voulais les sauver, refusais de les envisager comme *irrécupérables.*

Pour me consoler, j'allai boire un thé dans le jardin. Au moins, dans mon jardin, les fleurs et les herbes poussaient folles, sans entretien et de manière désordonnée – une explosion de couleurs, une piñata mexicaine. C'était rassurant, toute cette vie sauvage. Joyeux, plein d'espoir, comme l'Éden qui, en chacun de nous, peut toujours refleurir.

Les soins et les tuteurs, finalement, sont plus néfastes qu'autre chose. Non ?

Après avoir tenté d'enrayer l'obsolescence programmée de mes pauvres caoutchoucs, j'allumai la radio pour me faire à dîner. J'émincai du poulet, fis bouillir de l'eau pour y jeter des pâtes, versai de la crème fraîche dans une poêle brûlante. La station égrenait des horreurs à un rythme soutenu, guerres inlassables, crises financières, enfants battus, gamines violées, catastrophes naturelles portant des noms de filles. Ensuite le cinéma, le football, les blagues indigestes – et une musique guillerette pour faire passer l'ensemble. Au McDonald's, paraît-il, les sauces sont enrichies en antivomitif. Sur Radio Nostalgie, Pascal Obispo semblait faire office d'alginate de sodium. Je changeai de station.

Je dînai en buvant un verre de pinot noir. Lorsque la radio diffusa *Space Oddity*, je me levai pour monter le son.

Now it's time to leave the capsule if you dare.

Il ne savait pas qui j'étais, bien sûr, ni ce qui m'arrivait. Pourtant, Bowie me faisait l'effet d'un père virtuel, qui m'aurait légué son regard bizarre et son goût du grimage. À une époque, j'avais envisagé d'investir dans des lentilles de contact, histoire de rééquilibrer mon hétérochromie. Piètre ironie, mes yeux n'avaient pas assez de larmes pour les supporter. L'oculiste, un type charmant – mais assez maladroit – avait tenté de me remonter le moral :

— Vous êtes magnifique ! Pourquoi vouloir cacher cette exquise anomalie ?

La réponse, bien sûr, était dans la question.

Je terminai mon assiette, avalai un second verre de vin en faisant la vaisselle, puis je me décidai à lire les messages.

Inspirer, expirer.

Am I sitting in a tin can, far above the world ?

— Allô ?

— Salut, c'est moi.

— Ah, chérie, quand même ! Attends, j'appelle ton père... Michel ! C'est Clémence ! Voilà, il arrive. Comment vas-tu ?

— Bien. Super. Et vous ?

— On a eu un mal fou à te joindre. On s'inquiétait.

Je faillis répondre « Rien de nouveau sous le soleil », mais je déclarai, du ton le plus enjoué possible :

— Oui, pardon. J'ai été pas mal occupée, ces derniers temps.

— Tu nous manques, chérie. Quand est-ce que tu viens nous voir ?

— Je ne sais pas, M'man.

— Clémence, ça fait des mois qu'on ne t'a pas vue ! Quand tu vivais à Paris, encore… Mais là, tu exagères.

Je levai les yeux au ciel.

Le reproche, l'angoisse – l'histoire de ma vie. Depuis deux ans que j'habitais au village, ils avaient plusieurs fois voulu me rendre visite. J'avais toujours trouvé des excuses, plus ou moins convaincantes ; les imaginer envahir mon espace me donnait des sueurs froides. Tel mur ne serait pas de la bonne couleur, mon Frigidaire serait trop vide et mon bar trop plein, les tableaux ne seraient pas cloués droit, l'électricité ne serait pas aux normes ni les poutres traitées comme il le faudrait, sans parler de cette route qui était trop dangereuse et des cambrioleurs qui pouvaient s'introduire par les fenêtres vétustes – un pied de biche *et hop*. En réalité, je ne savais plus très bien si je voulais me protéger de leurs angoisses, ou les protéger des angoisses que je risquais de leur causer. Quoi qu'il en soit, nous étions tous bien protégés d'une chose : la vérité.

— Je sais, maman. Mais à l'Institut, on a beaucoup de travail. Tu n'imagines pas le nombre de gens qui se marient à l'automne. C'est fou, en fait.

J'entendis monter la voix grave de mon père, légèrement courroucée :

— Mais elle vient pour Noël, n'est-ce pas ? Si elle ne vient pas, je vais la chercher moi-même !

Je détestais quand il parlait de moi à la troisième personne, sachant pertinemment que je l'entendais très bien.

— C'est bon, papa, je vais venir. Vous, ça va ? Et Suzie ?

— Oui, ça va, enchaîna ma mère. Enfin, elle a bientôt ses partiels, alors elle stresse un peu, tu sais ce que c'est…

Puis elle baissa le volume, prit un ton de confidence, parfaitement absurde étant donné la structure triangulaire de la conversation.

— Clémence, tu sais quoi ? Elle a un petit copain !

Dragées à l'horizon, enterrement de vie de jeune fille, photomontage ringard et valse meringuée.

Je pouvais sentir l'excitation dans la voix de ma mère, portée par le réseau comme une onde rose.

Sacrée Suzanne.

L'une de ses filles, au moins, cochait les bonnes cases.

Mes parents habitaient – habitent toujours – dans ma ville natale, à deux pas de la rue au nom d'oiseau. Je déteste y retourner, et les mauvais souvenirs ne sont pas seuls en cause. J'aime beaucoup mes parents, davantage en prenant de l'âge, sans doute parce qu'ils deviennent peu à peu des personnes et plus seulement ces gens qui m'ont fabriquée, à qui j'en ai voulu, contre qui je me suis battue, non, juste des êtres humains – discutables, merveilleux. Mais je ne parviens pas à déterminer si je trouve tragique ou rassurante l'idée que ceux qui m'ont engendrée soient également ceux qui me connaissent le moins. Bien sûr, on aimerait sans arrêt recommencer, rembobiner, réécrire le film, mais la vie n'est pas une superproduction : on ne retourne pas les scènes. À défaut, j'essaye quelquefois d'opérer un montage, de soustraire quelques rushs à la version finale.

L'homme blond : CUT.

Le coma sensoriel : CUT.

L'effet domino : CUT.

Dans cette nouvelle version, je serais comme Suzanne – des petits amis sérieux invités à dîner, des actes sexuels triés sur le volet, des études comme il faut et des orgasmes multiples. Dans cette nouvelle version, je serais moi aussi comme *remasterisée* – par « remasterisée », il faut entendre « heureuse ».

La version originale de moi-même est bien différente.

En classe de seconde, je fus la vierge effarouchée/surentraînée : je me défoulais sur des sacs de sable, mais je sursautais dès qu'un garçon m'adressait la parole. Pour qu'on me fiche la paix – Sophie en tête –, j'avais (soi-disant) jeté mon dévolu sur le seul prétendant avec lequel je n'avais aucune chance : Hervé Lacombe, terminale, caïd, motard, fiancé officiel de la reine du lycée, Sonia Rayeb, notre Laura Palmer nationale, en plus exotique et en moins morte.

Hervé Lacombe ayant eu son bac et le garçon du village ma virginité, mon année de première fut d'une autre teneur. Désormais, j'étais devenue l'appât : mon seul et unique but consistait à susciter la convoitise du sexe opposé. En quelques mois, j'avais couché avec la moitié des types de ma classe – sans bien sûr ressentir pour eux le moindre désir. Étrangement, quelque chose fit que je n'eus jamais de *réputation*. Les garçons m'appréciaient, vraisemblablement, et souffraient en silence. En apparence, j'étais sage, présentais bien. J'avais un look classique, presque guindé, une peau nette et sans fard, des notes honorables dans toutes les matières qui n'usaient pas de chiffres. Et puis, c'était le temps béni d'avant Facebook, Twitter, d'avant ces Smartphones qui, bien mal baptisés, immortalisent tout et n'importe quoi.

Alors, qui l'eût cru ?

Baisée dans des bagnoles, des bars, des chiottes de discothèque, des vestiaires de gymnase.

Un jeune prof, même, une fois, Monsieur S*, physique-chimie. Ironie du sort, j'étais particulièrement mauvaise en physique et, bien qu'un honnête homme, je soupçonnais Monsieur S* de m'offrir des points que je n'avais pas demandés.

Pourquoi agissais-je ainsi ? Je ne me posais pas la question en ces termes. Barbaque inhabitée, j'étais convaincue que j'étais faite pour cela – le sexe sans lendemain, mon corps offert à tous, inutile à moi-même. Je n'en avais pas envie, jamais, d'aucun. Mais comment aurais-je pu ? La jouissance n'existait pas, je ne pouvais même pas me la représenter. Cette sexualité, débridée et absurde, je l'envisageais comme un « entraînement ». Bien entendu, il s'agissait d'une punition. Mais il y avait peut-être déjà, dans un coin de mon esprit encore empoussiéré, l'idée de la *quête*.

Un jour, il y en aurait UN – un différent des autres – qui lèverait l'anathème comme dans les contes de fées.

Un jour, j'aurais mal pour la première fois, ma peau ressusciterait et je serais sauvée.

Ce n'était pas arrivé, bien sûr : toutes les mains, tous les doigts, tous les sexes semblaient créés dans l'air. De l'air. Juste de l'air. Rien n'était différent du garçon du village.

Avec le temps, il avait bien fallu se rendre à l'évidence : quand on ne sent pas physiquement la chaleur de l'autre, aimer est impossible.

J'avais essayé, avec Tristan. J'avais vraiment essayé. Mais j'étais une conscience éveillée sous anesthésie générale, j'étais un pantin doté de mémoire, une aberration dans un corps de jeune femme.

Lors de ma première et unique année d'université, avant d'intégrer l'ITM, j'avais considéré très sérieusement l'idée de me faire payer. Qu'à défaut de miracle, cette vaine dépravation engrange du liquide. Après tout, les hommes me baisaient et je ne sentais rien. J'aurais pu devenir la plus veinarde des putes, un modèle du genre ; mais je n'ai jamais réussi à me décider. Il ne s'agissait pas tant de vertu, d'éthique, ni même du respect que, censément, j'aurais dû me porter. J'ai été élevée dans l'idée que l'honnêteté – au sens le plus trivial du terme, l'honnêteté *financière* – était la valeur ultime à laquelle on ne pouvait déroger. Je n'ai jamais volé, ne serait-ce qu'un bonbon dans une épicerie, je faisais la morale à mes copines de classe qui, à l'adolescence, fourraient dans leurs poches des babioles Monoprix par simple goût du risque, un mascara bas de gamme ou un bracelet immonde en perles synthétiques. Avant de rencontrer Christophe Garriga, voler m'avait toujours semblé le pire des forfaits.

Or c'est une évidence : les hommes veulent vous faire du bien – ou du mal.

Moi je ne sentais rien, ni souffrance ni plaisir. Me faire payer pour cela, c'eût été une arnaque, du vol qualifié. Si je ne sentais rien, j'étais une arnaqueuse. Et de l'argent sale, je n'en voulais pas.

Je me sentais suffisamment sale.

Seize ans

Deux nuits durant, un casque sur les oreilles, Clémence regarda *L'Ange de la vengeance* sur le magnétoscope familial, la guirlande du sapin clignotant dans le noir.

Elle le vit peut-être six ou sept fois, jusqu'à ne plus ni vomir ni pleurer, à aucun moment du film. Jusqu'à comprendre l'intégralité du message que Damien voulait lui transmettre par une voie transversale – une voie un peu dangereuse.

Étrangement, la première fois ne fut pas la pire. Elle était sous le choc, comme dans la rue au nom d'oiseau. Elle vivait l'héroïne d'un point de vue extérieur, à la manière d'un aigle survolant le désert – ou d'un scénariste accouchant d'une fiction.

— Thana, violée deux fois le même jour : une Thana muette, incapable de crier.

— Thana explose le crâne du second agresseur, l'empêche de jouir en elle et récupère son arme.

— Thana démembre le type au fond de sa baignoire, distribue les morceaux aux quatre coins du pays comme des colis piégés.

— Thana, désormais dotée d'un MS-45, dézingue à tout va chaque homme croisant sa route (*Rape and Revenge Movie*).

— Thana devenue folle assassine sans vergogne, ne peut plus s'arrêter, Thana lèvres écarlates hurle en silence, rongée par une souffrance que rien ne peut nommer.

— Thana, travestie pour Halloween en nonne dépravée, meurt finalement de son trop-plein de haine, plantée par une femme qu'elle croyait son amie (*Éros et Thanatos / morale ?*).

Clémence vécut ce premier visionnage quasiment en apnée, sans bien savoir quel était le message ou s'il y en avait un, crispée à un point tel qu'elle s'était réveillée pétrie de courbatures.

La seconde nuit, les scènes gore la rendirent malade, le sang vaporisé en tableau de cauchemar, cette viande de violeur hachée à la chaîne et bouffée par le chien d'une voisine trop curieuse aux allures de sorcière. Mais cette même nuit, elle le passa encore, encore et encore. Peu à peu, elle s'identifia à l'incompréhensible – Thana si discrète au départ, presque transparente, de plus en plus sexy, de plus en plus rebelle, créant les conditions parfaites de sa propre agression, traînant dans les pires rues, les quartiers mal famés, idéale proie mutique mais désormais armée.

Arrêt sur image.

Clémence avait suivi un cheminement semblable, l'accoutrement en moins. Nul besoin de pull rouge, de pantalon en cuir ; le rouge était en elle, implanté dès la naissance. Bien sûr, l'héroïne du film était paranoïaque, complice malheureuse d'une réalité entièrement subjective, massacrant l'innocent et déclenchant le chaos. Mais Clémence elle aussi était paranoïaque, voyait le mal partout, le porc à chaque coin de rue. Et elle l'enviait si fort, cette fille à l'écran ! Bouillait de colère, pleurait de rage, regrettait que Damien ne l'ait pas laissée faire. Elle aussi aurait voulu buter tous les types de la Terre, ces types qui sans arrêt vous reluquent et vous sifflent, dégradent votre monde et détruisent votre vie.

— T'as pas une pièce ? *Sale pute.*

— T'as pas une clope ? *Sale pute.*

(Je te bouffe la chatte – *Sale pute.*)

Après cette projection qu'elle avait crue la pire, elle avait bien failli reprendre la mission, repartir dans la ville et aller jusqu'au bout – jusqu'au meurtre. Mais la dernière vision fut de loin la plus dure, parce qu'elle comprit enfin de quoi il s'agissait.

La vengeance n'est pas le début : c'est la fin.

La fin de soi.

Aucun connard ne mérite que l'on mette fin à soi.

Thana avait tort, Damien avait raison. Faire justice soi-même, ça ne marche que dans les films. Et généralement, ça ne finit pas très bien.

Pour la première fois depuis des années, Clémence éplucha les albums de famille.

Après tout, les photographies ne sont que des bouts de papier... Non ?

Une main devant la figure, une église derrière elle, la lumière aveuglante, en Italie. Le parc d'attractions, la peur, l'excitation, le cœur soulevé par les montagnes russes. Noël, la moitié des convives fermant les yeux, joyeusement éméchés. La bouche noire des mûres juste cueillies, les doigts de Suzanne, moqueuse, en oreilles de lapin derrière sa tête. Une mer de nuages blancs au centre des montagnes, cette piqûre multiple, grésil contre les joues autour du masque de ski, les rafales venteuses dans la cage thoracique comme dans une cathédrale. Big Ben, quatrième, voyage de classe. Le spectacle de danse, la honte, les paillettes. Des oreilles de lapin, encore, offertes par Virgile à bord d'un TER en partance pour la côte. Les premiers soleils sous les paillottes de plage, le pull en cachemire doux sur le bikini noir, le goût des cornets de frites mangées les fesses dans le sable. Sophie version Far West, ses petits pieds immenses dans les santiags clownesques du père d'Amélie. Une brochette de copines, hilares dans un jardin, l'explosion chlorophylle grimpant sur leurs visages, affalées maladroites sur une table de ping-pong.

Des bouts de papier, *vraiment* ?

Pourquoi des bouts de papier feraient mal à ce point ?

Pour Clémence, ces bouts de papier ne renfermaient rien d'autre que de la perte. Chaque page était un concentré de disparition – *sa* disparition et, plus largement, celle du monde entier. Sur les clichés postérieurs à l'homme blond, ses traits semblaient figés, sans chaleur… et pour cause : tout était fabriqué. La silhouette était raide, le sourire pâle, emprunté. Il avait pourtant fallu beaucoup d'efforts pour réussir à sourire de nouveau. Ses lèvres, ses joues, ses maxillaires – l'ensemble de son visage était engourdi, comme gelé, elle ne percevait plus vraiment les mouvements du sourire, ni d'aucune expression faciale. Elle dut réapprendre à avoir l'air humaine (des heures devant le miroir à grimacer, cobaye simiesque), jusqu'à ce que l'expression requise devienne un simple réflexe, une série d'impulsions commandées par l'esprit. Elle devait se concentrer, penser « sourire » avant de sourire, « soupirer » avant de soupirer, « froncer les sourcils » avant de froncer les sourcils – ON/OFF, comme si elle appuyait sur un interrupteur. Plus rien ne lui était naturel et, bien entendu, cela se remarquait : elle ressemblait à la marionnette d'un ventriloque, à la fois inerte et auto-animée. Mais sa déficience eût été flagrante si elle n'avait pas autant travaillé devant la glace. D'ailleurs, personne n'avait rien vu. Personne n'avait jamais rien *voulu voir*.

Mais elle refusa de se mettre à pleurer, feuilleta les pages en sens inverse, pour revenir au temps d'avant la catastrophe.

L'Éden, un jour, pourrait bien refleurir… C'est possible, non ?

C'est possible, puisqu'une chanson le dit – *il est paraît-il des terres brûlées, donnant plus de blé qu'un meilleur avril.*

(Non ?)

Le téléphone sonna longtemps dans le vide. Lorsque Damien décrocha, elle sentit à sa voix qu'elle le réveillait.

Nous étions au matin du 1er janvier.

Elle s'en voulut un peu, mais c'était une belle date, ronde et symbolique, pour quitter la bataille.

— J'ai la photo. On peut se croiser ?

Seize ans

— D'après toi, pourquoi Thana ne va pas voir la police ?

Ils étaient assis dans un café du centre-ville, décoré pour les fêtes. Dehors, la nuit tombait, bleuissant la pellicule de neige qui poudrait les trottoirs. Décidément, c'était un hiver exceptionnel, comme fabriqué exprès pour la circonstance. Sans bien savoir pourquoi, elle pensa subitement à cette phrase de Debord qu'ils venaient d'évoquer en cours de français, qu'elle n'avait pas comprise mais bizarrement retenue : « Dans le monde réellement renversé, le vrai est un moment du faux. »

Un grand feu de cheminée brûlait au fond de la salle. Clémence buvait un chocolat, Damien un café serré avec un cognac, dans un verre si petit qu'il semblait droit sorti d'une dînette de poupée.

Avec une certaine mauvaise foi, elle répondit :

— Parce qu'elle est muette.

— Tu n'es pas muette, toi.

Elle entreprit de réduire en poussière la petite serviette noire posée sous sa tasse.

— Non, murmura-t-elle. Mais moi, je suis mineure. Je vous ai expliqué : si j'avais voulu porter plainte, il aurait fallu que je prévienne mes parents. Et je ne voulais pas prévenir mes parents.

— C'est la seule raison ?

Elle soupira ostensiblement – *tu me fais chier, Commandant*.

— D'accord, dit-il. Ne parlons pas de toi. Parlons de Thana. Tu penses vraiment que son handicap est la seule raison pour laquelle elle décide de tuer tous ceux qu'elle considère comme des agresseurs ?

Damien, c'était bien un flic. Un flic qui, cerise sur le gâteau, se prenait pour un psy. Clémence commençait à se demander ce qu'elle foutait là, mais elle se contenta de hausser les épaules.

— Ben, le deuxième mec, le cambrioleur, elle le bute. Alors ça devient un peu compliqué d'aller porter plainte.

— Elle le « bute », comme tu dis, en légitime défense. N'importe quel jury l'aurait acquittée. Mais elle, non. Elle décide de découper le type en morceaux et de le planquer dans son freezer en pièces détachées. Ça te paraît une réaction logique ?

— La logique, quand on ressent ce qu'elle ressent, c'est pas vraiment le problème.

— Alors c'est quoi, le problème ?

Clémence eut brusquement envie de descendre aux toilettes. Elle voulait partir d'ici, quitter cette table, sortir la lame de rasoir et se griffer les cuisses pour voir perler le sang. Le sang (sombre, huileux, salé) attestait de sa réalité. Tachait les vêtements, les joints et les faïences, infiltrait le monde – les porosités du monde ; mais elle s'était promis d'arrêter de le faire. Le sang ne soulageait plus, elle n'avait même pas mal. Et puis les cicatrices, ça faisait peur aux garçons.

Elle n'était plus personne ; mais sans les garçons, elle ne serait plus rien.

— O.K., lâcha-t-elle, énervée. Vous voulez savoir ce que j'en pense ? Je vais vous le dire. Thana, elle ne va pas voir les flics, parce qu'elle sait très bien que ça ne sert à rien. Parce que les flics, ils n'ont pas été là quand elle a eu besoin d'eux. Toute la journée, on se tape vos putains de sirènes, on vous croise en train de verbaliser la moindre bagnole garée en double file. Mais quand on a besoin de vous, vraiment besoin, y a plus personne. Alors Thana, elle s'est dit « à quoi bon ? ». Et elle a enfilé ses fringues de justicière.

Clémence but une gorgée de chocolat, comme pour faire passer ce qu'elle venait de dire. Damien, l'air abattu, recula au fond de son fauteuil. Les lumières du café se tamisèrent lentement. Elle consulta sa montre : dix-huit heures. Ils devaient vouloir rendre l'endroit cosy pour l'apéritif. *Romantique.* Elle se demanda soudain pourquoi Damien vivait seul. Quelle était son histoire, son drame, son handicap. Parce qu'à voir son appartement il semblait évident qu'aucune femme n'était passée dans le coin depuis un millénaire.

— Clémence, dit-il, je suis là, maintenant. Et ton gars, je le cherche. Si tu avais porté plainte à l'époque, on aurait éventuellement pu trouver quelque chose. Une trace ADN, une empreinte, je ne sais pas…

Elle secoua la tête, poings serrés, jointures blanches.

— À quoi ça sert, les « si » ? Si je n'avais pas été dans cette rue, pour commencer ?

— Ce n'est pas ce que je voulais dire.

— Mais vous croyez pas que je me sens assez mal comme ça ? Que j'y pense pas tous les jours, aux autres filles ? Je sais ce que j'aurais dû faire. Mais j'ai pas pu, et je me déteste. Aujourd'hui, ça change quoi ?

— Clémence… Rien ne dit qu'il a recommencé. C'était peut-être un acte isolé. Ça arrive.

Elle pensa aux yeux fous, aux « T'aimes ça, petite salope », au couteau étincelant, aux râles précipités, aux préméditations, au chantier cadenassé. Un acte isolé ? Tu parles. Il avait sans doute *déjà* recommencé (en pire certainement) et cette intuition lui crevait la conscience. D'un mouvement maladroit, elle se leva pour fouiller la poche revolver de son jean, puis jeta le cliché sur la table.

La photographie avait été prise quelques jours seulement avant l'homme blond, pour l'anniversaire de ses quinze ans. Elle souriait, portait une robe d'été en coton vert émeraude, des ballerines argentées assorties au bandeau élastique qui ornait ses cheveux. Ce bandeau la grattait affreusement, mais c'était si joli qu'elle le supportait – *souffrir pour être belle.* Quelquefois, elle le mettait encore ; mais il ne grattait plus, et c'était d'une tristesse à décéder sur place. Sur cette image, elle avait l'air d'une gamine, heureuse qui plus est. Sur cette image, elle avait l'air de quelqu'un d'autre. Quelqu'un qui n'avait, purement et simplement, jamais existé.

— Je ne sais pas pourquoi je suis venue, balbutia-t-elle, au bord des larmes. Avant de vous rencontrer, au moins, j'avais un but. Maintenant, je n'ai plus rien. Je ne suis même plus une victime : je suis une criminelle. Alors je fais quoi, à part me tirer une balle ?

Damien se leva à son tour, affolé par sa réaction.

— Excuse-moi. Je n'aurais pas dû dire ça.

— Mais vous le pensez. Vous avez raison de le penser. J'ai été lâche, faible, égoïste. Et s'il agresse d'autres filles, ça sera à cause de moi.

Elle entreprit d'enfiler sa doudoune, mais elle ne parvenait pas à trouver l'emmanchure. À force de s'énerver, elle fondit en sanglots. Des gens se retournèrent, dérangés dès la naissance de leur nouvelle année – ces gens heureux qui buvaient du champagne, et entendaient continuer, heureux, à boire du champagne.

Damien lui saisit le bras.

— Non, je ne le pense pas. Je suis con.

Il la força à se rasseoir.

— Écoute, Clémence, on n'aurait rien trouvé. Et même dans le cas contraire, il n'est pas fiché. Depuis notre rencontre, j'ai épluché tous les dossiers. L'âge, l'allure, le couteau, le décompte… Des criminels sexuels avec ce profil, il n'y en a pas. Je n'ai même pas de photos à te soumettre : personne ne correspond, ni de près ni de loin.

— Vous dites ça pour que je me sente mieux, murmura-t-elle. Mais je ne me sentirai jamais mieux.

— Bien sûr que si. Tu vas grandir, continuer, tomber amoureuse… Tu finiras par oublier. C'est ce qui est bien, avec la vie. On enchaîne les chutes, mais on se relève chaque fois. Parce qu'on ne peut pas faire autrement.

— « Ce qui ne vous tue pas vous rend plus fort » ? Cette sombre connerie, c'est tout ce que vous trouvez à me dire ?

— Clémence, souffla-t-il, ça suffit. Ce n'est pas à moi que tu dois t'en prendre.

Damien avait raison, il n'y était pour rien. Pire : il cherchait à l'aider. Histoire de se calmer, elle commença à racler les restes de chocolat avec sa petite cuillère. Les signes qui apparaissaient au fond de la tasse lui firent l'effet d'une formule magique, dans une langue incompréhensible pour elle. Au bout d'un moment, elle releva les yeux.

— Vous vous êtes déjà fait opérer, Commandant ?

— Plusieurs fois. Les dents de sagesse, quand j'étais jeune, et puis il y a trois ans, j'ai...

Il s'interrompit, réalisant que son bilan de santé n'était sans doute pas le but de la question.

— Vous vous souvenez de l'anesthésie ? De l'effet que ça fait ?

Damien hocha la tête, goba le dé de cognac dans le verre minuscule, le reposa sur la table. Subitement, Clémence eut envie de voler ce verre, de le mettre dans sa poche. Surprise par cette pulsion, elle se coinça les mains entre les cuisses.

— Depuis ce jour-là, continua-t-elle, je ne sens presque plus rien. Vous avez bien vu l'autre soir, non ? On me planterait une fourchette dans la main que je capterais à peine. Et d'après vous, je vais tomber amoureuse ? Par quel miracle ? Je ne suis même plus un être humain.

— Tu as vu un médecin ?

— Quelques-uns. Ils n'ont pas grand-chose à dire.

Damien soupira.

— Et tes parents, dans tout ça ?

Elle haussa les épaules, fabriqua un rictus.

— Mes parents, ils veulent tout contrôler, mais ils ne remarquent rien. Ils posent sans arrêt des questions, mais jamais les bonnes… C'est marrant, non ?

Damien, visiblement, ne savait plus quoi dire. Il pencha la tête en avant, regarda ses pieds, comme si une lumière magique allait monter du sol pour venir les sauver.

— Ça reviendra un jour, dit-il finalement. C'est le choc, le stress, je ne sais pas… Mais ton histoire de « mission » n'a pas dû aider. Laisse-toi le temps de guérir. Sois patiente. Tu es très jeune, Clémence… Le corps a des ressources dont tu n'as pas idée.

Le corps. Les corps. Les corps nus et musclés, les sexes gantés de latex, les torses velus où perlait la sueur, brillante comme la rosée.

Elle n'osa pas lui avouer qu'elle avait baisé plus d'une dizaine de fois depuis son agression, juste pour vérifier que cela ne reviendrait pas. Mais elle était fatiguée de se battre, d'être en colère, d'argumenter. Alors, comme après la bagarre dans la rue mal famée, elle lâcha prise.

— Ouais, dit-elle d'une voix lasse. Je vais faire ça. Être patiente.

Elle reposa sa cuillère puis perdit son regard dans la foule qui peuplait le café. À la table voisine, il y avait un couple avec un petit garçon. L'enfant, à demi avachi sur la banquette, jouait avec une figurine en bois coloré. C'était une sorte de pantin et Clémence, intriguée, plissa les yeux pour mieux voir de quoi il s'agissait.

Pinocchio.

Une pauvre poupée de bois qui voulait être humaine et mentait sans vergogne.

À force d'être observé, le garçonnet sourit – *tu veux jouer avec moi ?*

Elle détourna les yeux. Face à elle, Damien, anxieux, la dévisageait. Cherchant manifestement à dire quelque chose pour détendre l'atmosphère, il demanda :

— Tu veux un autre chocolat ?

— Non, merci. Je veux rentrer chez moi.

Seize ans
(21 mars / Sainte-Clémence)

— Vous savez que la moitié de mes clientes tueraient pour des cheveux comme les vôtres ?

— Faites-le, c'est tout.

— Mais… pourquoi ?

Le pauvre homme semblait désemparé. Clémence ne répondit pas, mais son regard dans le miroir le dissuada de poursuivre. Le coiffeur secoua la tête, puis s'éloigna d'un pas traînant pour préparer le mélange.

Le printemps revenu, elle avait décidé de tenir sa promesse, d'obéir à Damien. Mais avant d'abdiquer, elle devait marquer le coup, franchir une étape. Elle ne pouvait rendre les armes sans opérer une autre métamorphose, quelque chose qui dirait à la face du monde « J'ai compris et j'arrête ».

Clémence observait les femmes autour d'elle, âgées pour la plupart, les mèches teintes en violet dressées sur le crâne, *punks* octogénaires, d'autres enturbannées dans des serviettes blanches ou brûlant sous des casques avec leurs bigoudis. Coincées dans leurs peignoirs, elles lisaient toutes plus ou moins le même magazine, les mêmes potins mondains – le mariage de mon cul avec mon derrière, le champagne grand cru, les robes de princesse et scandales afférents.

Sourire aux lèvres, elle regretta un instant ses mauvaises pensées. *Sainte Clémence.*

Le coiffeur revint un bol à la main, tira une table roulante, puis osa timidement une dernière tentative :

— Vous êtes sûre, n'est-ce pas ? Vous êtes *vraiment* sûre ? Parce que ça sera difficile de revenir en arrière.

— Je suis sûre.

Il soupira, puis trempa son pinceau dans la mixture sombre. Lorsqu'il s'approcha de son crâne, elle pensa au bourreau, mettant le sac de jute sur la tête perdue du condamné à mort.

Aucun connard ne mérite que l'on mette fin à soi.

Trop tard.

Clémence crut un instant qu'elle allait pleurer, la mère, au milieu de sa cuisine qui sentait déjà, à dix-sept heures trente, le gratin dauphinois.

— Seigneur, murmura-t-elle en ôtant le chapeau d'un geste terrifié, mais qu'est-ce que tu as fait ?

Les larmes étaient montées – brillantes –, mais une force surmaternelle les empêchait de glisser, agrippées aux paupières.

— J'avais envie de changer, c'est tout. En plus, c'est ma fête.

— C'est le cas de le dire ! Non, mais c'est un carnage… Tu réalises, que c'est un carnage ?

Clémence, elle, se plaisait. Pour une fois, elle ressemblait vraiment à quelqu'un d'autre. À Uma Thurman dans *Pulp Fiction,* par exemple. En plus petite.

— Je ressemble à Uma Thurman dans *Pulp Fiction*.

— Pardon ?

— En plus petite.

La mère baissa les yeux et secoua la tête. Ne connaissait pas Uma Thurman, encore moins *Pulp Fiction*. Elle ne pouvait plus la regarder, sa fille, comme si son visage avait fondu dans quelque incendie et que Clémence était devenue un monstre. Les mains tordues dans le torchon à carreaux, elle tremblait, murmurait « Mon bébé, mon pauvre bébé ».

— Maman, arrête ton cirque : c'est qu'une teinture de cheveux !

Dans sa chambre-coquelicots, renversée dans la glace, elle étudiait son reflet, le casque noir bleuté autour de son visage, dont l'épaisse frange rideau appuyait encore l'étrangeté de son regard.

Elle se déshabilla. Jean, T-shirt, brassière, culotte.

Elle était nue, cheveux carbone et sexe cuivre.

Pour la première fois depuis son agression, elle accepta ce corps, cette chose gracile et dure fabriquée par l'effort, par les coups hargneux dans les sacs de sable – cet exosquelette trafiqué par la haine. Elle pensa à Damien, qui seul l'avait comprise (ou du moins écoutée), était digne de confiance – elle le savait, en était sûre. Elle pensa à Damien qui l'avait repoussée, « Ne te crois pas tout permis, gamine, je n'ai pas peur de toi ». Elle pensa au visage du porc fixé par le graphite, peut-être photocopié, faxé, transféré, punaisé dans tous les commissariats de France et de Navarre, à son propre visage le jour de ses quinze ans, le bandeau qui grattait sur la chevelure rouge.

Elle était noir corbeau, piquait le bout de ses doigts avec une pointe d'aiguille pour voir perler le sang. Le sang, aujourd'hui, était vif, vermillon, irréel comme celui de son dépucelage. Elle ne se reconnaissait plus – plus du tout. C'était un soulagement. Si elle avait pu, elle aurait changé d'identité ; à défaut de vivre sa vie, essayer de vivre celle de quelqu'un d'autre. *Exit*, Clémence Blisson.

Elle jeta les aiguilles et les lames de rasoir.

Selon le principe qu'une addiction doit être compensée, elle se mit à fumer. Des mentholées d'abord, qu'elle taxait à Sophie pendant l'interclasse. Sophie disait que ça donnait bonne haleine pour rouler des galoches – un mélange de fraîcheur et de débauche, du vert écolo mixé à du rouge sang – Éros et Thanatos. Si la jolie Sophie (« Enfin ! ») embrassait des garçons, elle était toujours vierge. Elle avait peur et, bravement, le disait.

« J'ai peur, Clem'. C'est débile, mais j'ai peur. Et puis c'est important, la première fois. Ce qu'on offre ce jour-là, on ne peut pas le reprendre. C'est plié pour toute la vie. »

Sophie, quoi qu'elle en pense, était merveilleusement *normale*. Clémence aurait tout donné pour être comme Sophie.

Le temps passait.

Le bac français, dix-sept bougies, l'appartement modeste loué pour le mois – dans le Queyras. C'était beau, le Queyras. Solitaire, plein de gorges profondes.

Toutes les six semaines, elle torturait le même coiffeur pour qu'il teigne ses racines. Elle trouvait l'expression intéressante – *teindre ses racines.*

On ne l'emmerdait plus dans le tramway. Ni dans la rue, ni nulle part. Moins qu'avant, en tout cas. Elle trouvait sidérant qu'une simple couleur de cheveux puisse à ce point-là changer la face du monde. Elle se dit alors qu'il eût été plus simple de se laisser aller, devenir laide, grasse, se nourrir de Chipsters, porter des sacs-poubelle en guise de robes du soir. Mais il y aurait toujours des hommes avec des goûts bizarres, des hommes pour aimer les grosses filles laides vêtues de sacs-poubelle. C'était une bonne chose, bien sûr. Si la beauté menait au bonheur, cela se saurait.

Elle aurait adoré être une grosse fille heureuse. Mais elle était *cela* – la nymphette aux cheveux rouges et maigre de nature, incapable de devenir cette grosse fille heureuse qu'un gentil garçon prendrait sous son aile – *tu es belle, je te trouve belle, tu es à moi.*

À défaut, en brune, elle se trouvait plus jolie que d'habitude. Mystérieuse, cinématographique – et son nouveau visage rendait plus aisée une autre décision : celle de ne plus baiser à tort et à travers. Les garçons hésitaient maintenant à l'aborder, inquiets de s'encanailler avec la cinglée de service – *Quoi, tu t'es tapé la folle ? La meuf noir corbeau ?* En terminale, sous son casque gothique, elle abandonna finalement toute vie sexuelle : à quoi bon ? La quête ne donnait rien. Taiseuse et sauvage, en dehors de Sophie, elle ne voyait plus grand monde. Elle vivait dans sa bulle, lisait Michaux, Lovecraft, Poe et Lautréamont, s'était fabriqué un nouveau personnage, certes caricatural, mais qu'elle revendiquait, un peu trop fort. À la maison, elle souriait, donnait le change. Le père et la mère n'osaient pas dire grand-chose : elle était tête de classe, ne sortait presque plus et n'embêtait personne. De son côté, Suzanne grandissait, de plus en plus belle, de plus en plus blonde, toujours aussi espiègle, voire un peu insolente – mais on lui passait tout. Les murs de la cadette étaient tapissés des mots de ses amoureux, *Suzanne chérie, tu es comme le soleil, et quand l'école m'ennuie, tu es ma merveille.* Inspirée par les poèmes des petits garçons, Suzie prit l'habitude de câliner Clémence avec des mots semblables :

— Je t'aime, ma sœur. Plus que tous les soleils de tous les étés.

La cadette, elle, aimait les trucs de fille. Les Barbie, les bijoux, les robes de princesse, les miniatures de parfums exposées avec soin dans de petites étagères en forme de maisons. Elle resterait toujours ainsi, coquette, *girly* – un parangon de féminité. Suzanne était plus féminine à dix ans que sa sœur à dix-huit. En grandissant, comme pour souligner leur antagonisme, Suzie variait quelquefois la formule :

— Tu es mon soleil noir.

Mais pour Clémence, *Pulp Fiction* comme le reste ne fut qu'une étape. Dès son entrée à l'université, elle coupa tout très court : le coiffeur avait raison, il était difficile de revenir en arrière.

En histoire de l'art, elle eut l'air d'un garçon, bizarre qui plus est, avec sa coupe tie and dye (mi-cuivre, mi-cendre, une réussite), son corps affûté, son look androgyne, jean boyfriend et pull irlandais – ce magnifique pull qu'une tante globe-trotteuse lui avait offert pour ses quatorze ans et qu'elle ne portait pas, *avant*, parce qu'il piquait jusqu'à l'insoutenable, à croire que la chèvre elle-même vous grignotait la peau. Il semblait doux, maintenant.

Le monde dans les cafés se refaisait chaque soir à grands coups de mauresques, billard et baby-foot, concerts, dance-floors, étude des étoiles – trouvailles inédites des garçons pour emballer les filles. Alors au bout du compte, les garçons lui manquèrent : leurs vannes imbéciles, leur esprit terre à terre, leur côté hâbleur – elle les aimait bien, ne pouvait rien y faire. Le rouge lentement réinvestit son crâne, illuminant l'espace. Au fur et à mesure que ses cheveux repoussaient, les vêtements raccourcissaient, les sourires fabriqués s'agrandissaient. Et le cuivre incandescent vint étouffer la cendre.

T'es belle. T'es trop belle.

Si Damien, par miracle, tenait sa promesse, il fallait bien que le connard puisse la reconnaître.

Trente ans

Nous étions le 29 novembre.

Ce soir-là, je me regardai dans le miroir brillant de la station-service. Longtemps, sans me toucher, sans me recoiffer ni me remaquiller. J'avais un petit bouton en haut de la pommette, les lèvres un peu gercées, des cernes discrets mais présents, et mes cheveux trop rouges avaient l'air synthétiques. J'aurais pu arranger cela, bien sûr, j'avais le matériel et le savoir-faire, mais mon reflet me convenait ainsi. J'avais soif, et des envies d'authenticité : l'artifice du lamé et des huit centimètres suffisait à n'être plus vraiment moi, sans devenir tout à fait quelqu'un d'autre. L'équilibre était sain, et mon âme sauvée.

Tandis que j'étais occupée à sauver mon âme, une femme entra dans les toilettes ; la quarantaine chic, petite chemise cintrée et pantalon de tweed aux plis impeccables. Elle avait l'air fatigué, peut-être par la route ou juste par la vie. Elle hocha la tête en croisant mon regard, esquissa un sourire, gentil et machinal. Je lui rendis son sourire avant de quitter les lieux, tandis qu'un clic de poudrier éclatait dans mon dos, ajoutant une odeur à l'espace éthéré – de la rose et du riz, bonne mine préfabriquée.

La glace derrière le bar me renvoyait, éclatée, mon image authentique – le petit bouton nacré, les cernes bleuâtres, les cheveux électriques. Sur le podium, une fille dansait seule, ses gros seins moulés dans un débardeur blanc. Il y avait peu de monde ce soir-là et le Marécage semblait encore plus vaste, hostile comme une planète sèche et inhabitable. Je commandai ma bière habituelle au blondin habituel, mais comme avec Jenny, le cœur n'y était pas. Je ne me sentais pas bien, plus que jamais déconnectée, expatriée de mon propre corps. En réalité, je regrettais d'être venue ; il était peut-être temps d'en finir avec la règle du 29.

— Hey.

Je me retournai.

— Salut, dit-il simplement.

En dépit de sa familiarité, je ne le connaissais pas. Il s'était accoudé au comptoir, volontairement trop près, brouillant l'espace vital. *Soyons clairs.* Il n'était pas vilain, pas vraiment beau non plus, entre deux âges, plus vieux que moi, mais à peine. Au début, je ne remarquai que sa barbe naissante, d'un châtain étrange tirant vers le roux et vaguement clairsemée. J'étais là pour ça, bien sûr. Tout était là pour ça – la solitude, la bière, la robe et les talons. Mais ce soir-là, je n'avais plus envie ; pas même de parler. Je m'attendais, lorsqu'il croisa mon regard, qu'il montre une réaction, intriguée ou perturbée, mais pas du tout. Rien, *niet, nada.* Peut-être la lumière rasante masquait-elle mon étrangeté, tandis qu'elle accentuait la sienne.

— Je ne t'ai jamais vue, ici. T'es nouvelle, dans le coin ?

— Je viens souvent, soupirai-je. Tu dois sûrement confondre avec une fille qui ne vient jamais.

— Ah, ah ! T'es une marrante, toi… Comment tu t'appelles ?

— Nadine.

— Nadine ? Sérieusement ? T'as pas du tout une tête à t'appeler Nadine.

— Oui, je sais, fis-je d'une voix lasse en terminant ma bière. On me le dit souvent.

— Je t'en offre une autre ?

M'appeler soudain Nadine m'avait désinhibée et sans réfléchir, je répondis « D'accord ». L'homme à la barbe étrange fit un signe au gamin.

— Une bière pour Nadine et un Jack pour moi, *on the rocks* si possible, mais sans te commander, hein.

Le Marécage passait de la country à se tailler les veines. Les voix d'une fille haut perchée et d'un gars nasillard se mélangeaient sur fond de banjo sec, et j'eus brusquement des envies d'Amérique. La bière arriva devant moi, son Jack devant lui. Il leva son whisky pour trinquer ; je trinquai. Il y eut ce bruit du verre contre le verre, bref et profond, un galet qui claque à la surface d'un lac. Je bus une gorgée.

— Et tu m'appellerais comment, si tu avais le choix ?

Il me fixa, droit dans les yeux. Je remarquai alors les siens. Ils étaient vert-de-gris, pareils à ceux de

Nadine, précisément, commande n° 24, si rares dans la nature. Mais surtout, il avait une petite veine proéminente sous l'œil droit, comme une varice de visage. Tout à coup, je le trouvai terriblement beau. Je n'ai jamais aimé les beautés sans suspense et, manifestement, cet homme-là était plein de suspense. Il but à son tour une gorgée, liquide châtain comme lui, puis recula de quelques pas pour mieux me regarder.

— Je ne sais pas, dit-il. Mais un prénom dangereux.

Je vis mes mains trembler. Cette veine, bon sang, c'était quelque chose.

— Il n'y a pas de prénom dangereux, déclarai-je dans un souffle. Il n'y a que des gens dangereux.

— Si tu le dis, Nadine.

Il m'observait, narquois, et je ne pouvais plus soutenir son regard. J'en fus perturbée parce qu'avec les hommes du 29, ça ne m'arrivait jamais. Je décalai mon visage, tournai la tête vers le podium. La fille en débardeur blanc, toujours seule, tournait sur elle-même, bras écartés, claquait des ballerines comme s'il s'agissait de bottes de cow-boy. C'était ravissant, pathétique à la fois, un mélange des deux.

— Regarde-moi.

Il posa sa main sur ma main.

Et je sentis sa paume.

— Regarde-moi, répéta-t-il.

Autour de moi, le bar se mit à tournoyer, les lumières variées éclaboussant le monde. Dans mes jambes, le sang entra en ébullition, ma gorge se serra jusqu'à devenir paille, une paille si fine et si étroite que même l'air ne pouvait plus passer. Inconscient du miracle, il retira sa main pour attraper son verre. Je gardai les yeux baissés, fixai mes genoux coincés dans le collant noir ; le collant me fit l'effet d'une aile de papillon écrasée sur ma peau.

— Je ne peux pas, murmurai-je.

Ma voix eut l'air d'une reproduction, d'un message venu d'ailleurs, traversant des couches et des couches d'espace interstellaire.

— Pourquoi ? demanda-t-il. Je ne suis pas à ton goût ?

J'étais paralysée, tétanisée par la trace de cette main sur ma main, la paume de cet homme que je sentais encore, puissante comme une brûlure. *Pourquoi ?* Qu'aurais-je dû lui répondre ? « Voilà quinze ans que je t'espère ? » Ce n'était pas possible.

— Dis-moi comment tu t'appelles. En vrai, j'entends.

Son ton avait changé, dénué de raillerie.

Je n'étais pas certaine de ma voix, mais j'ouvris tout de même la bouche, formai les syllabes, avec l'impression de racler le fond de mon âme pour y parvenir.

— Clémence.

— Ah. Ce n'est pas très dangereux, ça.

La raillerie, comme une seconde nature, avait réapparu. Je regrettai soudain mon authenticité, pensai au petit bouton sur ma pommette gauche, ces lèvres en carton-pâte repoussant les baisers, je crachai mentalement sur les chaussures de pute et le lamé-lumière. Dans un élan désespéré, je relevai les yeux. La fille en blanc dansait encore dans un angle du monde, persistance rétinienne. Je devais avoir l'air si désemparé qu'il me sourit, un peu trop largement – comme à une enfant, ou bien une demeurée. Ses dents du bas se chevauchaient. Sa bouche semblait plantée d'une barrière de jardin, réalisée par un gamin en mal d'argent de poche. J'avais envie, moi aussi, de lui demander son prénom mais pour une raison obscure, je n'osais pas. Alors dans ma tête, je l'appelai Geppetto.

— Et tu fais quoi dans la vie, Clémence ?

Je détestais cette question mais, dans cette bouche-palissade, elle devenait inédite. J'avais tellement envie qu'il me reprenne la main que je ne voulais plus mentir ; de toute façon, j'en étais incapable. Mon cœur tapait trop fort et les mots, sans filtre, sortaient de moi comme d'une sarbacane.

— Je travaille à la Clinique. Je suis maquilleuse.

Il fronça les sourcils, un peu circonspect.

— Maquilleuse ? Tu rafistoles des vieux quand ils ont de la visite, un truc comme ça ?

La plupart des hommes réagissaient ainsi. Généralement, je me contentais d'acquiescer, « Oui, c'est ça, je suis infirmière, une sorte d'infirmière ». Les femmes, quant à elles, pensaient plutôt que je travaillais pour la marque du même nom, démonstratrice dans un grand magasin quelque part en centre-ville, officiant sur un stand rutilant sous des néons blafards. Là non plus, je ne démentais jamais. Elles rougissaient un peu, puis me demandaient si j'avais des réduc's.

— La Clinique, murmurai-je, ce n'est pas vraiment une clinique. C'est quelque chose d'autre.

— Mais encore ?

— C'est une usine.

Il plissa le front, but une nouvelle gorgée.

J'avais envie de gober une boîte d'Avlocardyl, de rire et de pleurer, les larmes montaient en même temps que le rire, j'avais le cœur en vrac, je n'y comprenais rien – tout ça pour une varice (de visage qui plus est !), cette imperfection si parfaite à mes yeux, mes yeux imparfaits, anormaux et vairons comme ceux de certaines filles.

Il y avait toujours quelque fan de Bowie pour désirer cela, l'hétérochromie, et nous vendions du rêve – Vos désirs sont des ordres, Vous payez, nous créons. En règle générale, les anomalies avaient peu de succès. Parfois une mouche au coin de la lèvre comme Cindy Crawford, un grain de beauté sous l'œil, esprit talc et boudoir ou, plus rarement encore, quelques taches de rousseur. D'autres réclamaient un tatouage, souvent à leur prénom, *Bernard Forever*, en pleins et en déliés, avec des roses, des flingues, des épines. Mais la plupart du temps, les hommes voulaient simplement des filles impeccables, neuves et immaculées comme du papier toilette. Tant mieux : ça me faisait moins de boulot.

Mais visiblement, Geppetto n'était pas de ceux-là. Encore un type avec des goûts bizarres…

La country, soudain, me paraissait plus forte dans les grands haut-parleurs en manteaux de résille, et plus triste encore. La chanson parlait de rêves, de champs et de tempêtes, de bottes en lézard et de cœurs en morceaux. Je terminai ma bière. Il m'imita d'un trait puis héla le petit blond. Quelques instants plus tard, le gamin reposa la même chose sur le comptoir. Lui, mon homme – ce serait mon homme, il le fallait –, récupéra le tabouret d'un gars qui venait de jeter l'éponge, s'y jucha d'un mouvement leste, presque élégant, pour être à ma hauteur ; il n'était pas bien grand, lui non plus. Ses cheveux châtains, coiffés en arrière et fixés au gel pour ne pas boucler, luisaient comme du latex dans les lumières basses. Il parlait, mais je ne l'entendais pas. Je n'entendais que mon cœur au fond de ma poitrine, qui battait sourdement.

— En fait, finit-il par dire, puisque je ne répondais plus à ses questions, je m'en fous. Tu bosses à l'usine, c'est O.K. Tu picoles comme un mec, c'est O.K. Et tes chaussures, et ta robe, idem. Tu fais mal aux yeux, mais ça me va aussi. En fait, tu me vas.

Sans crier gare, il m'embrassa. Ses lèvres étaient douces, et sa langue brûlante.

Je n'avais rien compris, rien anticipé. En une fraction de seconde, je redevins la proie, une proie vivante, consentante, pleine de viscères, de veines et d'artères, sillonnée de sang chaud. En une fraction de seconde, j'étais devenue le monde – mon visage, une sphère en mouvement au milieu des ténèbres.

— Rentre avec moi, dit-il en se levant.

J'acquiesçai sans broncher, parce que jamais, de toute ma vie, quelque chose n'avait paru si simple.

Les larmes roulaient, énormes et lourdes.

Il ne les voyait pas, il m'avait retournée, en « levrette » comme dans ces films X que j'avais tant regardés, juste pour comprendre ce qu'on était censés faire – quels gestes, quelles attitudes – et tous ces cris aigus que j'appris à pousser toute seule dans mon salon, ces baises de théâtre, ce porno de fiction. Mais le corps de mon homme était dans mon corps et raconter des histoires ne servait plus à rien. Ses hanches osseuses, à peine plus larges que les miennes, cognaient contre mes fesses ; mon front, sac de sable empesé, heurtait violemment l'écran pâle de la tête de lit. Si je n'avais plus d'hymen depuis bien longtemps, je comprenais enfin ce « truc moyenâgeux » dont me parlaient les filles, les filles d'il y a quinze ans. Chacun de ses coups de reins faisait monter en moi une vague de terreur, son sexe semblait de marbre, de bois, d'acier, il était gros, plus gros que la moyenne – je l'avais palpé quelques minutes plus tôt (la circonférence, la longueur, la texture, comme un outil) –, mais je n'en avais pas pris la mesure réelle. Il allait, venait, serrait mes mains dans ses mains, nos doigts emmêlés, et il ne savait pas, ne se rendait pas compte qu'il baisait une pute vierge, un être contre nature. Autour de son cou dansait une feuille végétale en métal argenté et, chaque fois qu'il se collait à moi, le métal me rappelait la lame du couteau, cette sensation froide que j'avais oubliée. J'avais envie de hurler, *J'ai mal, pardon, arrête s'il te plaît, j'ai mal*, mais bien sûr, je ne disais rien. C'était horrible, et nouveau, et horrible, mais nouveau, surtout – il y avait dans cette horreur une dimension magique, dans ces larmes chaudes dont j'avais une conscience acérée, qui me griffaient les joues, me crevaient le regard. Je faisais l'amour pour la toute première fois, avec un type dont je ne connaissais même pas le prénom ; le seul type dont, en réalité, j'aurais voulu connaître le prénom.

Comment tu t'appelles ?

Raphaël, Marc, Yann, Étienne, David, Julien, Riego, Loïc, Erwan, Romaric, Aimé, Pierre, Benoît…

Tristan.

D'un mouvement de bassin, il me fit retourner, cala son visage au creux de mon épaule. Je commençai à aimer cela, je crois, à sentir monter en moi quelque chose d'inconnu et d'extraordinaire, une déferlante de lumière.

… Herman, Serge, Tarik, Manu, Thomas, Greg, Jacques, Paul, Patrick, Dan, Florent. Avec les hommes du 29, jamais je ne m'étais sentie sale, ou mal, ou vulnérable. Seulement triste, peut-être – triste pour eux, davantage que pour moi. Je poursuivais une quête et la quête était tout, l'excuse à tout. Mais avec cet homme-là, je me sentais sale, mal, vulnérable, ridicule – amoureuse ? J'imaginais que c'était cela, *l'amour*, ce chaos, cette douleur, tout ce remue-ménage, et les bleus violacés que je sentais naître lentement à l'intérieur de mes cuisses.

J'avais eu, mille fois, des bleus violacés à l'intérieur des cuisses, observés sans état d'âme dans la cabine de douche : je les appelais « les risques du métier ». Mais jamais je ne les avais sentis ; ils n'étaient que couleurs, taches de peinture informes sur une palette de chair.

Sentir changeait tout, révolutionnait tout, remettait tout en cause.

Lorsqu'il s'abattit sur moi, je me dis subitement que c'était mieux avant.

Il se retira, s'écarta, enfouit son visage dans l'oreiller. Resta ainsi longtemps, à respirer trop fort.

Près de lui, j'étais un musée à ciel ouvert – des formes, des nuances, du rouge, du noir, des nuages effilochés, des cascades outremer, des réponses aux questions qu'il ne faut pas poser, des pans d'obscurité transpercés de soleil. Je rejouai en vrac le film de ma vie depuis l'homme au couteau, le terrain vague fermé, les sirènes de police, lointaines et impuissantes, les doigts sur ma peau, l'intimité rompue, l'imminence de la mort, le décompte, les Klaxons, la mèche de Virgile, l'aigle aux yeux de verre, les bières dans la baignoire, HITLER sur le front, la douche, les douches, la chambre-coquelicots et tous ces sexes en moi, Monsieur S*, Thana, Damien, Joy, Jenny, le portrait-robot, la baignoire ancestrale à pattes de griffon, la rue au nom d'oiseau et la rue mal famée, les comédiennes parfaites aux reflets Dorian Gray, les miroirs éternels, la peau anesthésiée, la boue des tournages, la glace des banquises, mon père, ma mère, la beauté de ma sœur, les quais de Seine illuminés, les cendriers trop pleins, les Ibis de banlieue ou bien les grands hôtels, les plages silencieuses, le bruit du fond des mers, la rivière scintillante, le chant apaisant des oiseaux disparus, les lèvres satin rose des filles de la Clinique… quand le visage de mon homme quitta l'oreiller pour se tourner vers moi. Il semblait inquiet, comme si une lanterne magique projetait au plafond les bribes déchaînées qui me tournaient dans la tête.

— Clémence, ça va ?

— Oui. Ça va.

Je sentais encore la trace des larmes, cartonnant ma figure.

— Tu sais, dit-il, il faut que je dorme. Je commence tôt, demain. Tu ne m'en veux pas ?

— Non, bien sûr. Dors… Je suis désolée.

— Désolée ?

— Je peux partir, si tu veux.

— Mais non, pourquoi ?

Je soupirai, et sa main se posa sur mon ventre. *Sa main.* Fraîche, un peu rugueuse. Extraordinaire.

— Clémence, je suis sérieux. S'il te plaît, reste.

Dans la pénombre, je devinais sa silhouette, les contours flous de ce corps-miracle qui m'avait réveillée, mais je ne distinguais plus précisément les traits de son visage. Seule palpitait encore, éternelle, cette varice sous l'œil droit.

— Tu fais quoi, comme travail ?

La question m'était tombée des lèvres, sans prévenir.

— Élagueur. Je taille les arbres.

— Ah. C'est dangereux, ça.

Il me sembla percevoir un sourire dans son souffle, qui traversa la nuit comme une étoile filante.

— Tu sais, ajouta-t-il, les palmiers sont tous malades.

— Oui, j'en ai entendu parler. C'est triste.

— Très triste, soupira-t-il. Nous autres, en ce moment, on assassine en série, une vraie boucherie. Quelquefois, je déteste ce boulot.

Le drap se souleva, bruissa sur son corps ; je m'imaginai un jeune animal niché dans un sous-bois – un faon peut-être, au cœur rouge.

— Bonne nuit, Clémence.

J'étais complètement perdue, épuisée comme je ne l'avais jamais été de toute mon existence. J'avais du mal à avaler et l'impression d'avoir de la fièvre, une fièvre exotique, malarienne, humide comme une jungle.

Ma mère était penchée au-dessus de moi, cintrée dans une blouse blanche qui accentuait encore la pâleur de sa peau, la blondeur étincelante de ses cheveux déteints aux boucles impeccables. Mes orbites vides étaient pleines d'eau, jusqu'à ras bord, comme deux petits lacs aux reflets argentés.

— Entre sentir et mentir, dit ma mère, il n'y a qu'une lettre de différence. C'est amusant, non ?

— Je t'en supplie, fais-moi des yeux pareils. Ce serait plus facile, maman… Tout serait *tellement* plus facile…

Elle se mit à rire, un rire tonitruant à fissurer les murs. Derrière elle, la silhouette de l'homme blond se profilait lentement, son ombre pin parasol portée sur mon visage. Il n'avait pas de couteau, mais tenait une perruque, une longue perruque rousse – en vérité un scalp, un scalp ensanglanté dont dégoulinaient encore des amas de chair fraîche. Ma mère lui caressa la joue d'un geste plein de tendresse et, tandis que l'homme blond approchait le scalp de mon crâne luisant, elle murmura :

— Si la vie était facile, ma petite, ça se saurait.

Je sentis le contact glacé du sang sur ma peau nue – et les lacs de mes yeux brusquement s'asséchèrent.

DEUXIÈME PARTIE

À travers une fenêtre qu'elle ne connaît pas s'encadrent des façades, entre deux rideaux lourds telles des peaux d'animaux en voie d'extinction.

Elle ne fait pas un geste, ne sait plus où elle est. Elle a mal aux yeux – mal partout, passée sous un bus, un train, un char d'assaut, le crâne comme travaillé à l'épluche-légumes. Elle n'a pas encore tout à fait conscience de cela – *J'ai mal*. L'expression trop longtemps inutile peine à se reformer au seuil de sa conscience. Où était-elle, hier soir ? Avait-elle tant bu ? Mais elle sent soudain le drap sur sa peau nue, l'étoffe raide et rêche, agréable pourtant, comme les souvenirs lointains d'un monde disparu. Elle se concentre et fouille sa mémoire – une main, c'est cela, *la main de ma mère contre ma joue*. Le cœur accélère puis s'emballe si fort qu'elle l'entend pulser, il semble soulever le drap tel le pied d'un fœtus imprimant le ventre au terme de la grossesse. Elle se sent habitée, rapatriée, transplantée tout entière dans le corps de quelqu'un d'autre.

Est-elle seule ?

Elle retient son souffle avant de se retourner. Son regard bute contre une barrière de peau – le dos de l'homme, constellé de grains de beauté, petits et sombres, les omoplates saillantes comme les ailes fragiles d'un oisillon blessé. Alors elle se souvient, *Hey*, le Marécage, la douleur, la lumière, la surprise terrifiante de sentir à nouveau. Elle cesse de respirer, le torse écrasé par l'impression terrible d'avoir fait une connerie, la plus belle de sa vie. Elle a envie de poser sa main sur ces grains de beauté, petits et sombres (des insectes), elle doit contenir ses doigts, fascinés par cette peau. Elle referme les yeux pour ne plus voir le corps de l'homme sans prénom, Homme Universel dans sa nudité et son anonymat, ce miracle improbable dont elle peut jouir encore (encore quelques minutes, quelques secondes ?) avant que tout s'effondre – comme tout s'effondre toujours.

— Salut, Dangereuse, dit-il subitement en faisant volte-face. Bien dormi ?

Vert-de-gris, varice merveilleuse dans les lueurs de l'aube. Elle ne sait pas quoi dire, plus nue que nue, tel un squelette de fille en métal titane, vaguement articulé entre les mains expertes d'un ingénieur brillant, recyclé en Clinique par le désir ardent de mieux gagner sa vie.

— Hey, ne fais pas cette tête-là… Si tu fais cette tête-là, je me rendors.

Il se retourne, son dos revient, constellé – un ciel. Dans son mouvement, le drap glisse et ses fesses apparaissent, brunes, musculeuses. Ses doigts à elle bougent tout seuls, pareils à ceux d'un robot détraqué, attirés par ces sensations dont le simple souvenir lui renverse le cœur.

Elle a si peur de le toucher qu'elle se lève, quitte le lit. Ses jambes flageolent, comme farcies de sable.

Elle sent la moquette sous la plante de ses pieds, une bouclette bon marché, râpeuse, elle pense subitement à la langue des chats. *Depuis quand n'ai-je pas senti la langue d'un chat ?* Si elle n'était pas à ce point affolée, sa propre pensée aurait pu la faire rire. *D'un chat… !* Elle regarde autour d'elle, le monde semble flou et de texture instable, fabriqué en marshmallows, du blanc, du rose, du sucre. Elle se passe les mains sur le visage, ses joues elles aussi présentent une texture floue, molle et ferme à la fois. Elle repère la salle de bains, asile, terrier, s'y précipite.

Elle ferme la porte à clé, tremblante, évite le miroir et se met à pleurer.

Les larmes sur sa peau paraissent presque palpables, une nuée de petits plombs tombés d'une carabine, des billes de métal. Elle a l'impression de pouvoir les cueillir, les garder dans sa paume. Elle se laisse aller, s'assoit par terre. Elle reste ainsi longtemps, ses omoplates nues contre le carrelage froid. Avec ses carreaux de différentes couleurs, mixés de manière aléatoire, la salle de bains de son homme ressemble à un casse-tête. Elle se souvient qu'enfant elle avait triché au Rubik's Cube pour impressionner son père. Après des jours entiers de vain acharnement, elle s'était résolue à la malhonnêteté et, à la force des ongles, avait décollé chaque sticker pour rétablir les faces. Bleu, jaune, rouge, vert, orange, blanc… Victoire minuscule. Chez les Blisson, la malhonnêteté était plutôt mal vue. Ce jour-là pourtant, si personne ne fut dupe, tout le monde fit semblant.

— Bravo, Clémence !

Elle se demande pourquoi on la félicita au lieu de la punir. Dans sa tête, elle ose une hypothèse. *Par amour ?* Elle repasse ce souvenir, une fois, deux fois, comme une chemise en soie – une chemise compliquée, à jabot peut-être.

Au bout d'un temps qu'elle ne peut estimer, elle retourne dans la chambre. Tâtonne, rassemble ses affaires dispersées dans la pièce. Sur la pointe des pieds, elle enfile la robe, la culotte, les collants, les souliers, puis glisse ses larmes-plombs dans la poche-poitrine de son blouson en jean. Son homme lui donne le dos. Il ne dort pas bien sûr, pourtant elle ne dit rien. Elle retient son souffle, se faufile et s'enfuit, sans doute parce qu'elle l'aime et que c'est absurde, complètement idiot, parce qu'on n'aime pas ainsi, sur un coup de tête en cinq minutes – surtout pas elle. Il ne dit rien non plus, il la laisse partir. Elle sait bien que ce n'est pas la chose à faire, mais elle la fait quand même.

Elle tangue sur ses talons. Elle s'adosse, ahurie, à la porte de l'appartement 3B. À la manière d'une vague, l'évidence l'assomme, la renverse et la noie : sirène de bois sculptée à la proue d'un navire, elle vient de prendre vie, la houle en plein visage.

Un linoléum sans âge vérole le sol d'un couloir exigu. Comme un jeu de piste, des traces de boue fraîches mènent à une autre porte – 6B. Elle a brusquement envie de frapper à cette porte pour voir ce qu'il y a derrière – qui ou *quoi*, quel monde, quelle bizarrerie. Dans son dos, celle de Geppetto lui paraît organique, faite d'une matière vivante dans laquelle sa silhouette s'imprime lentement comme dans un matelas à mémoire de forme.

Elle a le sentiment terrible que son ombre gracile restera à tout jamais gravée dans cette porte.

Le quartier est étrange, labyrinthique, des bâtiments sosies, clonés, comme une ville dans la ville. Perdue dans cet environnement qu'elle ne connaît pas, elle fouille son sac à main, attrape son téléphone et commande un taxi.

L'aube lancinante ressemble à une gifle, elle sent ses os craquer, osciller, comme s'ils dérivaient, cherchant à modifier la structure de son corps.

— Sans blague, vous n'étiez jamais venue ? C'est le Moulin à vent, ça date de 62. Ils ont construit tout ça après l'Algérie, pour les rapatriés. Une réussite, pour une fois… L'exception qui confirme la règle, hein ? Aujourd'hui, c'est truffé d'étudiants. Si vous voulez savoir, moi aussi j'habite là. C'est un quartier très gai, je ne partirais pas pour un million de dollars.

Le chauffeur, une femme aux cheveux blancs dont les formes généreuses semblent coincées dans un sweat-shirt bleu roi comme dans une carapace, l'abandonne finalement sur le parking désert du Marécage.

Sa voiture-boîte rayonne dans les lueurs de l'aube, toute seule désormais entre les lignes pâles au centre du grand vide.

— Merci, dit-elle à la fée bleue en ouvrant la portière de sa berline champagne. Merci pour tout.

— Mais de rien, Mistinguett. Et bon courage.

On lui souhaite souvent « bon courage ». Elle ne sait jamais comment le prendre, à croire que son visage raconte son histoire, enseigne lumineuse en travers de son front. Malgré ses cheveux rouges et son regard vairon, elle ne comprend pas ces encouragements, un peu condescendants, effrayants pour tout dire, comme les prédictions d'un marabout véreux. Qu'imaginent donc les gens, lorsqu'ils prononcent ces mots dont elle n'a pas besoin ? À quoi pensent-ils ? Elle se met à leur place – elle essaye –, mais elle a beau incarner autant qu'elle le peut, elle ne les comprend pas.

Debout au milieu du grand parking désert, elle réalise soudain qu'elle grelotte de froid dans sa petite robe lamée – que c'est simplement ce que la dame voulait dire. Elle revient au monde par la porte de l'hiver, son corps entier se crispe, elle *habite la peau de*. Elle se recroqueville et commence à courir en dégainant ses clés, entre dans la voiture et claque la portière.

Ceinture enclenchée, *clic*, un revolver qu'on arme : le contact glacé du métal contre sa paume la fait sursauter.

Le moteur ronfle et fume, puant comme un passé aux flammes moribondes. Elle allume le chauffage ; il ne se passe rien du tout. Elle tripote les boutons, s'acharne, s'excite, avant de comprendre qu'il ne fonctionne pas. Comment l'aurait-elle su ? En achetant la voiture, elle n'avait pas pensé une seconde à ce genre de détail.

Elle peste contre elle-même mais, entre ses jambes, elle sent très fort encore les hanches de son homme, leur pression, leur puissance. Elle sent ses doigts sur ses seins, sa bouche sur sa bouche, le feu de son haleine. Elle sent, inédit, l'intérieur de son corps. On dirait un paysage en cours de formation, une intime tectonique – un big-bang minuscule.

Elle démarre pour de bon et quitte le Marécage.

De jour, ainsi fermé, le Marécage n'est rien d'autre qu'une grande cabane en bois, sans charme et sans fenêtres.

À bord de sa voiture, cette bonne petite voiture, disgracieuse et fidèle comme le chien de Roland, elle a de plus en plus froid ; ses mains tremblent sur le volant, trop conscientes du cuir griffé sur lequel elles reposent. La ligne d'horizon, d'une pureté sans faille, nette et précise, semble tracée à la règle. La mer est calme, extrêmement bleue, comme si des litres d'encre s'y étaient déversés. Le paysage tout entier paraît géométrique et, par sa rectitude, elle a le sentiment qu'il veut lui venir en aide. L'odeur de la plage après la pluie monte dans ses narines. Magnifique, minérale, un peu désagréable. Quand elle vivait à Paris, cette odeur était ce qui lui manquait le plus. En été, elle restait debout sous les orages ; l'asphalte brusquement refroidi sentait un peu pareil.

Elle passe la seconde, se remémore soudain sa toute première fois, le garçon du village, le coma sensoriel sous le ciel extatique, le sexe nébuleux, la main atmosphérique, les numéros échangés, inutiles bien sûr, et ces dents du bonheur d'une ironie sans nom.

Flash-back.

Elle s'appelait Amélie, il s'appelait Raphaël, et le numéro qu'elle avait donné était faux.

Elle ne le savait pas encore mais ce soir-là, dans les arènes sableuses, elle avait signé pour le rôle ; un rôle monstrueux dans un soap interminable qu'aucun spectateur ne regarderait jamais.

5288 jours plus tard, elle donne sa démission.

30 novembre, 7 h 22.

Je sais qu'il y a quelqu'un au cœur de l'enveloppe.

Elle est l'aveugle qui recouvre la vue, le sourd gratifié d'un implant cochléaire, le miraculé qui se tient sur ses jambes, elle est Pinocchio enfin petit garçon, elle est entière, réunifiée, elle est Clémence Blisson le jour de ses quinze ans.

Elle est, plus que toute autre chose, totalement terrifiée.

TROISIÈME PARTIE

Quand je suis rentrée chez moi, un message clignotait, solitaire, trois tirets rouge vif sur le rectangle noir. Je ne sais pas pourquoi, je ne l'ai pas écouté. J'étais pressée, en retard pour la Clinique ; mais ce qui d'ordinaire me prenait vingt minutes m'a pris ce matin-là plus d'une heure et demie.

La douche, pour commencer.

Le curseur, depuis deux ans que j'habitais cette maison, était placé en plein milieu, position sécurisée qui signifiait universellement « tiède ». Mais lorsque le jet a touché ma peau, je l'ai trouvé glacé, sans doute parce que j'avais eu si froid en rentrant. J'ai empoigné le manche du mitigeur, monté la température, petit à petit. Je ne sais pas combien de temps je suis restée sous l'eau, jouissant de la chaleur qui déliait mes muscles et soignait les stigmates de ma résurrection. En tout cas, j'ai vidé le cumulus.

Ensuite, le café. Sans réfléchir, comme chaque matin, j'ai enfoncé une capsule dans la machine ; mais j'ai *senti mon doigt* enfoncer la capsule. Par réflexe, j'ai regardé mes mains : je m'attendais à y voir les terminaisons nerveuses, dessinées sur ma peau en réseau rose fluo. Chaque geste semblait nouveau, chaque mouvement une expérience, j'étais comme l'héroïne d'un film en 3D – perdue dans l'espace. Les sensations, jadis, s'étaient estompées progressivement, mais le processus de récupération semblait plus rapide. Il m'avait fallu des mois, adolescente, pour m'habituer aux pertes successives. Combien de temps faudrait-il pour faire le chemin inverse, si tout revenait à la fois ? Mes perceptions étaient encore ténues, mais j'avais déjà l'impression de vivre sur un grand huit. Dans un état second, j'ai allumé une cigarette, passé la flamme du briquet sous mon doigt. Le feu m'a léchée, pareil à une langue, ces langues qu'espérées je ne sentais jamais. J'ai retiré mon doigt. Une ampoule naissait entre les deux phalanges, et l'ampoule faisait mal. Je l'ai rincée à l'eau froide, mais j'avais toujours mal. Échaudée, j'ai soufflé sur le café, pour une fois sérieusement ; dans mon empressement à le goûter, je me suis brûlée quand même.

Pour finir, mon armoire : je ne savais pas du tout comment m'habiller. D'ordinaire, si j'avais le moindre doute, je buvais mon café accoudée à la fenêtre. J'attendais de voir quelqu'un passer, puis je copiais plus ou moins sa tenue – manteau ou non, écharpe ou non, bonnet ou non. Si personne ne passait dans le temps imparti, je jetais un coup d'œil au thermomètre cloué devant ma porte pour me faire une idée. De toute façon, il ne s'agissait pas de confort, simplement de préserver ma santé physique et l'illusion sociale de ma normalité. Mais j'étais gelée et, désormais, le confort m'importait. Je suis montée au grenier pour déballer les housses dans lesquelles je gardais mes vêtements de tournage. J'ai exhumé une parka technique d'un cercueil plastifié, un sous-pull, des chaussettes de ski, puis enfilé l'ensemble; j'avais l'impression d'être la petite sœur du bibendum Michelin.

Debout au milieu de mon salon, le corps endolori, si diablement présent, je ne savais plus très bien si Geppetto avait aboli ou créé une malédiction. J'étais à deux doigts de l'attaque de panique, le cœur comme un hochet dans la main déchaînée d'un singe épileptique. Je me sentais, littéralement, *réapparaître.* Je me demandais si c'était ce que nous ressentions, nourrissons, en venant au monde; pour être honnête, c'était terrifiant.

Inspirer. Expirer.

En route pour la Clinique et Geppetto en tête, je crevais de rage contre moi-même.

Je n'avais rien senti la moitié de ma vie et aujourd'hui – quoi? Je m'étais enfuie, cachée pour pleurer, lâchement, comme dans la rue au nom d'oiseau. Aucun type sensé n'aurait pu comprendre un tel comportement.

Pendant des années, je m'étais fait l'effet d'un festin sous cloche dans un grand restaurant. Sans doute n'étais-je pas prête à être consommée.

Laissez-moi le temps…

Brusquement, je pensai à Damien.

« Sois patiente. »

De la même manière que je n'avais pas cru sa promesse de retrouver l'homme blond, je n'avais pas cru ces mots-là.

Damien Coperey, premier sauveur. Au moins, lui, je connaissais son nom. Je n'avais pas eu de ses nouvelles depuis des années, six ans, peut-être sept. Pourtant ce matin-là, son visage s'imprimait en moi aussi précisément que si je l'avais vu la veille.

Bien sûr, j'aurais dû comprendre qu'il ne s'agissait pas de coïncidences.

Avec l'inconscient, il n'y a jamais de coïncidence.

Je pointai aux vestiaires avec trois heures de retard. Il était presque midi et je savais que cette journée ne se terminerait pas sans un sermon de Chanal. Pourtant, au lieu de courir en salle de maquillage comme j'aurais dû le faire, je décidai de m'arrêter à l'étage de Roland.

— On prend un café ?

Il me fixa, surpris. C'était la première fois que la démarche venait de moi, la première fois aussi que j'entrais dans la pièce où il travaillait. Il était penché sur un modèle *Lara*, à demi chauve, le sexe glabre, allongée nue sur la table d'examen, les cheveux « véritables » telles des reliques d'Auschwitz, prisonniers d'un carton ouvert à ses pieds. Roland portait un masque chirurgical et tenait un outil étrange, une sorte de pince, luisante comme une arme : l'image était terrible, saisissante. Si quelqu'un, à cet instant précis, avait pris une photo de la scène, on aurait pu croire qu'il s'agissait du bloc opératoire d'un tueur en série.

J'avais toujours refusé de visiter l'usine. À mon arrivée, Chanal me l'avait proposé. En réalité, il avait même lourdement insisté, arguant que la visite était obligatoire pour tous ses employés.

— Pour bien faire mon travail, monsieur, je dois voir vos poupées comme des femmes réelles. Je veux dire, je viens du cinéma. J'ai toujours maquillé des filles en chair et en os… Et pour vos clients, ces filles-là aussi sont en chair et en os. Si je les vois comme des objets, je n'arriverai jamais à les rendre vivantes. Vous comprenez ?

Je pensais chaque mot de mon argumentaire, mais Gilles m'avait dévisagée d'un air médusé. J'imagine pourtant qu'il avait eu du mal à me recruter et ne voulait pas commettre d'impair, car j'avais échappé à la visite guidée. De fait, je n'avais jamais vu la chaîne de production, la silicone fondue, les pièces détachées, les structures métalliques – *toutes sortes de compétences, de procédés techniques pour en arriver là.* Je n'avais jamais assisté au montage de la peau, à l'habillage terrible des squelettes en titane, au placement des yeux de verre au fond des orbites vides, ni même, donc, au stade d'implantation. En arrivant chez moi, les filles étaient les filles – habillées, chevelues, coiffées, à deux doigts de l'existence. Comme cet Anonyme qui nous avait écrit au sujet de Marie, j'oubliais parfois ce qu'elles étaient vraiment : des morceaux de plastique.

Roland dut sentir mon malaise car il retira son masque d'un geste précipité, avant de s'exclamer d'un ton guilleret qui ne lui ressemblait guère :

— Bien sûr, Clémence, allons boire un café !

Sous sa blouse blanche, il portait un T-shirt à l'effigie du commandant Cousteau, assortie du slogan : *Who is the boss ?* Cette image comique chassa la précédente, et Roland redevint Roland.

Comme toujours, il insista pour m'inviter.

Il me tendit le gobelet.

Je le pris sans réfléchir, le lâchai. Le plastique explosa sur le béton du hall, le café roula brun jusqu'à un fauteuil rouge : j'eus l'impression atroce que le fauteuil-sexe était indisposé. Mais un technicien de surface, rapide comme un robot, sortit de nulle part une serpillière à la main.

— Ça ne va pas ? demanda Roland, inquiet.

— Je suis désolée. Je ne m'attendais pas qu'il soit si chaud.

Deux fois en quelques heures… Si je sentais à nouveau, j'avais visiblement perdu la mémoire. Roland, dérouté, fronça les sourcils. Deux ans que nous buvions des cafés, deux ans que je soufflais dessus histoire de donner le change, puis les buvais trop vite sans le moindre problème. Il réitéra l'opération, perplexe, pièce de vingt cents sur pièce de vingt cents. Cette fois-ci, j'attendis plusieurs minutes que le liquide refroidisse, coincé dans son encoche au cœur de la machine. Roland m'observait d'un air dubitatif, les deux pouces coincés dans les passants de son jean.

— Tu n'étais jamais venue, au deuxième. Et je sais que tu n'as jamais visité l'usine. C'est à cause de ça ? De la fille sur ma table ?

Je haussai les épaules, baissai les yeux, contemplai mes baskets maculées de peinture. Je ne savais pas quoi dire, j'avais peur de le blesser.

— Moi, poursuivit-il, je ne me rends pas compte… Mais ça doit être impressionnant. Un jour, un de mes potes de pêche a voulu venir voir où je travaillais. Il n'arrêtait pas de me demander comment ça se passait, à quoi ressemblaient les filles… Il était curieux, j'ai fini par céder, même si on n'a pas le droit. Et tu sais quoi, Clémence ?

Je secouai la tête.

— Eh ben, bizarrement, on ne va plus à la pêche.

— Si tu veux mon avis, ton pote, c'est un con de première.

— On fait un drôle de boulot, soupira-t-il. Tout le monde ne peut pas comprendre.

Il prit le gobelet dans la machine, à pleine main, puis me le tendit en me faisant un clin d'œil :

— C'est bon, fillette. Tout est sécurisé.

Je souris, empoignai l'expresso. Signe rituel, je sortis de ma poche mon paquet de cigarettes. Comme d'ordinaire, il hocha la tête et me suivit dehors. Je bus une gorgée – le café était tiède, délicieux. La température lui donnait une saveur nouvelle, à la fois plus franche et plus subtile. Ce n'était qu'un jus de machine, probablement fabriqué avec le pire cru du monde ; il me fit pourtant l'effet du meilleur café de toute mon existence.

Je sentais le vent soulever le fin duvet à l'arrière de ma nuque, le froid vicieux s'engouffrer sous cette parka qui en avait vu d'autres. Oppressée par toutes ces couches de fringues, je sentais la blessure au creux de mon entrejambe, aggravée par le frottement raide du jean. Et le sous-pull piquait, me dévorait la peau comme s'il avait eu des dents. Je distinguais de plus en plus nettement les contours de mon corps, à tel point que je dus m'adosser à la porte battante du grand hall vitré, prise de vertige. Roland s'affola, porta la main à son portable.

— C'est rien.

— Tu es sûre ?

— C'est rien. C'est passé.

Je me repris, m'éloignai de la porte et, pour preuve, pirouettai sur moi-même. Il me dévisagea, franchement déconcerté.

— Tu es vraiment bizarre, aujourd'hui.

Cette phrase venait de loin. La dernière fois que je l'avais entendue, c'était sur un divan et dans une autre ville. J'avais tout juste quinze ans, une blouse en coton vert, et un aigle empaillé me donnait la réplique.

— En fait, murmurai-je, je crois plutôt que je redeviens normale.

Roland tendit le bras pour me montrer le ciel.

— Et le monde avec toi, visiblement…

Au-dessus du Parc, des fauvettes à têtes noires volaient d'un arbre à l'autre sur un rythme saccadé, en nombre si élevé qu'elles formaient des nuages.

Travailler avec des sensations, même ténues, était assez curieux. Pénible, à vrai dire. Sans mes invisibles gants de jardin, la tâche aurait dû être plus facile, mais je n'étais pas habituée. Le toucher me rendait au contraire affreusement maladroite et, avant de bousiller un modèle *Joy* d'un prix exorbitant (bon de commande n° 34, brune aux yeux bleus, bouche excessive, nez retroussé, heureusement rebaptisée *Charlotte* par Monsieur Francis D*, Chalon-sur-Saône), je me résolus à monter au cinquième pour frapper chez Chanal.

— Entrez.

— Bonjour, Chef, dis-je en poussant la porte.

— Ah, Clémence, vous tombez bien. On m'a signalé un retard conséquent, ce matin. Si toutefois midi peut encore être considéré comme le matin…

— Justement, monsieur, c'est pour ça que je suis là.

D'un geste ample et bon enfant, il désigna la chaise face à son bureau.

— Eh bien, installez-vous.

J'obéis.

L'assise était incroyablement douce, recouverte d'un nubuck textile d'un bleu étonnant, presque Klein. Si, lors de mes précédentes visites, la couleur m'avait marquée, je n'avais bien entendu pas noté la matière. Je me relevai, épatée, pour caresser la chaise. J'avais l'impression de flatter le flanc d'un Schtroumpf.

— Ce n'est pas que la vue me déplaise, Clémence, mais vous vouliez me parler, non ?

Je me rassis précipitamment.

— Pardon. C'est juste que cette chaise est vraiment incroyable.

— C'est gentil. En même temps, c'est la même depuis que vous travaillez ici.

— Je sais, oui.

Je me raclai la gorge.

— Pour tout vous dire, je ne me sens pas dans mon assiette. Je crois qu'il faut que je prenne des vacances, parce que je risque de faire des bêtises.

— Des bêtises ? C'est-à-dire, des bêtises ?

— Des joues trop rouges, des sourcils asymétriques, un regard de cocker… Ce genre de bêtises.

— Ah. C'est ennuyeux.

— Je vous le concède, monsieur. D'où ma requête.

Il me considéra d'un œil circonspect, avant de tapoter le clavier de son ordinateur.

— Hum. C'est vrai que vous n'avez pas pris de congés depuis longtemps. D'ailleurs, vos RTT se bousculent. Mais comme ça, au débotté, je n'ai personne pour vous remplacer. Et à l'approche des fêtes, les commandes se bousculent, elles aussi.

La déprime de fin d'année, un grand classique : les commandes doublaient brusquement six semaines avant Noël. Cela valait toujours mieux qu'une vague de suicides.

— Deux ou trois jours, monsieur, c'est tout ce que je vous demande. Je reviendrai en pleine forme, et je donnerai vie aux filles dix fois plus rapidement.

Il se frotta le coin du sourcil, puis m'examina d'un air paternaliste.

— Vous n'êtes pas malade, au moins ?

Je secouai la tête.

— Simplement fatiguée. Je suis un peu… *ailleurs*. Vous voyez ?

— Je vois, oui. Un petit coup de mou, ça arrive aux meilleurs d'entre nous. Passez aux RH, je vais leur dire de vous accorder soixante-douze heures de break.

L'unique message clignotait toujours sur mon répondeur. J'avais l'impression que la lumière rouge s'était intensifiée, à croire que le message voulait signaler sa présence à l'étourdie que j'étais : *lis-moi, lis-moi, lis-moi !* Je me servis un verre d'eau, l'engloutis comme si je venais de traverser le désert de Mojave, puis j'appuyai machinalement sur le bouton « lecture ». Je m'attendais à entendre ma mère – et mon père derrière elle, atrabilaire écho. Une fois n'est pas coutume, je me trompais lourdement.

Dès le premier mot – de surcroît mon prénom –, je reconnus sa voix. Je fis un bond en arrière, physiquement et dans le temps.

— Clémence, c'est Damien. Damien Coperey. Je suis content que ce numéro fonctionne, ç'a été une galère pour te retrouver. Visiblement, tu as changé de portable. Bon, depuis le temps… Écoute, rappelle-moi. Je n'ai pas changé, moi. De numéro, je veux dire. Rappelle, O.K. ? C'est important.

Je me resservis un verre – de vin, cette fois – calmement, comme si ce message n'existait pas, comme si je ne l'avais pas entendu. Je crois que, d'une certaine manière, je ne l'avais pas entendu. J'étais si désemparée face aux sensations qui, tels des boomerangs, traversaient mon ciel depuis vingt-quatre heures, que mes autres aptitudes semblaient s'être mises en veille. Clémence Blisson, *bing*, était redevenue humaine/*exit*, le superhéros. Je regardai autour de moi, cette maisonnette que j'aimais, que j'avais retapée, repeinte, aménagée, et dans laquelle personne à part moi n'était jamais entré. J'avais l'impression d'y vivre pour la première fois, puisque pour la première fois, elle paraissait réelle. Je tâtais les murs, caressais les meubles, embrassais les vitres. L'atmosphère elle-même avait l'air palpable, j'essayais d'attraper les grains de poussière au creux de ma paume tels des papillons.

J'avais, à nouveau, sans arrêt le vertige.

Je m'installai dans le canapé. Il était doux et profond, comme la bouche de mon homme. Mon cœur se serra. Mes doigts rencontrèrent le bombé du verre. Le verre était froid. J'avais froid. Je bus le vin d'un trait, puis je me relevai pour mettre le chauffage. C'était bien joli, d'être ressuscitée, mais cette histoire allait me coûter une fortune. Les radiateurs, qui n'avaient jamais servi, dégagèrent une puissante odeur de poussière brûlée. J'allumai une bougie – « Épices de Noël » – puis une cigarette. Je sentis la chaleur envahir mes poumons et la fumée, tel un brouillard, remplir lentement ma cage thoracique. Comme le reste, les cigarettes avaient désormais une saveur différente, plus poivrée, plus âpre. Je me resservis un verre. C'était un bourgogne rouge, mon cépage préféré – meilleur ce jour-là que n'importe quel autre jour.

Le vin, frais. La cigarette, chaude. Et mon corps dans l'espace.

J'avais envie de faire toutes sortes d'expériences, mettre mes paumes sur les plaques électriques, me jeter dans l'escalier, me cogner contre les murs, me percer les oreilles avec le tire-bouchon. Je me raisonnais, bien sûr ; j'étais une grande personne.

Presque une grande personne.

Je pensais à Geppetto, sans répit, comme une adolescente. Je pensais à Geppetto si fort que cette pensée oblitérait même le message de Damien. Et je me maudissais, m'insultais de l'intérieur.

(*Triple idiote !*)

Je terminai mon verre, m'en versai un troisième. À la première gorgée, on frappa à la porte. C'était si inhabituel que cela me fit sursauter. D'une démarche mal assurée – moins à cause de l'alcool que du carrelage, prégnant sous mes pieds nus, dur et glissant –, j'allai ouvrir. C'était Christophe, jogging rapiécé et chemise de trappeur.

— Je te dérange.

Peut-être parce qu'il était lui-même une question, Christophe n'en posait jamais. De manière générale, il avait peu d'intonation ; il parlait comme une machine.

Je pensai au livre de Tristan – à « Clémentine », le joli petit robot.

— Pas du tout, répondis-je en dépit de ma surprise. Entre, je t'en prie. Il fait un froid de canard.

Incapable de la moindre discrétion, à peine entré, il regarda autour de lui. Ses yeux scannèrent la pièce, détail après détail ; je crus le voir compter jusqu'aux poutres étroites qui soutenaient le plafond. J'observai ses réactions avec curiosité. Après tout, Christophe était mon premier invité. Mais de réaction, bien sûr, il n'en eut pas vraiment.

— Tu veux boire quelque chose ? finis-je par demander. Un café ? Un soda ?

Il acquiesça, mais désigna du menton la bouteille entamée.

— Un verre de vin.

Comme s'il s'agissait réellement d'un enfant, j'hésitai une seconde. Tout en s'installant dans le fauteuil club en face du canapé (aussi simplement que s'il était venu un bon million de fois et que ce fauteuil était le sien), il dit :

— Je bois, Clé. J'ai vingt-sept ans.

Je souris face à l'évidence, ouvris le placard, sortis un second verre. Je le remplis, puis le posai devant lui sur la table basse. Durant tout ce temps, il plissa le nez avec ostentation.

— Ça pue, chez toi.

— Oui, je suis désolée. C'est le chauffage. Quelque chose ne va pas ?

— Toi, déclara-t-il, quelque chose ne va pas.

Je le dévisageai – ce visage, grands dieux, cet extraordinaire visage. Je bus une gorgée de vin. Il m'imita selon son habitude, le geste décalqué au millimètre près.

— Qu'est-ce que tu racontes ? Tout va bien, je t'assure. Tout va très bien.

Il ricana puis, de l'index, se toucha le bout du nez.

— Ton nez est déjà grand, faudrait pas qu'il s'allonge.

J'avais laissé sur ma fenêtre, quelques semaines plus tôt, un album illustré de *Pinocchio.* Je fus ravie de constater qu'il l'avait lu. Émue, en fait. Alors à mon tour, je me touchai le bout du nez. Christophe, chose rare, se mit à rire. Lorsqu'il riait, c'était une tragédie : on voyait brusquement ce qu'il aurait pu être, ce monde éclatant auquel il appartenait – aurait dû appartenir.

— Je suis un peu fatiguée, c'est tout. Qu'est-ce que tu fais là, toi ?

De la tête, il esquissa un mouvement de rotation, dans un sens puis dans l'autre, comme s'il avait voulu se détendre la nuque. La bouteille était presque vide, aussi entrepris-je d'en ouvrir une autre. Mon regard se perdit un instant dans les motifs hypnotiques de la crédence en azulejos, puis je saisis le tire-bouchon.

— Je t'ai vue passer, dit-il. Tu marchais vite, et pas comme d'habitude.

— Tu es observateur, constatai-je.

Il opina du chef et, malgré son atonie, je crus déceler un soupçon de fierté.

— Je suis observateur, répéta-t-il.

— C'est vrai, concédai-je en me rasseyant dans le canapé. Il s'est passé des choses, ces derniers jours. Des choses de la vie… Et puis, des choses de mon passé. Du coup, je me sens un peu bizarre.

Je coinçai la bouteille entre mes cuisses. L'ouvris – *plop*. Posai le tire-bouchon sur la table.

— Qu'est-ce que tu vas faire ?

Je me grattai la tempe avec l'ongle du petit doigt, exactement comme ma mère lorsqu'elle est contrariée. À vrai dire, que cela concerne Damien ou Geppetto, je n'en avais pas la moindre idée.

— Je ne sais pas encore, murmurai-je dans un haussement d'épaules.

Je vis que la réponse ne lui convenait pas, manquait de précision – ou de panache. Je bus une gorgée de vin, laissant l'alcool rouler au creux de mon palais. Les yeux de Christophe, comme ceux d'un vieil animal immobile, ne me quittaient pas. J'avais l'habitude de son regard intense, mais ce soir-là, il me mit mal à l'aise. Ce regard lisait en moi, me sondait, me traversait, j'étais un coléoptère piqué encore vivant dans la vitrine lumineuse d'un entomologiste. De ce regard, rien à faire, on ne pouvait s'échapper.

— Je vais m'y confronter, bredouillai-je. Régler les problèmes, un par un…

— Et.

Je baissai les yeux.

— Et aller de l'avant, j'imagine.

Sans réaction notable, Christophe goba son verre : on eût dit un poisson avalant une bulle d'air.

— Dacodac, dit-il finalement après s'être léché les lèvres. Il ne faut pas habiter avec les fantômes. Ils ne sont pas méchants, mais ils sont là quand même. Et si tu les laisses faire, ils prennent toute la place.

Selon le maître du scénario hollywoodien, John Truby, un héros digne de ce nom doit systématiquement posséder un «*ghost*». Le *ghost* est, en règle générale, le trauma inaugural que le personnage trimballe, cette chose qui le hante, le plombe, lui pourrit l'existence, l'empêche intrinsèquement d'accomplir son destin. John Truby est très fort – car qui, dans la vraie vie, n'a pas son propre *ghost* ? Pour autant, le mien était si clair et si conscient qu'il n'avait dramatiquement aucune utilité. Tristan, comme tous les artistes, m'avait fantasmée sans connaître la vérité de ce fameux trauma. Je n'étais pas – n'avais jamais été et ne serais jamais – une *héroïne*… De moi, il avait pourtant tiré un best-seller. Dans le fond, j'en étais flattée. Mais cet étrange sentiment de fierté, plutôt mal placé, ne compensait en rien mes regrets ; il semblait même, au contraire, les accentuer. Tristan était quelqu'un d'exceptionnel – drôle, généreux, merveilleusement sain, le genre de personne qu'on peut espérer toute une vie sans jamais croiser sa route. L'existence est un paradoxe troublant : par malheur, l'homme blond avait croisé la mienne avant lui. Mais sans l'homme blond, je ne l'aurais peut-être jamais rencontré.

J'aurais aimé, tout à coup, parler de ces livres à Christophe – celui de Tristan, celui de Truby –, mais je savais qu'il n'aurait pas compris. Ce soir-là pourtant, j'étais presque encline à croire aux fantômes – les vrais. Je frissonnai malgré moi. Comme pour me rassurer, Christophe se leva du fauteuil et vint s'asseoir à mes côtés.

— Comment tu le sais ? demandai-je dans un souffle. Je veux dire, les fantômes… qu'ils ne sont pas méchants ?

— Dans ma maison, il y en a plein. Des fois, ils me parlent. Ils me racontent des trucs, des trucs tellement tristes qu'après j'arrive pas à dormir.

Sur ce, il se passa la main dans les cheveux. Il avait les ongles longs, comme ceux d'un guitariste. Rockeur, aussi – je l'aurais bien vu rockeur, avec des hordes de fans déchaînées qui se seraient jetées sous ses roues pour un simple autographe. Blondes, des fleurs dans les cheveux, des culottes à volants. De jeunes et jolies filles – des filles comme Suzanne.

— Christophe… C'est toi, le vélo de Joseph ?

Ma question l'avait vexé : son visage de cire, comme dans un imperceptible effet de *morphing,* s'était modifié.

— Non.

— Tu peux me le dire… Je ne rapporterai pas, tu sais. Tu peux me faire confiance.

— Je sais. Mais c'est pas moi.

Il se tut un instant, puis se racla la gorge.

— Bobby, dit-il d'une voix sourde.

— Pourquoi tu me parles de Bobby ?

— Bobby, il m'aime pas. Il fait des choses. Il fait des choses et après, il dit que c'est moi. Mais c'est pas moi. C'est jamais moi. Sauf les trucs que tu laisses sur ta fenêtre. Et les slips de Nadine.

— O.K.

Je lui souris, mais son visage ne se décrispait pas.

— Clé. Tu me crois, hein.

— Je te crois, dis-je en posant ma main sur son épaule. Bien sûr, que je te crois.

Sans crier gare, il se jeta sur moi. Avec brusquerie, mit ses lèvres sur mes lèvres. Ses doigts sur mon cœur. Mon cœur explosa, ma tête explosa. Je le repoussai à deux mains, le frappai de toutes mes forces, le griffai, mue par une violence que j'avais oubliée. Christophe se leva précipitamment, les bras écartés, avant de les croiser devant son visage pour se protéger. Il poussait d'atroces gémissements, se balançait d'avant en arrière, pareil aux autistes en crise. Je réalisai soudain qu'il était paniqué. Complètement terrifié, en fait. La peur, la colère, la violence – en une seconde, tout disparut de moi.

— Christophe…

J'avalai ma salive, tentai de me calmer, de ralentir mon cœur. Il s'était réfugié dans un coin de la pièce. Un râle incertain montait de sa gorge – une plainte lancinante émise d'une caverne. Je me levai du sofa avec des gestes calmes, avançai à pas lents, comme on approcherait une bête agonisante tapie dans un ravin.

— Tout va bien. Tout va bien, d'accord ? Tout va bien.

— Tu as peur de moi.

— Non, je n'ai pas peur de toi. Mais j'ai été surprise. Tu comprends ? J'ai juste été surprise.

Il fondit en larmes.

Je ne savais pas quoi faire. Je ne pensais pas Christophe capable de pleurer. Je ne l'avais jamais vu pleurer. J'hésitai un instant puis, terrassée, je le pris dans mes bras. Le berçai, doucement, jusqu'à ce qu'il cesse de trembler.

— Ça va aller. Chut, ça va aller. C'est fini, d'accord ?

— Je voulais pas faire mal, sanglota-t-il. Je voulais pas, Clé.

— Je sais. Tu t'es trompé. Mais c'est fini, maintenant. Dacodac ? Je ne t'en veux pas. Tout va bien.

La porte se referma derrière lui.

Après son départ, j'eus l'impression qu'il n'était jamais venu, que j'avais eu affaire à une apparition.

J'étais un peu ivre, mais quand même.

Très perturbée par sa visite, je pris place dans le siège qu'il avait occupé. Sa chaleur animale semblait avoir imprégné le cuir, ajoutant une nouvelle histoire à l'antique fauteuil club. Je m'inquiétai, envisageai même d'appeler ses parents ; mais pour leur dire quoi ? J'avais trop souffert des gens qui ne tenaient pas leur langue. Christophe, à sa façon, me l'avait fait comprendre : *je suis un grand garçon*. Il avait vingt-sept ans, il saurait gérer cela comme il gérait le reste – les moqueries, la haine, les soupçons, la solitude. Moi, en revanche, je ne gérais rien du tout. Je terminai la seconde bouteille de vin, à une vitesse suicidaire. Puis, enfin prête, enfin saoule, je rejouai le message, qui clignotait toujours, rouge et furieux, sur le répondeur. *Lis-moi, lis-moi, lis-moi.*

— Clémence, c'est Damien. Damien Coperey. Je suis content que ce numéro fonctionne, ç'a été une galère pour te retrouver. Visiblement, tu as changé de portable. Bon, depuis le temps… Écoute, rappelle-moi. Je n'ai pas changé, moi. De numéro, je veux dire. Rappelle, O.K. ? C'est important.

Il pouvait, bien sûr, s'agir de n'importe quoi.

Bien sûr.

Je n'ai jamais cru en Dieu ; en revanche, j'ai toujours cru aux signes.

Et il y avait tant de signes que cela faisait une forêt.

J'ai fouillé les tiroirs de mon secrétaire.

Dans un vieux répertoire relié de cuir sombre, j'ai récupéré son numéro. Je trouvais étrange que, par sécurité, il ne l'ait pas laissé à la fin de son message, mais j'interprétais cette omission comme une sorte de test ; de motivation, peut-être, quelque chose de cet ordre. Il avait fait le premier pas et devait s'assurer que j'étais prête à faire le suivant… Du Coperey tout craché.

Inspirer, expirer.

Composer.

La sonnerie dura longtemps, comme si je voulais contacter un pays étranger, ou même une autre planète. C'était le numéro de chez lui et, tandis que la tonalité m'agaçait les nerfs, j'imaginai le vieux téléphone posé sur cet étrange guéridon hélicoïdal (identifié depuis comme un porte-plantes des années 1970, une fantaisie en laiton et Formica qui, dans ma jeunesse, me paraissait d'une laideur infamante, mais que les chineurs d'aujourd'hui s'arrachent bec et ongles dans les vide-greniers). J'étais sur le point d'abandonner lorsque enfin, il décrocha.

— Allô ?

— C'est Clémence.

J'appuyai sur la sonnette. J'attendis un long moment, peut-être deux ou trois minutes, puis les multiples verrous de la porte blindée se déverrouillèrent. Comme chaque fois, je pensai : « La bobinette cherra. »

— Clémence ! Oh, mon Dieu, Clémence, je suis si contente de te voir !

Ma mère, une serviette fuchsia autour de la tête, ouvrait de grands yeux, pareils à ceux des personnages de dessins animés ; des yeux d'un bleu intense, rendus plus vifs encore par la teinte de la serviette.

— Ben oui, je suis venue, finalement. C'est O.K. ?

— C'est « O.K. » ? Tu plaisantes, j'espère ! Entre, entre donc !

J'entrai et, d'un petit pied gracieux, elle referma la porte pour me serrer dans ses bras. La chaleur de son corps m'irradia des pieds à la tête. À mesure que la sensation de ses bras autour de mes épaules se faisait plus nette, je sentais mes jambes se mettre à flageoler. J'eus si peur de tomber qu'à regret je m'écartai.

— Qu'est-ce que tu fais là, ma chérie ? Nous ne t'espérions pas avant Noël…

— Vous me manquiez. Et puis, j'avais besoin de vacances.

Je tirai ma valise à roulettes dans le couloir style *British* à la con. Derrière moi, le regard bienveillant, inquiet – légèrement suspicieux.

Dans l'appartement de mes parents, rien n'a jamais changé, pas même de place. C'est un décor immobile, éternel, comme figé jadis dans une concrétion d'ambre. D'ordinaire, cet ordre immuable me terrifiait ; pas cette fois. Cette fois, ce fut presque le contraire : il restait encore quelque chose de stable, dans cet univers qui n'en finissait pas de se décomposer.

— Mais, du coup… Tu restes jusqu'aux fêtes ?

— Je ne sais pas encore. Pour l'instant, je suis là, non ? Tu me ferais du café ?

— Oh ! Oui, oui, bien sûr. Je vais me sécher la tête, je te laisse t'installer. Tu me rejoins à la cuisine, d'accord ?

J'entrai finalement dans ma chambre-coquelicots. Depuis mon départ dix ans plus tôt, elle n'avait pas non plus bougé d'un millimètre, prête à m'accueillir. Je savais la chance que j'avais d'être aimée à ce point… Pourquoi fallait-il que cet immense amour m'ait tellement coûté ? La rue au nom d'oiseau était à deux pas, bien sûr. Mais en réalité, je détestais revenir ici parce qu'ici, j'étais à nouveau cette adolescente qui n'avait rien pu dire. À l'époque, naïvement, j'avais cru préserver un peu de ma liberté, sans comprendre que le silence m'enfermerait dans une prison de laquelle, jamais, je ne pourrais sortir. Je m'étais trompée de perpétuité, en somme.

Je défis mes bagages, suspendis grossièrement mes vêtements dans l'armoire pour qu'ils se défroissent. Je n'avais pas emporté grand-chose, mais un assortiment de n'importe quoi : j'étais devenue incapable de faire une valise. Les débardeurs en soie côtoyaient les pulls en cachemire, une robe bain de soleil parfaitement inutile jouxtait une chemise en flanelle qu'on aurait pu acheter dans une station de ski, j'avais six paires de chaussettes, mais pas de chaussures fermées. Cette garde-robe absurde ressemblait à celle des Barbie de Suzanne au temps de leur splendeur. Je souris brusquement en pensant à Chanal ; il devait me maudire. Avant de partir pour ma ville natale, j'étais passée chez le médecin. J'avais joué la carte du burn-out, fragilité psychique, dépression annoncée, suicide potentiel. Une fois n'est pas coutume, mon métier atypique se révéla un allié formidable : peindre des sextoys en forme de top models aurait rendu cinglé n'importe quel bien-portant – voilà, du moins, ce qu'exprimèrent les grands yeux globuleux du brave Dr Meurice. Il me signa dix jours d'arrêt-maladie, après m'avoir prescrit une collection de pilules aux appellations dignes d'un poème de Tzara. J'ai gardé le congé, j'ai détruit l'ordonnance.

Inspirer, expirer.
Affronter le cerbère.

À la cuisine, ma mère me servit un café dans ma tasse d'enfance, un mug en forme de zèbre, la tête de l'animal faisant office d'anse. Je saisis le museau, ouvris la porte-fenêtre, sortis une cigarette de son paquet brillant. Avant qu'elle eût pu dire quoi que ce soit, je soupirai :

— Je sais.

Sa bouche se referma.

— Papa n'est pas là ?

— Il est au garage, la voiture déconne.

— Ah, mince.

J'étais sincèrement désolée : la voiture de papa, c'était toute sa vie, son gagne-pain, son bijou, sa fille de la Clinique. Il s'agissait alors d'une BMW série 7, noire et profilée comme une Batmobile. Je soufflai la fumée vers l'extérieur ; le vent l'emporta lentement en direction du sud. Il faisait gris, ici. Plus gris que chez moi. Plus froid, aussi. Un violent frisson me parcourut l'échine, mais c'était si nouveau que, comme avec mon homme, le désagréable se mêlait à l'agréable. *Habiter la peau de.*

— C'est bien, cette nouvelle coiffure.

Ma mère porta la main à ses cheveux, plus foncés que d'habitude, châtain clair. Elle sourit.

— Tu trouves ?

— Oui. Ça te donne bonne mine.

— C'est gentil. Ta sœur trouve aussi. Heureusement, étant donné que votre père n'a même pas remarqué !

— Oh ! Papa, tu sais…

Je tripotais la rambarde du balcon, l'inox froid et lisse sous mes paumes. Sans m'en rendre compte, je commençai à caresser du bout des doigts les fleurs de la jardinière, un mélange subtil d'hellébores et de primevères, doux comme du velours.

— Clémence… Tu es sûre que tu vas bien ?

Je retirai mes doigts, bus une gorgée de café. Ma mère n'a jamais su faire le café : il était amer – et beaucoup trop fort. Mais il était chaud. Formidablement *chaud*.

— Oui, mentis-je. Très bien. Je suis désolée de débarquer à l'improviste. J'aurais dû appeler.

— Chérie, ta chambre sera toujours là, tu le sais bien.

— Je sais. D'ailleurs, vous devriez en profiter. Je veux dire, c'est idiot, une pièce qui ne sert à rien les trois quarts de l'année…

Elle haussa les épaules.

— À quoi veux-tu qu'elle serve ? Ce n'est pas comme si nous avions des petits-enfants.

Le célibat, faille éternelle.

Pour mes parents – et ma mère en particulier – j'étais (pensais-je) une déception globale. Mais le célibat était l'apogée de cette déception. À ses yeux, je me dirigeais, lentement mais sûrement, vers le statut de *vieille fille*. Prenant de l'âge, reniant ses principes et ses plus grandes terreurs, j'aurais pu parier qu'Annie Lanaud-Blisson m'aurait finalement préférée *fille-mère*. De mon côté, pour une fois, j'avais de l'espoir quant à mon avenir. Avant de partir, je n'avais pas seulement réglé la question du congé-maladie. Aux lendemains du coup de fil de Damien, de la visite de Christophe, du retour en fanfare des sensations perdues, j'avais bien fini par me rendre à l'évidence – *Bon Dieu, Clémence, mais qu'est-ce que tu fabriques ?*

Raphaël, Marc, Yann, Étienne, David, Éric, Julien, Riego, Loïc, Erwan, Romaric, Aimé, Pierre, Benoît. Tristan. Olivier, Karim, Victor, Louis, Vincent, Herman, Serge, Tarik, Manu, Thomas, Greg, Jacques, Paul, Patrick, Dan, Florent – voilà presque seize ans que je l'attends, celui qui brisera le sort ! Et je m'enfuis lâchement sans connaître son prénom ? Prise de panique, j'étais retournée me perdre dans le dédale brique de la ville nouvelle.

Au volant de ma boîte, il m'avait fallu des heures pour retrouver l'immeuble de Geppetto, parmi tous ces immeubles fabriqués à la chaîne – pareils à tous ces hommes baisés en série. Quand je frappai enfin à la porte rouge de l'appartement 3B, je n'obtins pas de réponse. J'imaginai mon homme juché en haut d'un arbre, suspendu aérien en plein milieu du ciel, parlant à l'oreille d'un pauvre palmier malade, lui soufflant des mots doux pour apaiser sa mort.

Je frappai à nouveau. Rien. *Niet. Nada.*

Fichus arbres.

Finalement, je m'agenouillai à même le lino, fouillai dans mon sac, arrachai la page vierge d'un carnet à spirale.

Pardon d'être partie comme ça. Je sais, je suis bizarre. J'ai une explication à mon comportement, mais ça ferait un roman et la feuille est trop petite.

J'aimerais bien te revoir.

Non, en fait, je dois te revoir.

Si toutefois je ne t'ai pas fait trop peur, s'il te plaît, appelle-moi.

Je griffonnai les dix chiffres de mon numéro de portable, signai « Dangereuse » et, sans plus réfléchir, glissai la feuille sous la porte. Je ne sus pas très bien si, après avoir fait cela, je me sentais mieux ou pire. Ce que je savais, en revanche, c'est qu'une vieille habitude avait réapparu : j'avais déguisé mon écriture. Au lycée, je le faisais tout le temps – j'en avais une distincte pour toutes les matières. Mon écriture naturelle était réservée au français mais, pour les autres cours, je la trafiquais de diverses manières : ronde pour l'anglais, penchée pour la philo, en capitales pour les sciences, décorée pour l'histoire, etc. Si quelqu'un avait aligné tous mes classeurs sur une table, il aurait pensé qu'ils appartenaient à huit filles différentes. À l'époque, je me sentais schizophrène, et c'était ma façon de le dire sans le dire. Je n'avais pas fait cela depuis des années, mais l'homme sans prénom hérita de l'écriture « philo ». Sans doute parce qu'elle m'avait toujours semblé la plus élégante.

Depuis, je fixais mon portable, dans l'espoir improbable d'un signe de Geppetto.

En marchant vers le poste de police, j'avais envie de mourir. Au moins, de reculer. De prendre le train dans l'autre sens. La vie dans l'autre sens.

Si c'était *lui* ? Qu'avait-il fait, ces quinze dernières années ? Comment l'avaient-ils arrêté ? Pour quel(s) forfait(s) ?

Damien, au téléphone, n'avait rien voulu me dire.

— Ne t'emballe pas, Clémence. Je ne suis sûr de rien. Mais quand tu seras là, on fera un tapissage.

Un *tapissage*.

J'imaginai l'homme blond encollé contre le mur d'un commissariat de ma ville natale, des rouleaux de papier peint ornés de feuilles mortes le couvrant peu à peu, jusqu'à ce que sa silhouette disparaisse entièrement sous la toile – excroissances inhumaines distordant les motifs aux couleurs automnales.

Dans le ciel bleu, les nuages fragmentés ressemblaient à des squelettes de ptérodactyles, des colonnes vertébrales d'animaux disparus. J'avais, moi aussi, envie de disparaître. Je ne serais pas lâche, pas cette fois, mais j'étais fragmentée, pareille à ces nuages, écrasée par des sentiments contradictoires.

J'espérais que ce soit lui.

J'espérais que ce ne soit pas lui.

Je ne savais quelle case cocher.

Si c'était *lui*, que faire ? Je n'étais même pas un témoin officiel. Je remarquai alors un croissant de lune pâle, comme sa marque de naissance, accroché dans l'espace en plein milieu du jour.

☑ Lui

— Bonjour.

L'officier leva les yeux, tiqua face aux miens – ce léger embarras que j'ai vu toute ma vie.

— Oui, mademoiselle ? Qu'est-ce que je peux faire pour vous ?

— En fait, j'ai rendez-vous. Avec le Commandant Cop…

— Avec moi.

Damien venait d'apparaître, de nulle part, semblait-il, exactement comme il l'avait fait dans la rue mal famée quatorze années plus tôt. Bien qu'à deux doigts de la retraite, en dehors d'une paire de lunettes à monture métallique, il n'avait absolument pas changé. *À croire qu'il a toujours été vieux*, pensai-je sans le vouloir. Peut-être avait-il pris, simplement, un léger embonpoint. Mais ses avant-bras, secs et bronzés, étaient toujours forts, deux branches de séquoia jaillissant comme de terre d'une chemise couleur sienne aux manches retroussées. Nous nous regardâmes un instant en silence, émus de nous revoir.

— Tu es ravissante, Clémence.

— Je ne suis pas ravissante, murmurai-je. Je suis terrorisée.

Il hocha la tête.

— Je sais. Viens, suis-moi.

Je le suivis jusqu'à son bureau, une pièce minuscule dans laquelle son grand corps semblait se mouvoir avec difficulté. Il s'installa derrière la table, désigna une chaise. En m'asseyant, je me demandai si l'homme blond avait posé ses fesses au même endroit que les miennes. Je me crispai d'instinct et m'installai tout au bord de l'assise. Comme si des sous-titres s'étaient incrustés au bas de mon visage, Damien me sourit.

— Détends-toi, dit-il. On ne l'a pas interrogé ici.

Je regardai autour de moi. Le bureau était aussi encombré que son appartement : piles de dossiers, feuilles volantes, Post-it roses. Une vieille affiche de la Sécurité routière était scotchée au mur, Karl Lagerfeld en gilet jaune et smoking noir au bord d'une route obscure, sa voiture à l'arrêt en guise d'arrière-plan. Je souris malgré moi en lisant le slogan – «C'est jaune, c'est moche, ça ne va avec rien, mais ça peut vous sauver la vie» –, puis mon sourire disparut lorsque je me rappelai où je me trouvais, et surtout pour quelle raison. J'avais froid, puis chaud, puis froid, puis chaud. Je sentais la sueur rouler comme une larme le long de ma colonne. Damien m'observait avec une sorte de curiosité; de trouble, plutôt. Je me déshabillai, écharpe, pull, manteau. Bientôt, je ne portai plus sur mon jean qu'un caraco de soie beige.

— Tu as changé, Clémence.

Je baissai les yeux sur le bleu écorché qui habillait mes cuisses. Je savais qu'il savait, mais je voulais qu'il demande.

— C'est revenu, n'est-ce pas ?

— Vous aviez raison, murmurai-je, perdue dans la trame du jean comme dans un labyrinthe. Mais le plus bizarre, c'est que c'est revenu cette semaine. En fait, je crois que c'est revenu au moment même où vous me laissiez le message.

— C'est une drôle de coïncidence.

Il avait tenté de garder un ton neutre mais son timbre avait légèrement déraillé. Damien aussi, supposai-je, voyait cela comme un signe. C'est lui. C'est bien *lui*.

— Alors ? demandai-je d'une voix blanche. Que s'est-il passé ?

— Nous allons d'abord faire la séance d'identification. Si ce n'est pas ton agresseur, je ne peux pas te parler de l'affaire.

— Pourquoi vous pensez que c'est lui ?

— Quand on l'a arrêté, j'ai ressorti le portrait-robot. Tu te souviens ? Celui qu'on avait fait, à l'époque ?

Je hochai la tête – comment oublier *ça* ? Il sourit.

— Tu as une bonne mémoire, je suis bon en dessin : même après quinze ans, la ressemblance est frappante. Le regard, la marque de naissance… Et puis, il y a des similitudes dans le mode opératoire.

— C'est-à-dire ?

— Écoute, attendons d'être sûrs, d'accord ? Tu veux boire quelque chose ? Un café ?

Je secouai la tête. Mes mains tremblaient, mon cœur cognait à s'en décrocher ; un café là-dessus et je frisais l'infarctus.

— Un verre d'eau, balbutiai-je. Je veux bien un verre d'eau.

Il se leva. Avant de sortir, il posa sa main sur mon épaule. Le contact fut exactement tel que je l'avais imaginé. Puissant, rigide, désagréable et impressionnant à la fois.

— Ça va aller, dit-il. Quoi qu'il arrive, ça va aller. Tu me crois, n'est-ce pas ?

Je respirai aussi profondément que possible, mais mes poumons me semblaient deux ailes noires sur le point de s'enflammer. J'aurais pourtant tué pour une cigarette – et je maudis le panneau qui me l'interdisait.

— Oui, Damien. Je vous crois.

Je ne le croyais pas, bien sûr. Il disait « ça va aller » de la même manière que je l'avais dit à Christophe. *Ça va aller*, c'est du vent, rien que du vent. *Ça va aller* veut dire l'exact contraire de ce que ça dit. *Ça va aller* n'est qu'un mensonge.

Mais Damien disparut dans le couloir, et je tentai vainement de me concentrer sur le nœud papillon de Karl Lagerfeld.

Accompagnée du Commandant et d'un autre policier, beaucoup plus jeune, lisse et gringalet comme un adolescent, j'entrai dans la pièce. Une femme en tailleur strict était déjà présente. Peut-être un juge, un procureur, un avocat ; je n'en savais rien, et je m'en foutais. Il régnait dans la salle une odeur étrange, un mélange de sueur et de larmes – du moins, telle fut mon impression. À peine entrée, il me sembla que les murs s'effritaient, se distordaient, qu'ils allaient tomber en poussière.

— Tu peux les voir, Clémence. Mais eux, ils ne peuvent pas te voir. Tu ne risques rien. Tu comprends ?

J'avais vu des films, des milliers de films – j'étais au courant. Mais la poussière des murs rampait dans la pièce, se répandait rapide tel un neurotoxique en poudre volatile, emplissait mes narines, saturait mes poumons. Je respirais trop vite, le cœur pris de panique.

— Tu es prête ?

La pellicule de poussière, maintenant, me couvrait tout entière comme un manteau de cendres.

Inspirer, expirer.

Affronter le kraken.

Je regardai les hommes alignés contre le mur – et instantanément, j'eus besoin de compter. Un, deux, trois, quatre, cinq, six. *Si je ne compte pas, je vais mourir.* Sept, huit, neuf, dix.

Onze.

Parmi les distracteurs derrière la vitre sans tain, il ne me fallut pas plus d'une nanoseconde pour le reconnaître. Il avait vieilli, bien sûr, mais le regard est la seule chose qui ne vieillit jamais. Miroir de l'âme, *mon cul* – au fond de ces yeux-là, il n'y avait pas d'âme. Je le fixai pourtant, droit dans le brouillard, avec une assurance dont je me serais crue incapable quelques instants plus tôt ; la peur m'avait quittée. En réalité, je ne ressentais rien, ni angoisse, ni frayeur, ni colère. À l'inverse, mon enveloppe corporelle se déliait comme une pelote de laine, la peau écorchée, hérissée, sensible au moindre fragment d'air. Je n'avais plus d'émotions, mais les sensations étaient omniprésentes. J'étais un corps sans conscience, sans passé, sans futur, j'étais à moi seule le verbe « sentir » – j'étais le Présent, dans sa toute-puissance.

Il ne te voit pas, Clémence. Le porc ne te voit pas.

Dans les westerns, ou bien les films d'action, le héros se retrouve toujours face à son bourreau et lui dame le pion dans la grande scène finale. Face au regard-brouillard de cet homme qui m'avait tant volé, j'étais le contraire de moi-même ces quinze dernières années ; chaque pore de ma peau avait l'air d'un trou noir dans lequel toute molécule d'espace se trouvait aspirée. J'étais enfin le héros dans la grande scène finale – cette scène que j'avais attendue la moitié de ma vie. Les autres figurants n'existaient plus, oblitérés, vaporisés, je ne voyais que lui, comme autrefois – sa mâchoire carrée suspendue dans l'espace.

C'est dégueulasse.

Je quittai le miroir des yeux pour regarder les flics.

— Le 3.

Il y eut un long silence, à tel point que je ne fus pas certaine de l'avoir dit tout haut. Recouvrant mes esprits, je répétai :

— C'est lui, Damien. Le 3.

— Tu es formelle ? me demanda-t-il d'une voix d'outre-tombe.

— À cent pour cent.

Il soupira, se passa la main derrière la nuque, tandis que le singe épileptique reprenait sa polka au fond de ma poitrine. La pièce tout entière brasillait d'effroi.

— Qu'est-ce qu'il a fait ? murmurai-je dans un souffle, le cœur soudain trop dense, telle une énorme méduse qui enflait dans ma gorge.

Damien se détourna, le jeune flic esquissa un sourire contrarié, plus proche du rictus, avant de proposer :

— Sortons d'ici, voulez-vous ?

Je pensais que nous allions retourner dans le bureau de Damien, mais ils m'emmenèrent dans une autre salle, vaste et complètement nue. Il n'y avait qu'une table ovale dont le revêtement plastifié imitait le marbre, entourée de sièges métalliques aux allures d'araignées. Je songeai subitement aux sculptures monumentales de Louise Bourgeois. Le Commandant tira une chaise ; elle crissa sur le sol, hurla dans l'espace comme une mère affolée. Du menton, il m'intima de m'asseoir. Je n'obéis pas : la colère remontait lentement, par paliers, tel un scaphandrier tiré vers la surface.

— Dites-moi la vérité. Ça fait quinze ans que j'attends alors maintenant dites-moi la vérité.

— Mademoiselle, lâcha un peu sèchement le jeune policier, vous n'êtes pas obligée de subir tous les détails. À l'époque, vous n'aviez pas signalé l'agression. C'est trop tard pour porter plainte.

Il jeta un coup d'œil vers son supérieur, avant d'ajouter d'un ton cassant :

— Vous ne devriez même pas être là.

Sur l'instant, j'avais mal compris ce qu'il venait de dire. À l'évidence, il s'agissait d'un reproche à l'encontre de Damien, qui avait dû faire des pieds et des mains pour autoriser ma présence. Mais moi, j'entendis cette phrase comme *Vous devriez être morte.* Mes poings se serrèrent, et je sentis bientôt mes ongles s'enfoncer dans la chair.

— Je m'en fous. Je veux juste savoir, vous comprenez ? J'ai besoin de savoir.

Les deux lacs de montagne du Commandant Coperey se vidèrent sur moi.

— Assieds-toi, ordonna-t-il. S'il te plaît, Clémence.

Maintenant, j'avais froid. Je regrettais mon pull, mon écharpe, mon manteau, maudissais mes nu-pieds et cette valise absurde. Je m'exécutai ; le contact de la chaise acheva de me frigorifier. Leurs regards en disaient long et je m'attendais au pire. J'aurais tant aimé qu'il s'agisse simplement d'une blague de Suzanne, d'une Suzanne d'antan espiègle et minuscule. Mais je savais bien que ce n'était pas le cas, que le pire cette fois était un pire réel. Après un silence qui me parut sans fin, Damien ouvrit la bouche.

— Nous, dit-il en remontant de l'index ses lunettes sur son nez, on l'avait baptisé le « violeur des dortoirs ». Parce qu'il agissait sur des sites de colonies de vacances.

Le Commandant leva les bras, très haut, emmêla ses dix doigts et fit lentement craquer les os de ses vertèbres. Un son de branches cassées rebondit contre les murs. Il me sembla qu'une bête sauvage, monstrueuse, se frayait un chemin à l'intérieur de lui.

— Toujours ? demandai-je dans un souffle.

J'avais l'impression d'être fabriquée dans une matière étrange, à la fois molle et glacée, une pâte à modeler qu'on aurait oubliée au réfrigérateur mais qui aurait gardé, par quelque aberration, son élasticité.

— Eh bien, c'est ce qu'on croyait, répondit son collègue d'un air énigmatique, comme s'il cherchait à ménager le suspense. *Avant vous…*

Ainsi libérée des lois de la physique la plus élémentaire, je me mis à trembler – mémoire cellulaire, neurones paralysés.

— J'ai froid, murmurai-je. Je peux aller fumer ?

Si je ne fumais pas, j'en étais sûre, j'allais me désintégrer.

— Comment l'avez-vous trouvé ?

Une tasse de thé fumant arriva devant moi, accompagnée de mon pull que Damien avait récupéré dans son bureau. Il le posa sur mes épaules, délicatement, puis se retira dans un coin de la pièce. Le jeune flic, lui, se rassit de l'autre côté de la table. Il était lieutenant et s'appelait Nasio. Lieutenant Baptiste Nasio. Il n'avait pas du tout une tête à être dans la police. Mais je n'avais pas non plus la tête d'un assassin.

— Malheureusement, on n'y est pas pour grand-chose, dit-il dans un soupir, après avoir avalé une gorgée de café. Le mec s'est grillé tout seul.

J'attendis sans mot dire.

— D'habitude, il portait une cagoule, des gants. Il mettait des capotes, ne laissait aucune trace… Jamais rien d'exploitable, on s'arrachait les cheveux.

— L'impuissance, intervint Damien, y a pas pire. Ça rend dingue, l'impuissance. Pour être honnête, ça faisait un moment que j'avais fait le lien entre notre gars et ton gars… Mais on ne connaissait pas son identité, on n'était même pas sûrs de le coincer un jour.

— Ouais, renchérit Nasio. À part espérer qu'il fasse une connerie la fois d'après, tout ce qu'on pouvait faire, nous, c'était du recoupement. À chaque plainte, on sentait bien que c'était le même mec. La cagoule, le couteau… et le vocabulaire.

Je sentis le sous-texte et la méduse au fond de ma gorge se remit à onduler. Nasio planta son regard dans le mien. Il avait des yeux noirs, insondables, deux billes de néant. L'homme au couteau avait le regard-brouillard ; Baptiste, lui, avait le regard-ténèbres.

— Entre autres, continua-t-il, ce mec demandait aux filles de compter. Pendant qu'il s'enfuyait, il demandait aux filles de compter jusqu'à cent.

Il inspira un peu trop fort, avant d'articuler :

— Un, deux, trois, quatre, cinq, six… Vous imaginez ?

Un instant, j'eus l'impression que tout ça l'amusait. Qu'il avait choisi le bon camp, mais qu'il aurait pu tout aussi bien choisir le mauvais. *Cochez la case.*

— Et puis, il aimait beaucoup certaines expressions, poursuivit-il comme si de rien n'était. « Petite salope », « petite pute »… par exemple.

J'avais de plus en plus de mal à respirer, mais je demandai quand même :

— Qu'est-ce qui a changé ? Qu'est-ce qui s'est passé, pour que vous l'arrêtiez ?

Nasio se posa une main sur l'avant-bras, dans un geste étudié, presque majestueux, puis pencha la tête sur le côté. Malgré son allure juvénile, ce type me faisait peur. Comme l'homme blond, Nasio me faisait maintenant terriblement peur. Il ricana.

— Ce qui s'est passé ? Il a fini par la faire, la connerie. Il a attaqué une fille plus âgée. Une fille qui s'est battue plus fort que les autres.

— Battue... ?

— Elle l'a frappé, griffé. Comme une tigresse.

Je dus blêmir, car Damien se tourna vers moi :

— Et il l'a tuée. Il n'avait encore jamais tué, Clémence. Elle s'est battue, il l'a tuée.

L'information fit lentement le tour de la pièce, comme un nuage de gaz.

— On ne sait pas exactement ce qui s'est passé, poursuivit Baptiste d'un ton professionnel, mais c'est comme ça qu'on l'a chopé. La Scientifique a trouvé son ADN sous les ongles de la victime. Il était fiché pour une bêtise, une bagarre de bar, il y a deux ans : il avait pris six mois ferme et une belle place dans le FNAEG. Parfois, soupira-t-il, ça ne tient pas à grand-chose.

Il y a deux ans.

S'ils avaient trouvé quelque chose sur moi, ils auraient fait le lien deux ans plus tôt. S'ils avaient trouvé quelque chose sur moi, cette fille ne serait pas morte. Dans ma tête, les informations se bousculaient. Instinct de survie, mon cerveau faisait le tri n'importe comment, cherchant à éluder la nouveauté majeure – *il a tué* – en se concentrant sur les détails techniques.

— S'il ne laissait pas de traces, murmurai-je, comment vous lui attribuez les viols ?

— Parce que tout correspond. Le mode opératoire, le profil des victimes, sa présence vérifiée aux dates des crimes à proximité des lieux… Et puis, certaines filles ont reconnu sa voix. Sa voix… et ses yeux.

Ses yeux.

— Évidemment, l'interrompit Damien, s'il avouait, ce serait mieux. Parce que, en réalité, on ne peut rien prouver.

Nasio hocha la tête d'un air dépité.

— C'est sûr. Mais la bonne nouvelle, c'est que pour le meurtre, aveux ou pas, il est cuit.

Je n'étais déjà plus que l'ombre de moi-même, mais je me forçai à demander :

— Combien de viols ?

Damien, réprimant un soupir, se décala vers la fenêtre pour éviter de me faire face. Il regarda dehors, mais on ne voyait rien de l'extérieur, juste un ciel gris, vide et métallique. Baptiste, lui, se gratta le cuir chevelu. Je me fis la réflexion qu'il serait chauve trop tôt ; l'esprit, parfois, est une chose ridicule.

— Ces treize dernières années, répondit-il, on lui en attribue sept. Sept dont on est sûrs, j'entends. Mais sans doute beaucoup plus.

Affolée par le chiffre, je me tournai vers Damien. Il y avait une auréole entre ses omoplates, un ovale de sueur qui s'agrandissait lentement sur l'ocre marécageux de sa chemise froissée.

— Beaucoup plus… ?

Le Commandant fit volte-face, comme s'il avait senti mon regard se poser sur sa nuque.

— Les victimes, murmura-t-il, ne portent pas toujours plainte.

J'étais sous le choc, la conscience terrassée. Pourtant, comme ces téléspectateurs qui regardent en boucle les émissions de faits divers, je voulais tout savoir, même le pire – surtout le pire. J'avalai ma salive avec difficulté.

— Et depuis deux ans ? Combien, depuis deux ans ?

— Un seul, répondit Damien un peu trop vite, comprenant où je voulais en venir.

— Plus le meurtre, bien sûr, ajouta Nasio avec, me sembla-t-il, un plaisir coupable.

Damien lui décocha un regard de tueur, le regard le plus méchant que j'aie jamais vu. Le jeune flic s'enfonça dans sa chaise-araignée en broyant son gobelet vide. Je ne lui en voulais pas, moi : il avait raison.

— Elle avait quel âge ? La fille qui est morte ?

Baptiste n'osant plus ouvrir la bouche, Damien soupira avant de me répondre.

— Dix-neuf ans.

C'était un cauchemar, un absolu cauchemar. J'aurais voulu que la terre s'ouvre, m'engloutisse. J'avais les cheveux rouges et le regard vairon, mais ce n'était pas cela qui faisait de moi un monstre.

— Je vais vomir. Je crois que je vais vomir.

Je me levai.

— Clémence !

Je me précipitai dans le couloir, affolée, me réfugiai dans les toilettes. Je réalisai confusément que je me réfugiais toujours dans les toilettes. On a l'abri qu'on mérite, je suppose.

Enfermée dans la cabine, j'avais des haut-le-cœur – mais je ne vomis pas. Je n'avais pas envie de vomir : j'avais envie de mourir. Je pensais que ma vie était une catastrophe, mais je ne savais pas, *pas du tout*, ce qu'était une catastrophe.

Je lançai ma tête contre la cuvette.

Je cognai. Fort, très fort.

J'entendis, je crois, les os se briser – *se casser, se fracasser* – mais les mots, déjà, ne se formaient plus dans le bon ordre. Deux ans, sept viols, plus, sûrement plus, dix-neuf, battu, griffé, sous les ongles, je cognai encore, encore et encore, je voulais que mon cerveau se détache, coule par mes oreilles et tombe dans l'eau des chiottes, disparaisse dans les égouts, je voulais me punir, mes neurones explosés dans les souterrains au milieu de toute cette merde à laquelle ils appartenaient, je voulais disparaître, simplement disparaître, j'avais mal, tellement mal, et les coups sur mon front n'étaient rien, caresses comparées à ce que je ressentais, cette honte abyssale, sans contour et sans fond, la certitude intolérable d'être, définitivement, une abomination (et soudain cette idée, vertigineuse, insoutenable – *les sensations sont revenues pour que je paye*), alors je frappe encore encore et encore ne peux plus m'arrêter ne veux plus sentir rien sentir comme *avant* rien sentir être une poupée un morceau de plastique vagin interchangeable, fiction, chiffon, celluloïd, une main brusquement empoigne mes cheveux – Qu'est-ce que tu fous, bordel ! – un bras-séquoia, camisole, me tire, m'étire, m'arrache, l'eau glacée sur mon visage, mon crâne, le blanc immaculé de la faïence, le filet de sang qui tourbillonne, rouge, tellement rouge, autour de la bonde brillante, Nasio, appelle les secours, quelle conne, c'est pas vrai, mais quelle petite conne…

Quelle sale petite conne.

— Marie, dit l'homme, ne reste pas comme ça. Rentre, tu vas prendre froid.

Assise sur un rocking-chair que le vent pousse lentement comme une balançoire, Marie ne bouge pas.

— Tête de mule !

Agacé, l'homme secoue la tête et rentre dans la maison. Il aimerait être capable de se mettre en colère, maugrée de se sentir artichaut à ce point.

Le vent se durcit et berce Marie plus fort, si diablement légère – une plume. Les blés au loin se couchent, vacillent en miroitant, semblent des rivières blondes auxquelles ses beaux cheveux bientôt viennent se mêler. La toison hâve du monde se prépare à l'orage, le carillon d'écume entame une mélodie sous le porche en bois blanc, le ciel s'assombrit, des morceaux d'atmosphère peu à peu se détachent, migrent en sautillant et brusquement explosent.

Dieu ne réclame rien, il s'exprime.

L'homme ressort au pas de course un châle à la main, deux enfants à sa suite comme des gardes du corps – deux petits orphelins au teint de porcelaine et aux scalps cousus de boucles très serrées.

— Maman, rentre avec nous. S'il te plaît, maman. Rentre.

Mais Marie ne dit rien, comme toujours ne dit rien, muette de naissance. Elle n'a pas peur, jamais, elle regarde les champs qui s'animent sous ses yeux, sans cligner, courageuse, invincible, le spectacle est si beau, on dirait un tableau, une eau-forte – un miracle. Derrière eux, en un coup, l'obscurité avale les lumières colorées, le sapin clignotant brusquement disparaît dans toute sa hauteur. Le rocking-chair s'affole et l'homme se précipite, prend Marie dans ses bras, la porte à l'intérieur.

— Je suis là, mon ange. Tu ne risques rien, personne ne risque rien, c'est seulement un orage.

Les enfants – un garçon et une fille, beaux comme des gravures – se coincent côte à côte sous la grande table ovale. À l'horizon bientôt un cyclone se forme, une corne d'abondance fabriquée de blizzard. L'homme installe Marie au fond du canapé, il voudrait hurler contre ce mutisme que rien ne peut tuer, il aimerait vomir, bile noire, cette immortalité en forme de déesse.

— Parle, bon Dieu ! On va crever, Marie, tu comprends ? Je t'en supplie, parle, rien qu'une fois dans ta vie !

Mais les deux framboises mûres qui lui servent de lèvres ne renferment rien d'autre qu'une armée d'araignées qui, lentement chassées par le déluge en marche, s'éloignent en colonie le long de son menton.

Le froid, les astres décrochés.

Ce que je vis en premier fut le visage de ma mère, penché au-dessus de moi comme l'éternité.

Je portai la main à ma tête. Je ne sentis pas mes cheveux, c'était lisse et ouaté. Il y eut un cri, mais cela ne ressemblait pas au cri d'un être humain. Dans le blanc tout autour, des formes s'agitaient, des ombres, des éclats métalliques. Il y avait des voix qui s'alliaient à des souffles, des lumières tournoyantes comme des soleils voilés. Quelque chose martelait mon crâne, sans arrêt, le sang pulsait derrière mes yeux comme s'il voulait gicler à l'extérieur de moi en geysers affolés et – brusquement – tout me sembla limpide.

J'étais à la Clinique, installée sur le fauteuil inclinable, exactement comme dans mes cauchemars. Je reconnaissais l'odeur (l'alcool, les produits chimiques, le plastique, la peinture). J'essayai de bouger mais je ne pouvais pas. J'essayai de parler mais je n'y arrivais pas. J'essayai de regarder, mais je ne voyais rien.

Du noir, à l'infini.

Je n'étais qu'une poussière dérivant dans l'espace.

Ma mère était toujours là, mais mon père également, ainsi que Suzanne dans une petite robe à fleurs, ceinturée à la taille par une sangle rouge pivoine. J'entendis dans le vague ma mère appeler à l'aide – un médecin, une infirmière, vite, quelqu'un, elle a ouvert les yeux, Seigneur, elle a ouvert les yeux.

Sept viols, *certainement plus*. Un meurtre.

Je refermai les yeux.

Presque seize ans après la rue au nom d'oiseau, j'allais devoir leur dire – et je regrettai de m'être réveillée.

Un, deux, trois, quatre, cinq, six.

Sept.

— Clémence, vous m'entendez ? Clémence ?

Je perçus une nouvelle agitation, le va-et-vient d'une intense lumière sur mon visage. La voix était douce, ferme mais douce. Lever les paupières me demanda un effort considérable, comme si elles étaient cadenassées par une énorme chaîne. Sous la blouse blanche, l'homme au-dessus de moi avec sa petite lampe-torche portait une chemise mauve étranglée d'une cravate lie-de-vin, un pantalon pied-de-poule, le tout d'une extravagance légèrement surannée. Il avait une bonne tête, ronde et glabre, pareille à celle d'un poupon en plastique. Un poupon d'une cinquantaine d'années, au demeurant. J'avais du mal à être certaine d'être réveillée, tant ce personnage avait l'air d'une fiction.

— Suivez la lumière. Voilà, parfait, c'est parfait. Combien j'ai de doigts ?

— Trois.

— Excellent ! Comment vous sentez-vous ?

— J'ai mal au crâne.

— En même temps, vous l'avez un peu cherché.

Il sourit et, par mimétisme, je souris à mon tour.

— Elle va bien ? demanda ma mère, trémolos dans la voix.

— Elle va s'en remettre. Physiquement, en tout cas.

Le médecin – bien réel – se retourna vers moi.

— Le psychiatre passera vous voir dans l'après-midi.

— Je ne veux pas de psychiatre.

— Ce que vous voulez, ma belle, n'est pas à l'ordre du jour. À moins que vous n'ayez envie de rester chez nous *ad vitam æternam*. Cela dit, c'est vrai, c'est une jolie chambre, entièrement rénovée et orientée plein sud…

— C'est bon, murmurai-je. J'ai saisi l'idée.

— Merveilleux. Dans ce cas, je vous laisse aux bons soins de votre famille.

— Docteur, attendez… Mes cheveux… Vous ne m'avez pas rasé la tête, dites ?

Il figea son mouvement puis, amusé, me regarda comme un être humain pour la première fois.

— Et coquette, avec ça ! Mais non, rassurez-vous. Par contre, vous avez de magnifiques points de suture. Et de superbes bosses. Vraiment, je vous félicite. C'est du beau travail.

Dans un dernier sourire, le médecin quitta la pièce. Je me retrouvai face à six yeux (anxieux-tristes-bienveillants-suspicieux) qui, telles des caméras de vidéo-surveillance première génération, me scrutaient fixement.

— J'ai dormi longtemps ?

Ma mère, atterrée, secoua la tête.

— Enfin, Clémence… Tu étais dans le coma !

Je levai la main droite en signe de reddition. Mon bras truffé de tubes me fit grimacer. Au moins, les sensations n'avaient pas disparu.

— Bon, j'ai été dans le coma longtemps ?

— Soixante-douze heures. Plus ou moins.

— Ah ouais. Quand même.

J'essayai de plaisanter mais bizarrement, je me sentis un peu seule.

— On peut savoir ce qui t'a pris ? demanda mon père, passant brusquement de l'inquiétude à la colère.

— Je suis désolée.

— Tu es désolée ? La police nous annonce que tu es à l'hôpital, en arrivant ici on apprend que ce n'est pas un accident, on ne sait même pas si tu vas te réveiller, ta mère a failli faire une attaque – et tu es *désolée* ?

— Papa…, murmura Suzanne en lui posant la main sur l'épaule.

— Ça va, ça va… Mais bon sang, Clémence ! À quoi tu pensais ?

Je fermai les yeux, très fort, le plus fort possible. Au revers de mon crâne, je voyais encore la tornade gracile dévaster les champs de blé. J'aurais aimé me téléporter dans l'œil du cyclone – l'autre cyclone.

— Vous avez vu Damien ?

— Qui ça ?

— Damien… Le Commandant Coperey.

— C'est lui qui nous a prévenus.

— Qu'est-ce qu'il vous a dit ?

— Pas grand-chose. C'est bien pour ça qu'on attend une explication de ta part.

Je rouvris les yeux, désespérée. Tout ce que je voulais, c'était qu'ils s'en aillent. Vite. Tous les trois.

— Je suis fatiguée, papa. On ne pourrait pas en parler plus tard ?

— Elle a raison, Michel, murmura ma mère d'une voix apaisante. Il faut la laisser se reposer.

Ma mère était soulagée, mon père hors de lui : rien de surprenant. Le problème, c'était ma sœur. Tout ce que je pouvais lire dans son regard était une immense déception mâtinée de frayeur. D'ailleurs, Suzanne n'avait presque pas ouvert la bouche ; elle se tenait en retrait, tout près de la sortie, comme si ma folie risquait d'être contagieuse.

— Ma puce, demanda ma mère, ça va aller, n'est-ce pas ?

Au moins usait-elle du « Ça va aller » en mode interrogatif… Je hochai la tête – que faire d'autre ? J'avais une boule dans la gorge, je ne voulais plus parler. Ma sœur était déjà dans le couloir ; mon père grogna un vague « À plus tard » avant de la rejoindre. Maman, elle, me regarda en secouant la tête.

— Quelle histoire.

— Je suis désolée, répétai-je.

Enfin, je me retrouvai seule. Je regardai autour de moi, la pièce blanche, les petits croisillons de la toile à peindre en relief sur les murs, la télévision en lévitation face au lit, la perfusion qui gouttait lentement à mes côtés dans sa poche en plastique, la tablette roulante sur laquelle reposait un bouquet de marguerites (mes fleurs préférées) dans un broc translucide… et, brusquement, j'eus terriblement honte.

Bon Dieu, Clémence, mais qu'est-ce que tu fabriques ?

Je sentis les mouvements de mon cœur, comme un petit bateau ivre poussé par le vent. Je me demandai où était mon téléphone portable. J'ouvris le tiroir de la table de chevet ; il était vide. Enfin, pas tout à fait : il y avait une Bible, comme dans les motels américains. *Rassurant*, me dis-je. Je me levai avec précaution en saisissant le pied de la perfusion monté sur roulettes. J'avais si mal à la tête qu'il m'était difficile de garder les yeux ouverts : j'avais l'impression que mon cerveau jouait au squash à l'intérieur de ma boîte crânienne. J'allai tout de même inspecter le placard. Mes vêtements y étaient suspendus, mon jean, mon caraco, mon pull, mon manteau, comme des mues de moi-même. Mon sac gisait sur l'étagère du bas. Je l'attrapai avec difficulté ; le fait de me baisser me donnait le tournis. Je trouvai le téléphone, quasiment déchargé. L'écran signalait un texto – numéro inconnu. Ma poitrine fit un bond.

J'AI TUÉ SIX PALMIERS, DANGEREUSE : JE N'AI PAS PEUR DE TOI. ARTHUR.

Raphaël, Marc, Yann, Étienne, David, Julien, Riego, Erwan, Romaric, Aimé, Pierre, Benoît, Tristan, Herman, Serge, Tarik, Manu, Thomas, Greg, Jacques, Paul, Patrick, Dan, Florent… Arthur.

Je n'ai pas peur de toi.

Certes, je lui avais tendu la perche. Pour autant, je réalisai subitement à quel point, et sous nombre d'aspects, il ressemblait à Damien.

Je rangeai le portable dans mon sac.

Arthur. C'était inédit, Arthur.

Miller. Rimbaud. Conan Doyle.

J'avais envie de répondre au message, mais les choses avaient changé : je ne savais pas quoi dire, n'osais même pas imaginer la tête que j'avais. Cette tête pouvait-elle seulement reprendre forme humaine ? Je me dirigeai vers la salle de bains, pressai l'interrupteur. Dans le miroir, mon reflet me glaça. Mon crâne était ceinturé de gaze, des stéri-strips barraient ma pommette comme à l'adolescence, des cernes d'un bleu que je n'avais jamais vu dégoulinaient de mes yeux.

Je n'ai pas peur de toi ? Mon pauvre amour, tu ne sais pas de quoi tu parles.

J'étais sur le point de pleurer, lorsque j'entendis la porte se rouvrir. Ils revenaient ? Ils revenaient déjà ? Pitié – pas *déjà*. Mais c'était seulement Damien.

— Qu'est-ce que tu fiches debout ? En plus, je vois ton derrière.

Je portai précipitamment la main à mes fesses pour resserrer les pans de la blouse. Il s'approcha, me saisit par la taille, m'accompagna jusqu'au lit.

— J'étais curieuse de voir ma tête, murmurai-je. Ma grand-mère avait raison : la curiosité est un vilain défaut.

— Ah, ce n'est pas si terrible, déclara Damien en tirant une chaise. D'ici quelques semaines, tu seras comme neuve.

Je le dévisageai : *mettez-lui une varice, du gel dans les cheveux et trente années de moins…*

Je me trouvais ridicule. Ridicule, et chanceuse. Encore un sentiment qui ne rimait à rien.

— Alors, comment tu te sens ? demanda-t-il.

— À votre avis ?

— Oui, bon. J'ai croisé tes parents.

Il s'assit près de moi sur le lit, délaissant finalement la chaise.

— J'étais obligé de les prévenir, Clémence. Tu nous as vraiment fait peur.

— Vous n'avez pas à vous excuser. C'est ma faute… Comme toujours.

— Justement. C'est de ça que je veux parler.

Je soupirai. Le soupir, même anesthésiée, avait toujours été l'expression que je maîtrisais le mieux.

— Je n'ai pas envie de parler. Le médecin, ma famille, vous… Et le psychiatre, maintenant ! J'ai juste envie qu'on me fiche la paix.

— Très bien, ne parle pas. Mais moi, j'ai des choses à te dire. Et je compte bien te les dire, ma grande.

Ma grande. En une fraction de seconde, je redevins cette adolescente pétrifiée dans son salon, intriguée par le fait qu'il n'y avait pas de sapin.

— Sérieusement, reprit-il. Si j'avais su que tu te mettrais dans un état pareil, je ne t'aurais jamais appelée. Tu avais l'air d'aller bien, et j'ai l'impression de t'avoir foutue en l'air. Les promesses, parfois, c'est très con.

J'allais dire quelque chose, mais il leva la main pour me faire taire.

— Mais ça, Clémence, c'est mon problème. Le tien, c'est que tu te croies responsable de ce qu'il a fait à ces filles.

Je ne voulais pas y penser mais depuis le tapissage, les images m'assaillaient, violentes comme des gifles.

Je voyais des dortoirs meublés rectilignes, des enfants allongées en chemises à motifs, des portes peintes en rose, des veilleuses colorées en forme d'animaux. Mais dans l'ombre portée – éléphant, tigre, gazelle – je voyais le couteau apparaître sur les murs et les cheveux blond-blanc dépasser de la cagoule, je sentais la terreur imprégner les rideaux et découper l'espace en mille zones arides, j'imaginais la proie bâillonnée par cette main qui m'avait tant salie et ces petites camarades qui, comme les voitures, n'avaient rien remarqué.

— Tu ne comprends pas, Clémence. Si tu avais porté plainte, ça n'aurait rien changé. Enfin, si… Pour toi, sans doute. Mais pas pour les autres. Aujourd'hui, on en est sûrs : jusque très récemment, il n'était pas fiché.

— « Jusque très récemment »…

— Ce gars, c'était un courant d'air. Il était hyper prudent, quasiment infaillible. Il nous a baladés pendant des années. Alors, même si on avait trouvé sur toi une trace exploitable – ce qui me semble aujourd'hui proche de la science-fiction –, elle serait restée au fond d'un dossier tellement longtemps qu'on l'aurait oubliée.

Brusquement, je fondis en sanglots.

— Mais si je l'avais griffé, comme cette fille qui est morte… Si je m'étais battue…

— Écoute-moi, bordel ! Le seul coupable, c'est lui. Et si j'ai pu te conforter dans l'idée que tu étais responsable de quoi que ce soit, j'ai fait la plus grosse connerie de ma carrière.

— Je sais…

— Non, tu ne sais pas. Tu ne serais pas là, sinon. Pas dans cet état.

Je me redressai en reniflant. Les fils de la perfusion s'emmêlèrent. Je tirai dessus, ça faisait mal ; j'avais l'impression d'être prise au piège d'une toile d'araignée. Une myriade d'insectes noirs dansait devant mes yeux, prisonniers eux aussi. Je pris une grande inspiration, avant de murmurer :

— Ne vous méprenez pas, Damien. Je suis reconnaissante de ce que vous avez fait pour moi. Je vous remercie de m'avoir appelée après toutes ces années, de m'avoir confrontée à lui, de m'avoir dit la vérité. Et j'ai bien conscience que ça a dû vous causer quelques problèmes…

— Ne t'en fais pas pour ça. En revanche, si tu avais évité de t'estropier sur la cuvette des chiottes, ça m'aurait un peu aidé.

J'eus une violente envie de le serrer dans mes bras. Je ne savais exprimer que le reproche, quand j'aurais voulu lui dire mon infinie gratitude. À défaut, j'essayai tant bien que mal de lui expliquer ma réaction extrême – et a posteriori, extrêmement stupide. Une mort supplémentaire, ça aurait sauvé qui ?

— Ce que je redoutais le plus est arrivé, balbutiai-je. C'est ça, je crois, que je n'ai pas supporté. La certitude que j'avais raison depuis le début, qu'il allait recommencer… Recommencer en pire. Mais si j'avais parlé ? Si j'avais donné son signalement ? Vous l'auriez peut-être retrouvé… C'est possible, non ? Vous auriez pu le retrouver…

— Arrête, avec les « si ». Un jour, quelqu'un m'a dit que les « si », ça ne servait à rien.

— C'est vrai, ça ne sert à rien. Seulement, on ne peut pas les empêcher. Les « si », c'est comme les catastrophes naturelles : quoi qu'on fasse pour s'en préserver, tôt ou tard, elles arrivent. Et elles rasent tout sur leur passage.

Il eut soudain l'air infiniment triste. De la même manière que je l'avais senti, gamine, je perçus le drame courir sur son visage, l'intrinsèque tristesse qui irriguait sa peau comme la lave d'un volcan.

— Damien… Je peux vous poser une question personnelle ?

Il haussa les épaules.

— Oui, vas-y. Ce que tu veux.

— Vous êtes toujours célibataire ?

Il eut un mouvement de recul. Malgré moi, sa réaction me fit rire.

— Ce n'est pas ce que je veux dire. Vous êtes un peu érotomane vous, non ? Je voudrais juste savoir… Pourquoi vous êtes seul ? Ça fait des années que je me pose la question.

La lave sembla alors entrer en fusion, partout, aux contours de ses lèvres, au milieu de son front ; ses yeux même changèrent de couleur, brusquement assombris – un vaste nuage noir au-dessus des grands lacs.

— J'ai été marié, il y a longtemps. Et puis le boulot a pris toute la place. Une affaire… C'était il y a presque trente ans, le meurtre d'une jeune fille.

— Racontez-moi.

Il soupira.

— Il n'y a rien à raconter, on n'a pas trouvé le coupable. Vraisemblablement, on ne le trouvera jamais. Mais cette affaire m'a rendu dingue. On en a tous, des affaires qui nous hantent, c'est le propre du boulot – un clou dans le cœur, on appelle ça. Mais pour ma femme, je n'étais jamais là. Et même quand j'étais là, je n'étais pas vraiment là. Tu vois ce que je veux dire ?

Je pensai à Tristan, à mon histoire avec Tristan – ou plutôt, à notre non-histoire.

— Je vois très bien, oui. Et alors ?

— Alors elle est partie. Elle est même partie très loin. Sur un autre continent.

— C'est tout ?

— Quoi, « c'est tout » ?

— Vous ne l'avez pas cherchée ? Vous n'avez pas fait des pieds et des mains pour la récupérer ?

— Je te l'ai déjà dit, ma grande : la vie, ce n'est pas comme dans les films.

Je me tus, mais je pensai que la vie était une belle salope. Au fond, peut-être était-ce la raison pour laquelle j'avais quitté le cinéma. Au cinéma, même le pire mélodrame a un sens ; tout est *écrit* pour avoir du sens. La vie, elle, en est dénuée.

— Quand même, demanda-t-il, tu n'es pas soulagée de savoir qu'il va finir ses jours en prison ? Qu'il ne touchera plus un cheveu de personne ?

— Si, bien sûr. Vous n'avez pas idée. Mais ça ne répare rien. Les filles, ça ne les sauvera pas.

— La justice, Clémence, ce n'est pas la réparation. La justice, c'est la justice.

Damien avait l'art des phrases définitives et le goût du dernier mot. Malgré toute cette tristesse, cette douleur, cette impuissance, je me sentais imperceptiblement mieux. En réalité, pour la première fois depuis une éternité, je me sentais vivante.

— J'allais oublier, dit-il en se levant pour fouiller le sac de sport qu'il avait laissé dans un coin de la pièce. Je t'ai apporté des macarons.

Il me posa sur le ventre une boîte en carton rose, pleine jusqu'à la gueule de disques multicolores.

— Le sucre non plus, déclara-t-il, ça ne répare rien. Ça fait du bien quand même.

Je sortis de l'hôpital une semaine plus tard, ma chevelure rouge libérée des bandages. On me colla de force dans un fauteuil roulant. Mes jambes, pourtant, fonctionnaient parfaitement.

Risque zéro.

Mon père me poussa sur le parking. Lentement et en silence, il m'installa sur le siège confortable de sa grosse berline noire, puis s'en retourna pour rendre le fauteuil.

— C'est très bien organisé, murmura-t-il en fait de conclusion.

Durant les vingt minutes de trajet, nous n'échangeâmes pas un mot. Nous ne savions pas quoi dire. En route, il se contenta de pester contre les diverses avaries de sa Batmobile – ses clous dans le cœur à lui.

Tu casses, tu répares.

BMW n'avait qu'à bien se tenir.

Nous étions, plus que jamais, étrangers l'un à l'autre. Mais pour la première fois, c'était comme officiel.

À mes parents, à ma sœur, je n'avais rien expliqué, mais je n'allais pas pouvoir me taire indéfiniment. Je pensais aux filles de la Clinique, et les enviais soudain de n'avoir pas de langue.

Le psychiatre de l'hôpital, derrière des sourcils sombres qui lui mangeaient le regard, avait déclaré d'une voix de stentor :

— Il faut parler, maintenant.

Il y eut dans ma chambre un silence irréel, à croire que l'univers entier retenait sa respiration. Je n'obéis pas, ne dis pas un seul mot, mais le brave homme enchaîna avec une sagacité qui forçait le respect :

— Avant de vouloir aimer, mademoiselle, il faudrait déjà cesser de vous haïr.

Dans sa bouche, bien sûr, cela tenait en une phrase. Dans ma tête, ce n'était pas si simple.

Si la vie était simple, ma petite, ça se saurait.

Dans ma chambre-coquelicots, je redevins l'enfant que j'avais été.

Haut les cœurs.

Allongée dans mon lit imprimé cachemire, ma mère sans arrêt entrait sans frapper, à me demander si tout allait bien, si j'avais besoin de quelque chose, si je voulais un café, une orange, un livre de chevet, si mes petites culottes passaient à la machine, si j'aimerais essayer son nouveau rouge à lèvres – *toi, la maquilleuse qui ne se maquille jamais !* Chaque fois que je fumais, elle débarquait ; peut-être entendait-elle la fenêtre s'ouvrir, ou bien sentait-elle l'odeur depuis le vestibule. Si mon tabagisme patenté n'était plus un secret, je me sentais coupable à chaque interruption, honteuse comme le jour où, innocente pourtant (innocente *encore*), j'avais essayé de m'enfermer à clé. Je n'en ai jamais douté : ma mère a toujours eu de bonnes intentions – mais on sait ce qu'elles pavent. C'est terrible à dire, mais je ne regrettais plus vraiment d'avoir gardé le secret. Les barreaux de la cage se reformaient lentement, heure après heure, dorés et aveuglants ; et cette décision qui m'avait taraudée plus d'une décennie, je la trouvais, de nouveau, hautement justifiée.

Justifiée, sans doute pas. Disons : compréhensible.

Le dimanche suivant, Suzanne vint déjeuner avec son petit copain. Il était exactement tel que je l'avais imaginé : grand, beau, propre comme un sou neuf – une sorte de Ken. Lorsqu'il resta dix secondes avec un peu de mayonnaise à l'angle de la bouche, j'eus envie de me lever pour le nettoyer comme une pièce d'argenterie. Heureusement, ma sœur se pencha vers lui et, d'un coin de serviette expert, rectifia le désastre.

(Une fois encore, je noircis le tableau. Ken s'appelle Martin, il semble très gentil, non dénué d'humour, il est à Sciences Po, se destine bientôt à une brillante carrière et, visiblement, il rend Suzanne heureuse – ce qui n'est pas la moindre de ses qualités.)

Je n'étais pas jalouse, pas vraiment, mais j'avais le sentiment de n'être pas à ma place, d'ombrer cette perfection à laquelle tout le monde, chaque jour, travaillait d'arrache-pied. À défaut d'être parfaite, je commençais pourtant à redevenir humaine ; mais des années d'absence ne pouvaient se réparer en une fraction de seconde.

Entre fromage et dessert, trou normand personnel, j'allai fumer une cigarette. Ma sœur, abandonnant son jules, me suivit sur le balcon. Elle portait une robe noire, un modèle en maille, luisant et près du corps, qui rappelait les créations d'Azzedine Alaïa dont les costumières affublaient les actrices dès qu'une scène de cocktail pointait à l'horizon.

— Clémence, demanda-t-elle, tu crois qu'un jour tu pourras être heureuse ?

J'aspirai une profonde bouffée, comme si j'avais voulu m'asphyxier une bonne fois pour toutes. Je réfléchis longtemps avant de répondre, à regarder le ciel que le soleil, rond et blanc, perçait par à-coups entre les cumulus. Je n'avais jamais menti à Suzanne, sinon par omission, et je ne comptais pas commencer ce jour-là.

— Tu le sais, que je t'aime ? murmurai-je finalement en guise de réponse.

Elle posa sa main sur ma main et, comme avec mon homme (*Arthur*, il s'appelait Arthur), je sentis sa chaleur. J'aurais aimé lui dire que cette sensation que je n'espérais plus était à mes yeux le début du bonheur, mais toutes les omissions rendaient cet aveu un peu trop compliqué.

— Suzie, j'ai été malheureuse, c'est vrai. Tu le sais, ils le savent. Toi, tu as toujours essayé de comprendre pourquoi ; mais eux, ils ont toujours voulu que je sois comme tout le monde.

À ma grande surprise, ma sœur tendit la main vers moi et, entre deux doigts laqués de rouge sang, vola ma cigarette. Elle tira une bouffée – une longue bouffée de fumeuse. Devant mon air ahuri, elle rigola :

— Oui, ça va. Moi non plus, je ne suis pas un robot. Mais moi, je ne m'enfile pas deux paquets par jour comme certaines… Tu saisis la nuance ?

— Les parents le savent ?

— Tu rigoles ? Ils me tueraient ! Je fume parce que t'es là… Si je sens la clope, je pourrai t'accuser !

J'éclatai de rire. Je songeai que Martin ne connaissait pas sa chance. Que Suzanne était l'être humain le plus extraordinaire que la terre ait porté. Le monstre bicéphale, finalement, avait fait de jolies choses.

— Je ne veux pas t'obliger à parler, dit-elle en soufflant la fumée par-delà les primevères. Parler, ce n'est pas toujours la meilleure solution. Je veux juste savoir si maintenant, tu vas mieux.

— Je vais mieux.

— Tu me le promets ?

— Croix de bois, croix de fer.

Suzanne posa avec précaution la cigarette entamée au bord de la jardinière, puis me tomba dans les bras.

— Moi aussi je t'aime, ma sœur. Plus que tous les solcils dc tous les étés.

Cette phrase, comme un mantra, avait traversé le temps. Entre mes bras, Suzanne me fit l'effet d'un animal délicieux, tendre et audacieux, qui me protégerait envers et contre tout. Je compris subitement, comme une révélation, qu'elle avait toujours été beaucoup plus forte que moi. Aussi ne fus-je pas dupe lorsqu'elle rompit l'étreinte pour me demander, l'air réellement inquiet :

— Bon, et Martin, tu le trouves comment ? Je préférerais que tu dises « cool »… Parce que je te préviens, je compte bien l'épouser.

Quand je me sentis mieux, je retournai voir la rue au nom d'oiseau.

Régler les problèmes, un par un.

J'en avais fait la promesse à Christophe, après tout… Quoi qu'il en coûte, Damien avait bien tenu la sienne.

La rue avait beaucoup changé.

Nous étions samedi, et la cour de l'école était déserte. Pour autant, je restai longtemps debout devant la grille, à contempler les jeux, les toboggans, les bacs à sable, la grande fresque murale qui habillait l'entrée – des gosses en farandole, chaque ethnie main dans la main comme une pub Benetton du siècle dernier. C'était beau, joyeux, insouciant, tristement utopique. À l'angle opposé, un grand bistrot avait ouvert et désormais, il y avait du passage. En réalité, je ne reconnaissais pas grand-chose. D'une certaine manière, j'en étais déçue, comme si j'espérais une sorte d'électrochoc qui aurait mis le point final à cette sombre histoire. À défaut, je m'assis par terre, à même le trottoir, exactement à l'endroit où l'homme blond m'avait agressée, puis je sortis de ma poche mon téléphone portable. Mes mains tremblaient – des feuilles dans la tempête. À mon tour, je me persuadai : *Je n'ai pas peur de toi.*

— Allô ?

— C'est Clémence.

— Clémence…

— « Dangereuse », si tu préfères.

Au bout du fil, le silence. Mon cœur s'affola.

— Ah, dit-il finalement. Pour être honnête, je désespérais d'avoir de tes nouvelles.

— Je te dérange ?

— Je suis en haut d'un arbre. Mais ça va. J'ai des cordes, un baudrier… Par contre, il y a du vent.

Les rafales, en effet, parasitaient notre conversation.

— Quel genre d'arbre ?

— Un micocoulier.

— Je ne sais même pas à quoi ça ressemble.

— C'est très joli. Et assez casse-gueule.

— Je vais te laisser, alors.

— Hey, attends ! Tu « dois » me revoir, non ?

— Oui, je dois… Mais là, je suis chez mes parents. À Montpellier. Je ne sais pas trop quand je vais rentrer.

— Noël ? demanda-t-il.

— Oui, Noël.

Le vent souffla plus fort. Je l'imaginai en train d'escalader un tronc de vingt mètres, Tarzan Technicolor, sa varice merveilleuse ombrée par les grandes feuilles d'un vert amazonien.

Rêve, réalité augmentée.

— Arthur ?

— Oui ?

— Je suis contente de connaître ton prénom.

— Moi, je suis content d'entendre le son de ta voix. Je sais bien qu'on ne se connaît pas, mais je me suis inquiété.

Je ne pus m'empêcher de sourire.

— Il ne faut pas. À partir d'aujourd'hui, je ne veux plus qu'on s'inquiète pour moi. Je crois que je vais plutôt m'inquiéter pour les autres. D'ailleurs, là tout de suite, je m'inquiète pour toi.

Il rigola au bout du fil.

— Hey, Dangereuse, ce n'est pas encore l'heure des bonnes résolutions !

— Je suis le genre de fille à prendre de l'avance.

Il y eut un silence – ou bien seulement du vent. Un chat famélique passa dans la rue au nom d'oiseau – et je me dis qu'il aurait dû le bouffer, ce fichu volatile. Puis la voix d'Arthur revint dans le combiné, tout à coup étrangement nette.

— Clémence, appelle-moi quand tu rentres, d'accord ?

— D'accord. Fais attention à toi.

Je raccrochai. Mon regard longea le toboggan en résine rouge, glissa, tomba dans le sable.

Je me relevai, époussetai mon jean.

Je ne comptai pas. Ne compterais plus jamais.

Sans me retourner, je marchai jusqu'au nouveau café, m'installai à l'extérieur sur une chaise en métal laquée bleu turquoise. Un soleil léger tiédissait le ciel d'un blanc liquide, laiteux. La terrasse, ornée de palmiers nains affublés de guirlandes, était pleine à craquer : visiblement, c'était le dernier endroit à la mode. Selon mon habitude, je regardais autour de moi. À la table d'à côté se tenaient une femme brune et une petite fille aux longs cheveux bouclés. La fillette me dévisageait, sans doute intriguée par mes yeux, ou par les points de suture en tirets sur mon front. Sa mère, remarquant le manège, lui tapa sur la main.

— Clémence, murmura-t-elle, on ne regarde pas les gens comme ça. C'est malpoli.

L'enfant, à regret, détourna les yeux et la jeune femme me sourit avec un air d'excuse ; un sourire immense qui lui fendait, *littéralement,* le visage en deux. J'en eus le souffle coupé.

— Amélie, murmurai-je.

— Clémence ? Oh bon Dieu, Clémence ! C'est toi, c'est bien toi ?

Elle se leva, un peu fébrile, s'approcha. Je ne savais pas quoi faire et je restai assise, clouée par la surprise.

— C'est pas croyable ! s'exclama-t-elle. Tu habites toujours ici ?

— Non, je suis venue voir mes parents. Noël, tu sais…

Amélie hocha la tête. Elle semblait à la fois excitée et un peu mal à l'aise. Avec l'âge, ses traits s'étaient affirmés et aujourd'hui, le métissage était flagrant. Son père était indien, sa mère suédoise. Plus encore qu'à l'époque, elle tenait de son père. Adolescente, elle était mignonne. Aujourd'hui, elle était magnifique. Intimidante, aussi, comme une plante tropicale, carnivore peut-être, dérivée d'une espèce encore inconnue des botanistes.

— Oui, dit-elle. Nous aussi, on visite la famille.

Je me demandai qui était ce «nous» : manifestement, il la rendait nerveuse. La petite fille me fixait toujours, plus intriguée que jamais. Comme pour créer une sorte de connivence, elle releva ses manches pour me montrer le tatouage qu'elle avait sur le bras – Spiderman. Je dressai le pouce avec enthousiasme. La gamine, ravie, enfonça le nez dans son col de manteau. Je me tournai vers Amélie.

— Tes parents ne sont pas au Mexique ? demandai-je. Au Brésil, au Pérou, enfin, quelque part ?

— Si, répondit-elle en riant. Après le collège, nous sommes tous partis au Brésil. C'est vrai, j'aurais dû vous donner des nouvelles, à l'époque… Je suis désolée.

Je sentis un sourire – un vrai, naturel – me monter aux lèvres, et haussai les épaules.

— Je crois qu'il y a prescription.

— Mes parents sont restés à Rio, continua-t-elle. Moi, je suis rentrée il y a huit ans. Maintenant, je vis à Marseille. Mais la famille de mon mari habite toujours ici… Juste à côté, en fait.

Je sentis qu'elle voulait ajouter quelque chose, mais elle ne savait pas comment s'y prendre. Elle passa la main dans ses épais cheveux noirs, regarda l'horizon.

— Viens t'asseoir avec nous, proposa-t-elle.

J'acceptai à contrecœur : cela faisait un peu trop de passé, tout à coup. Néanmoins je me levai, la suivis, et m'installai d'instinct près de la petite fille.

— Clémence, dit Amélie d'un ton amusé, je te présente Clémence.

— J'ai cinq ans et demi, m'annonça-t-elle fièrement.

Elle était ravissante, très brune, très mate, comme une enfant tsigane. Je pris l'air impressionné.

— Cinq ans et demi ! Ouah, c'est grand, ça. Très grand. Je peux t'appeler Madame ?

La gamine rigola puis, sans transition, déclara :

— Tu as des yeux bizarres.

Amélie afficha un air mortifié, mais je souris en pensant à Christophe – j'espérais qu'il allait bien, qu'il ne m'en voulait pas – puis je hochai la tête à l'intention de Clémence.

— C'est vrai, mademoiselle. Mais je les aime bien quand même.

— Moi aussi, je les aime bien. C'est bizarre, mais c'est joli. D'où tu connais maman ?

— On était à l'école ensemble, quand on était petites.

Amélie acquiesça, un peu nostalgique :

— Mais on ne s'était pas vues depuis vraiment longtemps.

— C'est à cause de toi que je m'appelle Clémence ?

La question me parut étrange, mais elle sembla naturelle à sa mère.

— En quelque sorte, répondit Amélie – et je ne sus pas très bien si elle s'adressait à sa fille ou à moi.

Une silhouette se profila bientôt dans la rue, en contrejour. Hirsute.

— Y a papa ! s'exclama mini-Clémence en se levant de sa chaise, à la manière d'un ressort trop longtemps bridé.

Elle se précipita, saisit sa trottinette et fila comme le vent en direction de son père.

— En fait, m'expliqua Amélie avec une nonchalance légèrement fabriquée, j'ai épousé Virgile. Tu te souviens de lui, j'imagine ?

— Vaguement, murmurai-je.

Le premier gros mensonge de toute mon existence avait eu lieu dans cette même rue – la rue au nom d'oiseau.

En plus, j'ai mes règles. C'est dégueulasse.

D'une certaine manière, la boucle était bouclée.

Je félicitai le couple du passé, bus un verre avec eux, tandis que leur fille engloutissait une glace deux fois grosse comme elle. Amélie était infirmière, Virgile laborantin, ils s'étaient retrouvés par hasard sur leur lieu de travail. Ils échangèrent, main dans la main, un sourire complice.

— Depuis…

Ils avaient mûri, vieilli, changé, étaient de grandes personnes ; seuls les épis de Virgile semblaient inaltérables. De l'index, il désigna mes points de suture.

— Tu as eu un accident ?

J'avais senti la question le démanger depuis son arrivée. Il était aussi curieux que ma sœur, en moins diplomate. Comme jadis, finalement – *Ce n'est pas si grave… Tu veux une autre bière ?* Je me demandai subitement s'il n'avait pas fricoté avec Amélie, ce fameux soir, le soir du 29 juin.

— Voiture, dis-je avec aplomb en haussant les épaules. Je suis maladroite. Mais je vous rassure, personne n'est mort.

Virgile me décocha un sourire falot. Le prénom de sa fille pouvait laisser croire que je l'avais marqué, d'une manière ou d'une autre – et, dans ma tête, les questions se bousculaient. Pensait-il à la dernière fois qu'il m'avait vue ? Se rappelait-il mon récit ? M'en voulait-il encore d'avoir disparu sans une explication ? Bien sûr, à l'époque, nous étions des enfants. Mais je suis bien placée pour savoir que ces années-là vous marquent à tout jamais – en bien comme en mal. Quoi qu'il en soit, Amélie vint perturber mes interprétations.

— C'est vraiment drôle de te revoir, Clémence. Le petit diable, on l'a appelé comme toi, parce qu'à sa naissance, elle avait les cheveux rouges.

— Après, continua Virgile, ils sont tous tombés. Et maintenant, elle ressemble à sa mère.

Sur ce, il l'embrassa.

En réalité, le pourquoi du comment n'avait guère d'importance. Ils semblaient heureux et, en toute bonne foi, cela me fit plaisir. Je réalisais que tout le monde avait avancé tandis que depuis quinze ans, je faisais du sur-place. Je pensai à Christophe, aux fantômes, au fait d'aller de l'avant. Au psychiatre de l'hôpital – *maintenant, il faut parler.* Un peu trop vite, je quittai la table du bistrot, les abandonnant à leur bonheur.

— Je dois filer. Mais c'était chouette de vous revoir, tous les deux… Et de rencontrer mademoiselle Clémence !

La fillette me sourit – visage fendu en deux, exactement comme sa mère. Virgile et Amélie se levèrent pour me faire la bise, parfaitement synchronisés. En fait, ils m'évoquaient mes parents.

— Passe le bonjour à Sophie, dit-elle. Ce serait sympa, un jour, de déjeuner toutes les trois… Non ?

— Oui, c'est une bonne idée. Je lui en parle et je t'appelle, d'accord ?

Même la plus délurée de mes copines d'enfance était finalement entrée dans le rang. Comme avec Sophie, cette belle réussite aurait pu me tuer ; mais je pensais seulement à mon père, à ma mère. Tout à coup, j'étais décidée à ouvrir les vannes. Je ne voulais plus les protéger, ni leur laisser croire qu'ils avaient été les meilleurs parents du monde. Je les aimais. Je les aimais terriblement – c'était bien le problème. Mais à leur façon, ils étaient coupables aussi, et j'en avais assez de porter le chapeau toute seule.

Je m'assis à la table de cuisine. Réclamai un café. Soufflai dessus. Ensuite je racontai, avec les mauvais mots – *Alors je suis partie, j'ai quand même pu partir, j'ai compté et je suis partie.* Ce faisant, je compris qu'aucun mot n'existerait jamais pour raconter ce qui s'était passé. Durant mon récit, ils ne m'interrompirent pas, pas une fois. Ma mère blêmit, mon père serra les poings ; puis mon père blêmit, ma mère serra les poings. Il n'y avait rien à faire, ils étaient jumeaux, indissociables – *le monstre bicéphale.* Je savais qu'ils m'aimaient, eux aussi. Mais l'amour qu'ils avaient pour moi ne rivaliserait jamais avec celui, presque métaphysique, qui les unissait l'un à l'autre.

— Ils l'ont retrouvé, ajoutai-je. Ils l'ont enfin retrouvé. C'est pour ça que je suis là.

— Pourquoi tu n'as rien dit ? demanda ma mère, l'ongle du petit doigt gratté contre la tempe.

Son regard était dur, froid, plein de reproches. Mon père, fou de rage, semblait avoir du mal à respirer ; ses masséters pulsaient comme des cœurs de nouveau-nés. Leur attitude me rendit plus violente que je ne l'aurais voulu.

— Parce que je n'ai jamais rien pu vous dire, voilà pourquoi.

C'était cruel, bien sûr. Mais c'était la vérité. En tout cas, c'était la mienne.

Ils me dévisagèrent, avec la chaleur d'une congère sculptée par le vent. Eux non plus n'avaient rien compris – ni ce qui s'était passé, ni mon silence d'alors, ni mes aveux quinze ans trop tard.

— Si c'est ce que tu penses, lâcha mon père, alors tu as bien fait.

Il se leva de table, sans même chercher à savoir ce que j'entendais par là. Il quitta la pièce, furibond, et ma mère le suivit pour le consoler, non sans me lancer un grand sourire navré.

Je restai seule dans la cuisine, à regarder l'horloge, impassible, égrener ses secondes. Un, deux, trois, quatre…

Quelques instants plus tôt, j'espérais encore une autre réaction. Quelque chose de doux, d'empathique, d'enveloppant. Des excuses, même – qui sait ? Mais cette réaction-là, finalement attendue, me soulageait bien plus que n'importe quelle autre.

Avant de quitter ma ville natale, j'avais appelé Damien pour savoir si je pouvais aider la police avec l'homme blond qui refusait de parler ; si je pouvais témoigner, d'une manière ou d'une autre.

(Je connais son identité, aujourd'hui ; mais je ne la dirai pas : avec un nom, ce serait une personne. Ce n'est pas une personne. Ce ne sera *jamais* une personne. À mes yeux, il restera toujours un amas de gouttelettes en évaporation au fond d'une cellule, une pauvre fumée blonde accrochée au néant.)

— Je suis très forte, Damien. J'ai voué mon existence à faire parler les gens pour espérer me taire.

— Viens boire un verre à la maison, proposa-t-il en guise de réponse.

Je n'étais jamais retournée chez lui. C'était plutôt étrange, tous ces pèlerinages.

Je pensai brusquement à Thana, *l'ange de la vengeance*. Le film est culte pour nombre de gens avec lesquels j'ai travaillé. Pour ma part, je ne l'ai jamais revu. Je ne suis pas certaine de le revoir un jour.

Zoë Tamerlis Lund, qui incarnait Thana, est morte à Paris à l'âge de trente-sept ans d'un arrêt du cœur.

Overdose.

Tandis que je marchais dans la nuit bleu pétrole, je me remémorai l'appartement de Damien. La rue mal famée, la neige qui, autrefois, renversait le monde. Mais il faisait doux, ce soir-là; on ne se serait jamais cru un 19 décembre. Si mon corps, à nouveau, appréhendait l'espace et les températures, j'étais bien. L'espace fourmillait d'espoirs en devenir, le vide semblait plein de rêves à fabriquer.

J'arrivai dans la rue mal famée. Elle n'était plus si mal famée, d'ailleurs. L'immeuble, lui, n'avait guère changé. Les murs dévorés et la splendeur détruite, les bulles de peinture dégradant les parois, l'odeur des poubelles, les marches inégales de l'escalier en bois. Quinze ans, ce n'est pas grand-chose, à l'échelle de la vie… (En revanche, six étages !)

— Toujours aussi chouette, chez vous, dis-je en introduction lorsqu'il ouvrit la porte, essoufflée par les marches, ou par les clopes.

Il sourit.

— Bah… Cet endroit est comme moi, que veux-tu. Il se dégrade si lentement qu'on ne s'en rend même pas compte.

— Vous n'avez pas vieilli, murmurai-je. Vous ne vieillirez jamais, Damien. Vous êtes juste… vous.

— *Moi*, répéta-t-il, comme s'il s'agissait d'un mot inconnu qu'il aurait fallu chercher dans le dictionnaire.

Le canapé était le même, plus défoncé encore. C'était le bazar, pareil, les schémas scotchés, pareils, les livres entassés, pareils. Mais il y avait un sapin. L'arbre était petit, rabougri, sommairement décoré – trois guirlandes déplumées, quelques boules clinquantes tout juste échappées du Franprix d'à côté. Mais, tout de même – il y avait un sapin.

— Sérieusement ? rigolai-je en pointant l'arbre du doigt, incapable de me retenir.

— Je l'ai fait pour toi.

— Pardon ?

— Je ne plaisante pas, Clémence. Je l'ai fait pour toi. Je pensais bien que tu passerais, et… Bon, O.K. C'est con.

Je cessai de rire.

— Non, ce n'est pas con. Pardon. Vous savez, moi, je n'en ai jamais fait. Je veux dire… Depuis que je vis seule, je n'en ai jamais fait, de sapin. Le vôtre, je le trouve formidable.

Brusquement, j'eus envie de pleurer. Ce n'était pas de la tristesse, pas du tout – c'était de l'émotion, une dose d'émotion pure, comme si on venait de me l'injecter par intraveineuse.

— Whisky, comme au bon vieux temps ?

Je hochai la tête. Ses mains tremblaient, mes mains tremblaient. Les âmes sœurs, songeai-je, n'émergent pas toujours dans les histoires d'amour. Une pensée idiote, certes, mais c'était exactement ce que je ressentais. Damien, mon âme sœur. Mon ange gardien.

— Assieds-toi, je t'en prie.

Je me frottai la joue, mal à l'aise. Exceptionnellement, je m'étais fait les ongles. Ils étaient bleus. Laqués bleus, comme une voiture de luxe, une pétasse du Sud, une fille de la Clinique. Damien remplit les verres avec application, posa la bouteille sur la table basse et me tendit le mien.

— Alors ? demandai-je.

— Nasio a raison. Il est cuit. On va y arriver, Clémence. On va le faire craquer.

Pendant une seconde, j'eus envie de le croire. Mes yeux se perdirent dans l'étiquette de la bouteille de *Jack*, Old n° 7, Tennessee – des envies d'Amérique, encore.

— Il est où, là ?

— En prison, pardi ! Où veux-tu qu'il soit ?

À l'intérieur de moi, un tsunami montait. Je devais l'arrêter, ne surtout pas le laisser dévaster cet instant. Je pris une grande inspiration, bus une gorgée de whisky.

— Tu voudras assister au procès ? me demanda-t-il sans plus de précaution.

La question me fit presque sursauter. J'étais comme ces très jeunes pères qui, à la perte des eaux, ne se sont jamais posé la question d'assister ou non à l'accouchement.

— Pour être honnête, murmurai-je, je n'en ai pas la moindre idée. En fait, je n'y ai même jamais réfléchi.

Damien sourit face à mon trouble.

— Ne t'en fais pas, va… Vu la vélocité de notre belle justice, tu as le temps d'y penser.

Après avoir allumé une cigarette, je tournai la tête vers son mur des lamentations, saturé de mystères, de hontes et de désastres. Damien, me voyant faire, se leva. Il fouilla son secrétaire, sortit une feuille de papier.

C'était le portrait-robot, l'original, celui que nous avions fait ensemble tellement d'années plus tôt.

— Quand tu étais gamine, déclara-t-il, je t'ai dit de vivre ta vie. C'est le moment, ma grande. C'est fini, tu comprends ? Cette fois, Clémence, c'est bel et bien terminé. Que tu le veuilles ou non.

Damien saisit mon briquet sur la table basse et, avant même que je puisse réagir, enflamma le dessin : le visage de l'homme blond, sous mes yeux, partit en fumée. Je pensai au temple maya dans le jardin d'Amélie, à mes sous-vêtements livrés aux étoiles mortes, à l'odeur de la peur qui se consumait, abjecte et persistante. Dans l'étrange salon de Damien Coperey, une part de moi-même s'altérait à nouveau ; mais cette fois-ci, c'était la mauvaise part.

Du moins, je l'espérais.

Le lendemain, sans états d'âme, je repris le train en sens inverse.

Voiture 8 – un hasard, ou un signe ? Pour une fois (la première et dernière fois, supposai-je, de toute mon existence), je passerais Noël tranquille avec moi-même. Bien sûr, ils m'en voudraient. Le père, la mère, les oncles, les tantes – le monde entier. Ils ne comprendraient pas… Et je m'en foutais.

EXIT, la culpabilité.

Il y avait là, dans cette insouciance inédite, quelque chose de vertigineux. De trop vertigineux – et de trop jubilatoire – pour n'être pas éphémère. Car bien entendu, les choses ne furent pas si simples.

Prise de remords, je finis par répondre à ma sœur, qui me harcelait de messages depuis quarante-huit heures.

— Ah, quand même !

— Je sais. Pardon.

— Sérieusement, Clémence ? Tu ne reviens pas pour Noël ?

— Sérieusement, Suzanne, je ne reviens pas pour Noël.

Il y eut un blanc de part et d'autre, éloquent, mais ma sœur craqua la première.

— Ils m'ont raconté, murmura-t-elle. Ce qui t'est arrivé. Je ne peux pas imaginer ce que tu as vécu, mais ça explique beaucoup de choses… Écoute, je n'ai pas de mots pour dire à quel point je suis désolée. Je suis vraiment *vraiment* désolée.

Un blanc, à nouveau, dans lequel j'aurais aimé sombrer ; je connaissais ma sœur, et j'attendais le MAIS.

— Mais tu les as exclus, Clémence. Tu ne peux pas leur reprocher d'avoir ignoré ce que tu n'as jamais dit.

Elle avait raison – évidemment. Pour autant, je n'étais pas encore prête à l'admettre et, au bord des larmes, je restai muette dans le combiné.

— Papa et maman, ils ne savent pas se mettre à la place des autres. Mais toi, tu sais. Alors, si tu ne viens pas pour Noël, je comprendrai. On survivra, ne t'inquiète pas. Martin sera là, ça fera diversion. Ils seront tous tellement occupés à le tester par tous les moyens légaux…

Je pleurais, maintenant ; mais elle me fit rire derrière les larmes. Je n'avais jamais pleuré devant Suzanne. Nous étions séparées par deux cents kilomètres, mais ça ne changeait rien : je pleurais sur l'épaule de ma sœur pour la toute première fois.

— Ce que je veux dire, Clem', c'est que l'injustice, c'est rarement d'un seul côté.

— Je ne vais pas revenir, articulai-je. Pas tout de suite. Mais je vais me calmer. Tout ira bien, je te le promets.

— C'est une promesse-promesse, ou une promesse-mensonge ?

— C'est une promesse-promesse.

J'entrai, vaillante et vacillante, dans la rivière. L'eau glacée me saisit et, à mi-mollet, je sautillai en hurlant comme une possédée. C'était formidable, de hurler. Grandiose, terrible – et formidable. Christophe, dans une vaste doudoune, était allongé sur la rive, son long cou blanc tendu comme celui d'un cygne. Me voyant tenter l'impossible, il commença à s'esclaffer.

— Elle est partie, la « princesse de glace », lança-t-il derrière le vent du nord qui cinglait l'univers. Il faut faire comme tout le monde. Attendre le printemps.

Pour qui ne le connaissait pas, l'ironie n'était pas perceptible. Mais je le connaissais et, dans ma tête, j'ajoutai la ponctuation, l'intonation, les points d'exclamation. Le malentendu qui nous avait opposés avant mon départ semblait n'avoir jamais existé. Christophe n'en parla pas, je n'en parlai pas non plus. En réalité, je pense qu'il l'avait simplement oublié.

La « princesse de glace » ?

Le surnom me fit sourire. C'était bien plus délicat que le « Yéti ». Sans doute avais-je sous-estimé les gens de mon village.

J'avais hâte, maintenant, que le printemps revienne ; mais en attendant, je jouissais de l'hiver. J'avais l'impression de sortir de prison, d'avoir passé quinze ans dans le couloir de la mort – sans saisons ni fenêtres.

Le jour de mon retour, j'étais, comme d'ordinaire, passée boire une bière au café. Nadine était dans tous ses états ; et pour cause.

Durant mon absence, Bobby Malet et Stéphane Verger avaient été arrêtés pour cambriolage. Par chance, le propriétaire les avait surpris en plein forfait, l'argenterie au poing. Sans cela, on aurait accusé Christophe Garriga – et moi-même, sans doute, ne l'aurais-je pas défendu. Je n'avais pu m'empêcher de penser que c'était une bonne nouvelle, même pour Nadine. *Surtout* pour Nadine. Son ragondin en tôle, elle pourrait peut-être, enfin, accomplir son destin.

— Qu'est-ce que je vais devenir ? gémit-elle, la main crispée sur le paquet de Gauloises qu'elle s'apprêtait à vendre au boucher du village.

Je ne le dis pas tout haut, mais le pensais très fort – *tu vas devenir libre, Nadine, et même heureuse, qui sait ?*

Jo et Sam étaient à leur table habituelle, le nez dans leur pinte habituelle. Je m'assis avec eux, sans demander la permission. Je me contentai de leur sourire – un vrai sourire, lancé dans l'atmosphère comme un ballon de couleur, un peu narquois. Je n'eus pas longtemps à attendre pour apprendre ce que je voulais savoir.

— En perquisitionnant chez Bobby, soupira Joseph, ils ont retrouvé ma selle et mes roues. Je dois bien te l'accorder, rouquine : sur ce coup-là, t'avais raison.

— Ben alors, ne fais pas cette tête ! Tu vas le remonter, ton vélo…

— Ouais, tu parles. Le temps que tout le bazar ne soit plus considéré comme « pièces à conviction », j'aurai de l'arthrite et un cancer des couilles.

Je payai une tournée, flattai le flanc de Joseph, racontai la blague de la « moule en compote » – et tout rentra dans l'ordre.

Forte de ces nouvelles, ce soir-là, j'avais laissé sur ma fenêtre une bougie chauffe-plat dans un lumignon rouge, inspirée par une régisseuse d'origine lyonnaise qui m'avait raconté, avec un enthousiasme quasi patriotique, cette tradition où, tous les 8 décembre depuis 1852, la cité des Gaules s'embrasait de mille feux en hommage à la Vierge, laquelle avait guéri la ville, dans sa grande miséricorde, de la peste au Moyen Âge. Ils appelaient cela : *Les Illuminations.* Cela n'avait pas manqué : Christophe avait sonné à ma porte une demi-heure plus tard, le photophore entre les mains. Je lui avais servi un verre – de vin, sans rechigner – puis lui avais demandé comment il se sentait suite aux événements qui avaient secoué notre paisible village. Il avait planté ses yeux dans mes yeux, ses yeux fantastiques dans mes yeux fantastiques, puis avait déclaré avec son sérieux de pape :

— C'est la justice, Clé. Maintenant, on dira plus que c'est moi quand c'est pas moi. Pa' et ma', ils sont contents. Ils disent qu'enfin ils vont avoir la paix. Je savais pas que c'était la guerre. Mais bon, peut-être c'était la guerre.

Après son départ, par un cheminement psychologique étrange, j'avais finalement appelé mes parents.

Illumination.

Inspirer, expirer.

Affronter l'origine.

— Allô ?
— Salut.
— Ah, Clémence… Joyeux Noël, tout de même.
— Vous aussi. Joyeux Noël.
— Attends, j'appelle ton père. Michel ! C'est Clémence ! Voilà, il arrive… Tu ne sais pas ce que tu as raté. Martin a demandé Suzanne en mariage !

Mon cœur rétrécit – une petite toupie rouge lacérant mes entrailles.

— Ce n'est pas vraiment une surprise, murmurai-je. Mais je suis contente pour eux.
— Et toi, ton réveillon en solitaire ? L'extase ?
— Maman…

J'avais déjà l'impression d'entendre mon père se retenir de grogner contre moi à la troisième personne, aussi enchaînai-je.

— Je voulais vous proposer de venir.
— Comment ça, de *venir* ? Chez toi ?
— C'est ça. Chez moi, à la maison.
— Quand ? demanda-t-elle, fébrile. Quand pouvons-nous venir ?
— Quand vous voulez, maman. Quand ça vous arrange. Enfin, l'année prochaine, bien sûr.

Elle rigola au bout du fil – ce petit rire comme un torrent, clair, précipité.

— Oui, bien sûr. Merci pour la précision, ma chérie.
— Clémence, la voiture risque d'être au garage un moment, intervint mon père. Mais on va se renseigner sur le prix des billets.

En dépit de ses tracas automobiles, et même s'il parlait de « prix des billets », Michel Blisson avait un ton réjoui que je ne lui connaissais guère ; c'était étrange. Mais surtout, il s'adressait à moi. Il s'adressait à *moi,* directement, sans passer par ma mère. Peut-être, finalement, avaient-ils compris quelque chose. À défaut de rembobiner le film, les scènes à venir pourraient être différentes…

Qui sait ?

Perdue pour perdue, j'entrai tout entière dans la rivière. L'eau devait être à onze degrés. Mon cœur se mit à battre si vite que j'eus peur qu'il ne s'arrête. Peut-être même s'était-il arrêté – une fraction de seconde.

Mais j'étais entrée.

Si je l'avais fait bon nombre de fois, je n'avais jamais vécu l'effet réel d'une telle baignade : je me sentais pareille à ces fous scandinaves qui, nus comme des vers, se roulent joyeusement dans la neige avant de rejoindre un sauna à 80°. Je hurlai à l'invisible lune, puis songeai que bientôt, j'irais à la mer pour m'y baigner aussi. Le sel qui ronge, le sable qui griffe – et advienne que pourra.

Glacée jusqu'aux os, je quittai la rivière en claquant des dents. J'avançai avec prudence, les cailloux aiguisés douloureux sous mes pas. Arrivée à hauteur de Christophe, je me séchai en quatrième vitesse, me rhabillai, grelottante, jean, pull, chaussettes, baskets. Puis, emmitouflée dans la couverture que j'avais emportée, je m'allongeai près de lui.

— J'aime bien avoir froid, dit-il.

— Moi aussi, murmurai-je, j'aime bien avoir froid.

Dans le grand silence de mon village, je fermai les yeux, respirai les arbres, l'odeur fraîche des collines, la neige toute proche qui, cette année pourtant, ne tomberait jamais.

Je me demandai si je pourrais encore travailler à la Clinique, maintenant que j'avais retrouvé une place dans le monde. Nous étions le 26 décembre. Mon congé maladie, prolongé par mon passage au CHU de Montpellier, courait jusqu'au 28. J'imaginais nos clients aux fêtes de fin d'année, les jolies filles parfaites en tenues de mère Noël, le champagne léché sur les orifices hypoallergéniques, la musique festive envoyée dans la pièce pour une seule paire d'oreilles. Je pensais à la solitude, à la tristesse, à cet homme qui remerciait Marie au pied d'un grand sapin quelque part sur la Terre, à ses enfants qui – peut-être – pourraient enfin comprendre. D'une certaine manière, et quelle qu'en soit la forme, je pensais à l'amour.

Je n'avais pas encore appelé Arthur.

Je ne l'avais pas appelé parce qu'en vérité, Damien avait raison : j'avais peur de vivre.

Mais c'est fini, ma grande.
Cette fois-ci, c'est bel et bien *terminé*.

Je me dévisageai dans l'immense miroir de la station-service. J'aurais pu m'habiller chez moi, autrement, me pomponner, prendre le temps ; mais j'avais envie d'être là. Besoin d'être là. Robe lamée, chaussures de pute. Le rituel, une dernière fois. J'avais froid, mal aux pieds – et le lamé grattait à m'en écorcher. Mais c'était merveilleux de se sentir réelle, vulnérable et réelle, jusque dans la peau.

Nous étions le 29.

29 décembre.

Et le matin même, de la Clinique, j'avais démissionné.

Vous allez nous manquer.

Malgré la cicatrice qui suturait mon front, j'avais bonne mine et comme l'illusion d'avoir rajeuni. Je me trouvais belle – belle à ma façon. À l'entrée des toilettes, une femme en robe bleu ciel changeait un nouveau-né. Elle lui parlait à l'oreille, si doucement que je ne pouvais pas entendre ce qu'elle lui racontait ; mais le bébé gazouillait, tel un petit oiseau blanc, et la femme tout entière avait l'air d'un sourire.

Thomas C. Massages – Mesdames pour vous servir.

Je sortis de mon sac un feutre indélébile, barrai l'annonce. Sur l'instant, je m'en voulus un peu. Thomas C. allait-il, à cause de moi, pointer au chômage ?

Mais Thomas C. existait-il seulement ?

Je ne savais à quoi m'attendre. Je n'espérais pas grand-chose et au fond, je m'en fichais. Je savais que ce 29 serait le dernier 29. Qu'Arthur ait ou non une place dans mon avenir n'avait pas réellement d'importance : j'avais quitté le film. J'étais Clémence Blisson, j'étais une vraie personne – et personne désormais ne dirait le contraire.

Il y avait dans cette pensée une certaine nostalgie. Une frayeur, aussi. Ce n'est pas si facile, de revenir au monde.

Arthur me regardait, droit dans les yeux, varice merveilleuse. Il ne m'avait pas embrassée, ni bise ni baiser, comme pour laisser ouvert l'infini des possibles.

— Qu'est-ce qui t'est arrivé ? demanda-t-il.

— Quelqu'un m'est arrivé. Quelqu'un, ou quelque chose. Mais maintenant, c'est parti.

— Quand quelque chose arrive aux arbres, il faut les abattre.

— Par chance, je ne suis pas un arbre.

Il posa sa main sur ma main. Je sentis sa paume. Tiède, rugueuse. Sans me lâcher, il leva l'autre bras à l'intention du barman. Son bras se décupla, mille morceaux de peau brune dans le miroir brillant.

— Une bière pour Clémence, et un Jack pour moi. *On the rocks* si possible. Mais sans te commander, hein.

Le Marécage bondé passait de la country à se tailler les veines. Mais mes veines étaient là, et Geppetto souriait.

MERCI

À Karina Hocine et Caroline Laurent, mes lumières dans les ténèbres.

À Nathalie Couderc, pour son franc-parler (légendaire), son temps, son aide (et sa passion partagée pour Patrick Bateman !).

À Bruno Merle, pour sa sensibilité, sa générosité, ses encouragements.

À Lauren, pour son honnêteté et, plus que tout, son indéfectible amitié.

À la vie qui, par tous ses mauvais coups, nous apprend le courage.

PLAYLIST

(officielle/officieuse – dans le désordre, cochez la case)

- ☐ David Bowie – *Space Oddity*
- ☐ Jean-Jacques Goldman – *La Vie par procuration*
- ☐ Fauve – *Blizzard*
- ☐ Gesaffelstein – *Viol*
- ☐ Madonna – *Like a Virgin*
- ☐ Jacques Brel – *Ne me quitte pas*
- ☐ Arcade Fire – *Afterlife*
- ☐ Lana del Rey – *Summertime Sadness*
- ☐ Wandue Project – *King of my Castle*
- ☐ The Broken Circle – *Wayfaring Stranger*
- ☐ The Beatles – *Drive my Car*
- ☐ Boy – *Little Numbers*
- ☐ Julien Doré – *Les Bords de mer*
- ☐ Angus et Julia Stone – *Private Lawns*
- ☐ Radiohead – *Kid A*
- ☐ Poni Hoax – *The Paper Bride*
- ☐ France Gall – *Si maman si*
- ☐ Oasis – *Wonderwall*
- ☐ Portishead – *Only You*
- ☐ A-ha – *Take on me*

Delphine Bertholon dans Le Livre de Poche

Grâce n° 33992

1981. Dans la campagne beaujolaise, Grâce Marie Bataille, 33 ans, vit avec ses enfants au rythme des allées et venues de son mari, représentant de commerce. Quand elle engage une jeune fille au pair polonaise, cette existence bien rangée vole en éclats. 2010. Nathan, son fils, vient la retrouver pour fêter Noël en famille. Mais cette année, tout est différent. Tandis que d'étranges incidents surviennent dans la maison, les démons du passé menacent de ressurgir...

Il y a la petite, 22 ans, fragile et ravissante, qui se protège du monde dans le cocon de sa chambre de bonne. La grande, 24 ans, s'agite dans la ville. Nymphomane, tyrannique et machiavélique, elle tient sa cadette sous emprise et se nourrit de la dépendance affective qu'elle lui impose. Liées par un terrible passé, les deux sœurs se démènent pour tenter d'exister, chacune à sa façon. Si le sort semblait avoir scellé leur destin, les rencontres parfois peuvent rebattre les cartes… *Le Soleil à mes pieds* est avant tout l'histoire d'une résurrection.

Du même auteur

Cabine commune, Lattès, 2007 ; J'ai Lu, 2010.
Twist, Lattès, 2008 (prix Ciné Roman Carte Noire) ; J'ai Lu, 2010.
L'Effet Larsen, Lattès, 2010 ; J'ai Lu, 2012.
Grâce, Lattès, 2012 ; Le Livre de Poche, 2013.
Le Soleil à mes pieds, Lattès, 2013 ; Le Livre de Poche, 2014.

PAPIER À BASE DE FIBRES CERTIFIÉES

Le Livre de Poche s'engage pour l'environnement en réduisant l'empreinte carbone de ses livres. Celle de cet exemplaire est de :
400 g éq. CO_2
Rendez-vous sur
www.livredepoche-durable.fr

Composition réalisée par Lumina Datamatics

Achevé d'imprimer en juillet 2016 en Allemagne par
GGP Media GmbH, Pössneck
N° d'impression :
Dépôt légal 1re publication : août 2016
LIBRAIRIE GÉNÉRALE FRANÇAISE
21, rue du Montparnasse – 75 298 Paris Cedex 06

14/1127/1